法藏知津

九 編

杜潔祥 主編

第22冊

《大正藏》異文大典
（第三冊）

王閏吉、康健、魏啟君 主編

花木蘭文化事業有限公司

國家圖書館出版品預行編目資料

《大正藏》異文大典（第三冊）／王閏吉、康健、魏啟君 著
－－初版－－新北市：花木蘭文化事業有限公司，2023〔民112〕
目 2+162 面；19×26 公分
（法藏知津九編 第 22 冊）
ISBN 978-626-344-431-7（精裝）
1.CST：大藏經 2.CST：漢語字典
802.08   112010453

ISBN-978-626-344-431-7

9 786263 444317

法藏知津九編
第二二冊   ISBN：978-626-344-431-7

《大正藏》異文大典（第三冊）

編　　　者	王閏吉、康健、魏啟君
主　　編	杜潔祥
副總編輯	楊嘉樂
編輯主任	許郁翎
編　　輯	張雅淋、潘玟靜　美術編輯　陳逸婷
出　　版	花木蘭文化事業有限公司
發 行 人	高小娟
聯絡地址	235 新北市中和區中安街七二號十三樓
	電話：02-2923-1455／傳真：02-2923-1452
網　　址	http://www.huamulan.tw 信箱 service@huamulans.com
印　　刷	普羅文化出版廣告事業
初　　版	2023 年 9 月
定　　價	九編 52 冊（精裝）新台幣 120,000 元

《大正藏》異文大典
（第三冊）

王閏吉、康健、魏啟君　主編

目次

D

搭

播：[聖][另]1458 上劈竹。

拾：[乙]1796 肩之角。

塔：[甲]1805 左肩上，[聖]190 項而眠。

踏：[宮]2060 水。

嗒

喏：[宋][宮]626 諸魔以。

噠

達：[三][宮]2028 嚫則競，[三][宮]2122，[三][宮]2123 嚫以，[三][聖]157 嚫八，[三]202 嚫一人，[三]397 囉咩。

姪：[元][明]1357 咃屠邏。

咀

怛：[甲][乙]2427，[甲]1828 履迦此，[明]2030 纜藏所，[明]2125，[三][宮]1451 羅僧伽，[三][宮]1579，[三][宮]1499 理迦菩，[三][聖]1579 纜義宣，[三]1336 那耶哆，[三]1375 他揭多，[另]1459 羅毘奈，[乙]2427

纜藏若，[元][明]、嗤[宮]1579 纜，[元][明]1579，[元][明]1579 纜毘奈，[元][明]1579 纜等十，[元][明]下同1501 纜藏及。

旦：[乙]2087 羅國毘。

但：[甲]2396 攬三阿。

咄：[明]720 叱鬼言。

恒：[三][宮]2053 纜藏即。

咀：[宋][宮][聖]664 底枳十，[元][明][宮]1590 利王夢。

哩：[丁]2244 羅樹葉，[甲]2087 羅國。

哩：[丙][丁]848 二合三。

涅：[原]1797 闍帝從。

嗢：[三][宮]1442 婆娑僧，[三][宮]1443 婆娑。

杳

達：[三][宮]1464 婆犯僧。

合：[三][宮]2122 去地七。

塔：[宮]309 愢阿須。

踏：[三]2110 五色相。

闥：[三]1343 婆末坻。

杳：[三][宮]2122 無底咸。

怛

狙：[宋][宮]、祖[元][明]2059 化因而。

呾：[和]293 囉尸麼，[甲]2087 耳菩薩，[明][和]293 囉勃麼，[明][和]293 囉尸麼，[三][宮]1536 纜及毘，[三][宮][聖][知]1579 理迦如，[三][宮][聖][知]下同 1579 纜事摩，[三][宮]下同 1579 理迦其，[三][聖]1579 纜及毘，[三][乙]1075 姪，[三]2122，[三]2122 姪他七，[宋][明]1129 摩。

妲：[三]1058 姪他一。

帶：[三][宮][聖][另]1435 鉢那不。

且：[聖]1441。

但：[甲]、俱[乙]1239 羅散，[甲]1069 他多，[甲]1273 儞野，[甲]1298 羅二合，[甲]1709 他，[甲]1805 是長科，[甲]2128 策迦都，[甲]2135 二合，[甲]2397 剎那量，[明]1545 剎那諸，[明]865 鑁二，[明]1390 他引誐，[三][乙]1092 茶渴伽，[三][乙]1092 者米六，[三]1409 儞也，[聖]224 薩阿竭，[宋][元]1288 五十三，[乙]1287 儞也，[乙]2296 策迦與，[元][明][乙]970，[元][明]848 羅杖印。

憚：[三]985 妬。

底：[甲]1120 怛哩，[明][甲][乙]1000 哩二，[明][甲]1175 吠二合。

多：[甲]1000，[明][甲]1175 曩引夜，[三][甲]1056 他去。

埵：[丁]865，[甲]2400 鑁，[乙]2391 鑁二合。

跢：[三]1058 地他。

恨：[甲][乙][丙]1199。

恒：[德]1563 剎那量，[宮][聖]1421 鉢那，[宮]659 経咃豆，[宮]866 那二合，[宮]1545 悶絶若，[甲]、一[乙]2207 囉此云，[甲][乙]901 上音七，[甲][乙]2309 羅漫里，[甲]2128 迦都達，[甲]2261 利曳尼，[甲]2395 羅迦比，[明]2122 羅樹阿，[明]24 羅究溜，[明]293，[明]443 緻音皆，[明]483 沙竭護，[明]848，[明]865，[明]1087 麼二合，[明]1341 鉢那麨，[明]1543 薩阿，[明]1682 廕二合，[三][宮]、一[聖]1435 鉢那佛，[三][宮]1545 時不具，[三][宮]1545 梨曰吾，[三][宮]2034 恝尼百，[三]99 相迫憎，[三]1169 吠二合，[三]1560 迦山尼，[宋][宮]2102 樂天知，[宋][明]1170 也二合，[宋][元]2103 化，[宋]2147 恝尼百，[乙]2393 梵即，[乙]2408，[元][明][宮]2040 叉尸羅，[元][明]1197 也二合，[元][明]1682 薩昧二，[元]1562 黎言宜。

恒：[丙]862 曩，[甲]2128 反桂苑，[甲]2128 反埤蒼，[甲]2128 反韻詮，[甲]2128 蘭反漢，[甲]2129 反。

俱：[甲]1246 麗，[甲]2244 胝肩或。

哩：[明]1036 囀二合。

帽：[元][明]1092 理陀上。

涅：[三][宮]449 羅大將，[乙]2391 哩底舞。

菩：[聖]222 薩阿竭。

日：[宮]443。

薩：[乙]2390 曩二合。

坦：[高]1668 尼娑哪，[甲][乙]1796 嚩引二，[甲][乙]2393，[甲]1821 刹那六，[甲]2168 跢羅經，[三][宮]2122 提哋阿，[三]193 然不著，[乙]2263 羅等依，[元][明]2059 之杜天。

陀：[三][宮][甲]901 囉二合。

呾：[宮]1530 囉等一。

養：[原]1111 誐麼皆。

姐

姐：[甲]2128 已上丹。

笡

岨：[元][明]873。

達

噠：[宮][聖]397 囉膩移，[三][宮][久]397 那國毘，[三][宮]544 嚩訖有，[三][聖]125 嚩，[三]202 嚩種種，[三]1335 茶呵呵，[宋][元][宮]458 儞我應，[元][明]278 嚩三輪。

杳：[宮]397 多龍王。

大：[宮]657 龍王欠，[三][宮]1428。

逮：[宮]2059 禪師即，[甲]1733 彼岸八，[三]、逮者[宮]481 得意力，[三][宮]342 空慧不，[三][宮]2059 漢永平，[聖]481 緣，[聖]2157 于茲土，

[原]1778 輪王。

道：[三][宮][甲][乙][丙][丁]848 諸色皆。

闍：[甲]1828。

逢：[宮]1596 拏也本，[元][明]2103 高鑒惠。

慧：[三]212 人向暮。

建：[甲]1709 德本廣，[甲]2128 也象其，[甲]2217 立，[甲]2339 立問此，[甲]2434 立法故，[明]2149 摩留支，[三][宮]292 意信樂，[三][宮]635 之得了，[三][宮]1546 茶復有，[三][宮]2104 鴻猷故，[三][宮]2122 咤，[三]202 提，[三]620 陀，[聖]1763 因以盡，[宋][元][宮]2104，[宋][元]2060 集録山，[宋]291 山王頂，[乙]2408 立四壇，[元][明][甲]1007 諸天等，[元]1464，[原]1772 立於此，[原]1776 立。

健：[甲]1922 諸法相。

進：[宮]821 如是勤。

盡：[三][宮]397 邊際能。

淨：[三]643 過於眼。

達：[甲]2128 然以路，[三][宮]2102 被褐於，[乙]2207 云顏，[原]2194 曰顏纇。

了：[三]1568 我。

利：[三][宮]1521 爲人解。

連：[甲]2244 枳。

蓮：[甲]1731 多既稱。

滿：[元][明]360 十方。

逆：[宮]460 而無所，[宮]1602 其。

起：[宋][宮]278 緣起入。

遣：[甲]2339 方，[明]2060 奘開前，[聖]1441 摩提那。

遶：[原]1159 百千匝。

繞：[三]129 佛。

述：[三][宮]2041 苦相王。

速：[三][宮][聖][另]1543 於此法，[三][宮][聖]1579 進趣故，[宋]1509 到涅槃。

闍：[明]1283 婆王子，[三][宮]472 婆等聞，[三]682 縛。

檀：[聖]1426 膩。

途：[甲][乙]2263 第二師，[甲]1788 言真諦，[甲]2401 也無所。

塗：[甲]1268 薩寫耶。

脫：[明]193，[明]309 自然悉，[三]193 立之八。

陀：[三][甲][乙]2087 羅種也，[三]2121 羅刺自。

馱：[三]1337 上囉上。

違：[宮]1646 法度諸，[宮]425 是，[宮]585 諸通，[宮]2122，[甲]1830 爲無心，[甲]974 磨，[甲]1912 遠理則，[甲]1913 法華開，[甲]2130 白兒泥，[甲]2366 相順相，[明]1562 真理師，[三]2154 法經一，[三][宮]1562，[三][宮]2123 從炎天，[三]384 諸佛教，[乙]2296 比量立，[乙]2376 經旨誰，[乙]2397 心源故。

無：[乙]2261。

悟：[三][宮]2060 爲心預。

現：[宋]212 吾今當。

幸：[三][宮]2045 住不動。

逸：[三]2111 多殺父。

迎：[宮]2121。

於：[三]245 念念中。

遠：[宮]1536 慧彼，[宮][聖]397 世間清，[宮]222 宜便啓，[宮]263，[宮]310 隨順如，[宮]1546 分善根，[宮]2104 南寺十，[甲]1718 者五眼，[甲]1736，[甲]1744 到義邊，[甲]1816 明斷三，[甲]1816 生死空，[甲]2266 餘不勞，[甲]2284 一法界，[甲]2300 法師肇，[明]68 視天耳，[明]197，[明]202 殊才五，[明]567 者寧有，[明]1552 阿毘曇，[明]2102 其意既，[明]2145 性論何，[三][宮]585 行不可，[三][宮]639 王，[三][宮]1474 願，[三][宮]2060 恒州人，[三][宮]2060 將造其，[三][宮]2060 亮四公，[三][宮]2060 爲期當，[三][宮]2103 人屈己，[三][宮]2105 改子爲，[三][宮]2122 乘煙，[三][聖]211 心懷，[三]26 是謂聖，[三]639 解文字，[三]2060 傳二十，[三]2063 濟物爲，[三]2110 造招隱，[三]2122 理化物，[三]2149 鄉國來，[三]2154 菩薩問，[聖]291 往古宿，[聖]475 諸法相，[聖]2157，[宋][宮]2103 六通朗，[宋][宮]2122 百姓仰，[宋]2122 麗羅川，[元][明]2103 震體合，[原]、違[甲]1782，[原]1744 觀之者。

運：[宋][元][宮]、連[明]1507 意不失。

造：[三][宮]2103 人所以，[三]199 頌曰，[三]2088 羅鉢剌，[乙]逢[乙]2254 心云此。

照：[甲][乙]1709 空達。

遮：[甲]2195 事方可。

者：[三]291 音響二，[聖]1595 法界爲。

致：[三]2145 祖見群。

答

白：[三][宮]512 淨飯王，[三][宮]1451 言大師，[三]1154 王臣無，[聖]200 王何以。

報：[宮]1670 王內自，[明]1450 曰，[三][宮][聖]1428 言出家，[三][宮]2103，[三][知]418 言夜半，[三]156 言大王，[宋][元][宮]1432 言能盡。

並：[甲]1805 置本置。

持：[原]1764。

酬：[甲]1799 所問，[乙]2263 大悲深。

初：[聖]1462 集五百。

搭：[甲]2230 勢。

怛：[甲]1102 麼二合。

達：[甲]2015 三界空。

當：[甲]1816 三問前，[三]1435 知是大。

得：[三][宮]1435 波逸提。

等：[甲]2266 一釋如，[明]1648 謂覺觀。

第：[甲]1846 中雙答。

對：[甲]1705 曰許行，[甲]2006

之此相。

多：[三]982 跛答。

法：[三][宮]1546 應先滅，[元]2123 言王有。

佛：[三]374 言純陀。

復：[三]375 言我。

蓋：[三][宮][聖]416 彼比丘。

告：[丙]、－[戊]1958 言，[三][宮]637 如來當，[三]196。

各：[甲]1805 須三如，[甲]1735 難三二，[甲]1816 不以五，[甲]1828 別相狀，[明]1544 十二界，[三]193 罵調達，[聖]1542 一蘊少，[聖]1509 曰供，[宋][宮]2121。

含：[甲]1731 此兩四。

合：[甲]1765 言有油，[甲]1733 云佛亦，[甲]1736 云我以，[三][宮]221 者無，[三]190 食封祿，[乙]2777 也文並，[元]2063。

後：[甲]1828 答中有。

節：[甲][乙]1822。

今：[甲][乙]2263 料簡云。

經：[甲]1912 中但説。

各：[甲]1735 初外難，[甲]2434 也從此。

就：[原]1764 善果答。

舉：[甲]1816 者以菩，[乙]2263 之也故。

卷：[甲][乙]2261 第十四，[甲]1805 道洪法，[甲]1828 非正決，[甲]2367 皆共無。

立：[甲][乙]1822 也此。

留：[原]2339 感業。

門：[聖]、－[石]1509。

名：[甲]2266 言算，[甲]2266 有多類，[三][宮]1545 六處緣，[原]、若[原]1856 以九無。

明：[甲]2801 清淨道。

譬：[甲]1781 釋上病。

如：[甲]2249 此亦，[三]1545 正見是。

若：[宮]1425 言但如，[宮]1435 乃至三，[宮]1507 誠實受，[甲]、兩方若[乙]2263 生者二，[甲]2084 能持，[甲][乙]2261 立遍計，[甲][乙]2263 如前者，[甲][乙]2296 爾不二，[甲]1763 人雖復，[甲]1782 有至功，[甲]1816，[甲]1828，[甲]1828 爾，[甲]1828 離無漏，[甲]2195，[甲]2195 唯三時，[甲]2266 開爲，[甲]2266 若前三，[甲]2277 兩俱，[甲]2281 依今，[甲]2299 不竝者，[甲]2339 於一切，[明]1544 十九一，[明]1545 此中應，[明]1440 言某應，[明]1545 彼依契，[三]1545 有覺寤，[三][宮][聖]1425 言曾受，[三][宮]565 以滅定，[三][宮]1425 言不囑，[三][宮]1425 言負我，[三][宮]1425 言我無，[三][宮]1428 言無應，[三][宮]1435 言有應，[三][宮]1506 爲己故，[三][宮]1544 有成就，[三][宮]1545 彼所部，[三][宮]1648 觀者隨，[三][宮]2026 佛哀愍，[三]1435 言有應，[三]1441 言爾成，[三]1545 麟角喻，[聖]99 長者出，[聖]310 言是中，[另]

1543 曰生欲，[宋][宮]、者[元][明]1546 以滅故，[宋][元][宮]1483 主人意，[宋]1546，[乙]2259 大乘中，[乙]1821，[乙]2263 如後者，[乙]2296 維摩經，[乙]2394 中，[元][明]1545 諸四行，[原]、[乙]1744 以三德，[原]2279 如立我。

三：[甲]2181 量攝一。

善：[甲]1700 順佛，[甲]2266 盡處爲，[甲]2266 無心之，[三][宮]1546，[乙]1724 不善。

師：[甲]2006 云汝問。

是：[甲]1887 即前後。

釋：[乙]2263 此事而。

受：[三]、是[宮]2104 對不懼。

說：[三]1564，[元][明]374 爾時無。

塔：[甲]2053 次西南。

天：[宋]374 言長者，[原]、餘答[甲]2266 如尋思。

吞：[甲]、含[甲]1734，[甲]2255 食毒，[乙]2394 摩，[原]1282 之乞好。

爲：[三][宮]1435 舍婆。

問：[甲][乙]1822 也即五，[甲]1733 初，[甲]1736 若有我，[甲]2313 常途所，[明]1425 言，[三][宮][石]、門[聖]1509 中此是，[三][宮]1584 曰不離，[三]203 言尊者，[三]375 曰。

顯：[甲]2271 不定過。

向：[原]1764 前第二。

序：[宋][元][宮]2103。

言：[甲]2266 也文，[明]1545 空，[三][宮][聖]397，[三][宮]484，[三][宮]2121 柱不，[三]100，[三]201，[三]397，[聖]1425 言世尊。

養：[甲]2196 身而無。

益：[甲]2195 四諦十，[甲]2255 初文有，[甲][乙]1822 唯其段，[甲]1512 明諸佛，[甲]1717 中，[甲]1733 佛，[甲]1733 所益五，[甲]1735 波羅蜜，[甲]2261 諸句能，[甲]2305 故説爲，[三][宮]1509 尚破畫，[聖]1425 言饒益，[另]1509 曰實是，[另]1721 前明無，[原]1764 迦葉，[原]1776 以此中，[原]2339 殊。

議：[三][宮][聖]423 言祭。

有：[宮]1545 説。

語：[三][宮]1428 母言我。

欲：[乙]2782 具壽舍。

曰：[甲]1816 是正所，[三][宮]1451，[三][宮]2121 我等生。

云：[甲][乙]2261。

蘊：[甲][乙]1822 亦應説。

者：[甲][乙]1822 如文可，[三]1545 先立義。

之：[甲]1816 中有二，[甲]2396 可答亦。

答：[宮]1425 言我是，[三][宮]2122 諸僧曰。

打

扠：[聖]606 之舉聲。

拆：[聖]1462 破我屋。

杇：[甲]1110 諸弟子，[聖]310 衣

此菩，[聖]99 而罵辱，[聖]99 須臾塵，[聖]1537 鍾時麁，[聖]1549 便報打。

持：[宮]721，[明]1199 賊用眼，[三]1092，[元][明]1521 棒相復。

杵：[三][甲]1227。

戴：[三]643 鐵山鐵。

釘：[丙]2120 繩索諸。

頂：[聖]26 破不復。

赴：[宮]720 火滅導。

荷：[宋][元]1442。

落：[甲]2006 石頭城。

拍：[三][宮]1644 破其頭，[三]2121 掌夜叉。

捨：[明]1451 身體。

拾：[宮]2122 奴婢兼。

手：[宮]2040 委。

特：[元]1536 或縛或。

行：[宮][甲]1998 三千暮，[三][宮]1428 者若以。

朽：[宋][宮]397 婆訶。

於：[三][宮]1425 此使人。

杖：[三][宮]1646 等，[三]212 眾生處。

折：[甲]1268 四簡草，[原]1064。

治：[三][宮]2103 刹行道。

擲：[明]384 佛脚指。

捉：[宮]2034 之其。

撤：[明]、明註曰南藏打作攝2122 獼猴唯。

大

八：[甲]2261 地，[三]2145 荒。

寶：[三][宮]638 財時到。

本：[內][丁]866 部所有，[內]922 寶宮殿，[高]1668 性法身，[宮]2060 衆別耳，[宮]671 牟尼無，[宮]1471 沙門物，[宮]2034 十二門，[宮]2034 寺出僧，[宮]2058 慈悲，[宮]2058 業已，[宮]2060 齎梵本，[宮]2123 布施急，[甲]1718 悲心故，[甲]1924 願之熏，[甲]2223 菩薩授，[甲][乙]2309 師釋迦，[甲][乙]2328 菩，[甲][乙][丙]2286 書中安，[甲][乙]867 有金剛，[甲][乙]2192 源中胎，[甲][乙]2288，[甲][乙]2381 師戒但，[甲]1089 明王，[甲]1141 鉢囉二，[甲]1733 志二順，[甲]1816 般若勘，[甲]2120 乎尚德，[甲]2195 論既，[甲]2212 釋也毘，[甲]2223 菩，[甲]2227 悉地耶，[甲]2263 論此文，[甲]2263 論文云，[甲]2270 六千頌，[甲]2397 師東西，[明][和][內]1665，[明]2103 軍唯識，[明]2145 不同，[三]、大小[宮]2034 不同見，[三][博]262 慈悲，[三][宮][聖]2034 行六波，[三][宮][知]266 興有爲，[三][宮]402 願常作，[三][宮]402 願故大，[三][宮]498 居止伽，[三][宮]656 神慧神，[三][宮]748 衆僧食，[三][宮]1488 惡業及，[三][宮]1500 不是盲，[三][宮]2034 戒本一，[三][宮]2085，[三][宮]2085 鉢往取，[三][宮]2102 懼鬼神，[三][宮]2121 布施心，[三][聖]1 失意其，[三]100 師，[三]125 作阿，[三]264 慈悲，

[三]474 緣起非，[三]1533 饒益置，[三]2125 師，[三]2154 大同小，[三]2154 志，[聖]、大[聖]1733 聲名人，[聖][另]1459 鉢，[聖]1440 盡智現，[聖]1453 德明，[聖]1509 事異故，[聖]2157 集寶，[聖]2157 集別分，[聖]2157 神母結，[聖]2157 周録亦，[另]310 事如是，[石]1509 秦水精，[宋][宮]292 神足隨，[宋]2102 莊周以，[宋]2153 同，[乙]1796 聲三唱，[乙][丙]2227 印等三，[乙]1796 誓眞實，[乙]1866 覺地清，[乙]2157 同見房，[乙]2227 誓焉速，[乙]2263 論，[乙]2263 論文説，[乙]2296 相如故，[乙]2376 籍而今，[乙]2391 師毘盧，[元][明]2149 起塔於，[元][明]2058 行願演，[原]1774 處身滅，[原]2263 疏先陳，[原]2431 師彼中。

彼：[甲][乙][丙]922 眞言曰，[元][明]1428 德。

必：[宮]1428 送種種。

不：[宮]2060 根性人，[甲]1828 同他宗，[明]1669 亂故誹，[明][宮]、火[聖]1451 爲限齊，[三]191，[聖]190 説法諸。

叉：[宮]2122 豆當用。

禪：[明]2076 師一人。

長：[明]1450，[明]2076 耳三藏。

成：[明]1450。

尺：[甲][乙]1822 法是四，[甲][乙]1822 造色生。

出：[甲][乙]2261 體應知。

慈：[三]300 悲攝受。

此：[宮]1631 義，[三][宮]451 苦時若，[三]159 事如是，[原]2192 菩提。

次：[宮]656 慈愍，[甲]1805 座應誦。

達：[三]212 泉。

代：[宋]418 歡喜然。

待：[三][乙]953 舌出以。

道：[三][宮]810 意時天，[三]172 路頭平。

地：[三][宮]1522 山王差。

等：[甲][乙]1816 所住。

第：[甲]2314 二僧祇。

諦：[甲]2219 即三句，[甲]2218 不。

顛：[甲]2087 王何故。

定：[宋]890 心圓滿。

對：[甲]2290 法。

多：[三][甲]1085 供養，[聖]200。

厄：[甲]2163。

二：[三]196 師恩大，[三]1033 麥油麻。

法：[甲]2195 師文殊。

方：[三]2060 等明內。

非：[明]374 師子非，[三]26 地非地，[三]682 成。

夫：[宮]901 母達囉，[宮]1912 菩薩滿，[宮]2034 泥梨，[宮]2053 矣哉悲，[甲]1973 彌陀經，[甲][乙]1833 法王御，[甲]1722，[甲]1731 師，[甲]1789 知見故，[甲]1816 涅槃得，[甲]1973 彌陀經，[甲]2128 地一撮，[甲]2223 修眞言，[甲]2230 舍人主，[明]化藏 67 聲聞于，[三]、大災夫裁[宮]610 災患無，[三][宮]225 衆苦以，[三][宮]1478 士處世，[三]99，[三]2060 要事不，[三]2145 而能覩，[聖]1425 人多慈，[宋]2058，[元]2016 也菩薩，[原]1862 士。

伏：[宮]425 道心是，[三][宮]481 恐畏令，[宋]、足大[知]418 歡喜即。

佛：[另]1721 慧則三。

父：[三]2059 位乃深，[聖]643 王言舍，[元]2122 王。

甘：[聖]200 雨父母。

高：[三][宮][聖]1435 聲。

根：[乙]2263 一說。

故：[宋]189。

光：[甲]2128 也下音，[三][宮]2102 獄生。

國：[三][宮]300。

果：[甲][乙]1822 令心狂。

昊：[甲]1717 品當知。

何：[三]、河[聖]291 帝石山。

弘：[三][宮]481。

華：[三]193 安。

惠：[宋][宮]、慧[元][明]638 英菩薩。

會：[宮]2121 衆自念。

火：[丙]1141 空輪雙，[德]1563 三災逼，[丁]2244，[宮]754 積薪生，[宮][甲][乙]848 威光遍，[宮][甲]

1912 因月因，[宮]279 炬爾時，[宮]397 坑深，[宮]443 精進思，[宮]443 自在如，[宮]616 熱極入，[宮]624 之光明，[宮]901 損病人，[宮]1428 以手觸，[宮]1451 光明十，[宮]1509 分為二，[宮]1545 林闇林，[宮]1644 炎熱，[宮]1647 輪經說，[宮]1647 燒是，[宮]1808 比丘下，[宮]2060 捨餘有，[宮]2111 帝所居，[宮]2121 山下安，[宮]2123，[宮]2123 前火後，[甲]1067 鬙遍其，[甲]2227 杖也又，[丙]1209 三昧持，[甲][乙]、大王[乙]2390 吠微，[甲][乙]1225 壇者圓，[甲][乙]1796 光至爲，[甲][乙]2227 智燒一，[甲][乙]2228 焰口品，[甲][乙]2250 起已燒，[甲]853 風印毉，[甲]893 神裝束，[甲]973 空點，[甲]1007 指甲相，[甲]1065 虫哩乞，[甲]1067 進水輪，[甲]1076 印誦眞，[甲]1227 壇，[甲]1304 息災護，[甲]1728 刀山四，[甲]1785 亡如鳥，[甲]1828 勢，[甲]1828 災劫七，[甲]1909 焰佛南，[甲]2044 臣遣一，[甲]2082 猛，[甲]2084 燒騰光，[甲]2128 燭門內，[甲]2176 頭金剛，[甲]2223 故於樂，[甲]2250 梵無想，[甲]2263 常，[甲]2266 等如是，[甲]2266 所，[甲]2269 蛇怨至，[甲]2339 宅內樂，[甲]2339 宅之時，[甲]2394 聚五捨，[甲]2394 鑪應當，[甲]2400 入月教，[甲]2400 印中有，[甲]2400 指如開，[甲]2400 中節金，[甲]2401 刀，[甲]2401 光至爲，[甲]2401 火焰色，[甲]2401 星大

主，[明]293 焰金剛，[明]516 光其，[明]1299 祭，[明]1627 寶太虛，[明]1636 甕何業，[明]1646 炙等諸，[三][宮][聖][石]1509 熱雖食，[三][宮][聖]421 寂滅火，[三][宮]278 香電光，[三][宮]330 熾多惱，[三][宮]397 石若佛，[三][宮]419 去衆於，[三][宮]443 帝釋如，[三][宮]657 聚菩薩，[三][宮]671 等能清，[三][宮]722 無降女，[三][宮]746 熱逼身，[三][宮]749 地獄苦，[三][宮]1506 鐵臼以，[三][宮]1509 坑行，[三][宮]1549 聲因聲，[三][宮]1559，[三][宮]1584 等法遮，[三][宮]1641 熱以日，[三][宮]2027 積薪燃，[三][宮]2042 煙起十，[三][宮]2059 艦轉迫，[三][宮]2102 增，[三][宮]2103 亦異析，[三][宮]2121 伴至，[三][宮]2122 熾照八，[三][宮]2122 疫百姓，[三][甲]951 天神印，[三][甲]989 光寶幢，[三][聖]157 光三昧，[三][乙]1092 不空炬，[三]26 樂更，[三]42 熱數千，[三]99 弟子者，[三]125 鐵，[三]159 法光明，[三]310 炬能燒，[三]311 珠，[三]375 風時猶，[三]456 滿空化，[三]643 山高六，[三]722 焰中永，[三]888 風天壇，[三]908 召而相，[三]2110 作高座，[三]2123，[聖]、大威火滅[甲][乙]1199 威唯成，[聖]157 光明佛，[聖]310 持於世，[聖]341 菩薩集，[聖]613 光明如，[聖]613 想亦名，[聖]639 城一切，[聖]1435 念力白，[聖]1440 力勢常，[聖]1509 熱鐵

丸，[聖]1547 刺毒刀，[聖]1723 鐵地
上，[另]1428 炬然之，[另]1428 聚火
熾，[石]1509 家何以，[宋][宮]721 不
調舉，[宋][元][宮][聖]2042 即時彌，
[宋][元][宮]2121 鬘與瓦，[宋][元][宮]
2121 失衣物，[宋][元][宮]2122 海水，
[宋][元]606 怨，[宋]629 火光煙，[宋]
721 增動以，[宋]843，[宋]848 蓮華
王，[宋]890 菩提此，[宋]1191，[宋]
2122 利是，[乙]912 天自在，[乙]957，
[乙]1225 壇方穿，[乙]1225 院密縫，
[乙]2092 發當，[乙]2227 界，[乙]2263
父母常，[乙]2391 本八輪，[乙]2391
開二空，[乙]2391 輪又取，[乙]2408
端出，[乙]2408 面合，[乙]2408 壇尊，
[乙]2408 云云可，[乙]2408 直立，
[元][明]1 衆餘與，[元][明]721 屋中
而，[元][明][宮]227 雨雹雷，[元][明]
[宮]445 燈如，[元][明][聖]158，[元]
[明]440 丹火佛，[元][明]440 然燈
佛，[元][明]440 炎聚佛，[元][明]
2121，[原]1251 壇，[原]1764 增強
爲，[原]2409 端出左，[原]2409 覆捻
二，[原]1248 輪四角，[原]1251 入，
[原]1251 上呪曰，[原]1251 神大飲，
[原]1251 生印若，[原]1251 壇結印，
[原]1251 印左右，[原]1776 劫七倍，
[原]1796 障并攝，[原]2387 真言，
[原]2393 威眞言，[原]2409 輪合是，
[原]2409 頭少開，[知]384 各自離，
[知]741 熱爛。

機：[甲]1735 二正明。

即：[明]244 灌頂法。

急：[三][宮]1437 因緣應。

界：[三][宮][聖]476 起以彼。

九：[甲]2266 論第八。

久：[宮]1509 痛轉深，[明]1380，
[原]1723 遠故。

軍：[三][宮]397 將千眷。

可：[三][宮]1421 貴可重，[三]
[宮]2122 怖畏爾。

力：[三][宮]271 忍力等，[三]682
故輪迴。

利：[三]374 智是人。

令：[乙]2385 傍側正。

六：[甲]1913 章生解，[甲]1729
種，[甲]2053 神變度，[甲]2157 根聚
經，[甲]2168，[甲]2250 風輪有，[甲]
2266 乘師等，[甲]2299，[別]397 千
世，[三][宮]414 神通三，[三][宮]2121
牙齒間，[三]153 波羅蜜，[三]384 師
同耶，[乙][戊][己]2092 齋常設，[乙]
2408，[元][明][聖]278 波羅蜜，[原]、
[乙]1744 意佛昔，[原]1772 波羅蜜。

鬘：[宮]1562 母汝意。

美：[聖]211 故。

米：[三][宮]、朱[聖][另]1548 豆
小豆。

妙：[甲]2006 用非同。

名：[三][宮]2040 瞿曇氏。

魔：[甲]2255 事品至，[三]474 衆
皆見。

木：[甲]1736 義如何，[甲]1796
麥密及，[甲]2128 何徒可，[甲]2255
也方言，[三]1200 麥即爲，[三]2110
精始出，[聖]1462 林中於，[元]、狀

[明]1453 如李子，[元][明]901 瓦罐八，[元]1169 明作護，[元]2060 雨。

內：[明]1546 法答曰。

女：[甲][乙]2194 僧有二，[三][宮][聖][石]但聖本有大或本三字傍註 1509 人有得，[宋][宮]1442 食人血。

普：[三]2063 莊嚴寺。

七：[宮]2040 願勿復，[甲][乙]2232 勸方能，[明][甲]951 寶綵傘，[三][宮]2122 聖垂化，[三][宮]2122 衆驚慟，[宋][明]1128 曜諸惡。

妻：[三]146 子亦無。

其：[三]192 怨敵，[三][宮]313。

齊：[三]2063 釋寶唱。

起：[甲]1735 捨三結。

千：[宮]2108 覺垂教。

全：[甲]1736 即性若。

犬：[宮][甲]1912 膏鷄膏，[宮]1558 力四內，[宮]2060 跡儼然，[甲]2128 古今正，[甲]2128 鼠力葉，[甲]2128 作狢字，[甲]2207 聲又鄙，[甲]2358 譬頗存，[明]721 叫喚地，[明]2103 鳥群飛，[三][宮]2102 鹿窮年，[三][宮]2122 豕從者，[三][乙]1092 光又明，[三]2103 鳥旋塔，[宋]、本[宮]2122 鉢滿中，[宋][宮]2122 因冷風，[宋]384 香風吹，[宋]1435 金鉢出，[元][明][宮]2122 如，[元]2122 如。

群：[三]196 衆來適。

人：[宮]263 正法或，[宮]397 智

聚能，[宮]745 狗利，[宮]1425 擔水，[宮]1998 衆隨至，[宮]2060 覺希言，[宮]2108 德曰生，[甲]1786 數也二，[甲]2323 生非定，[甲][乙]2231 相也第，[甲][乙]2263 師判，[甲][乙]2385 海印稍，[甲]1782 二空地，[甲]1782 身化十，[甲]1918 勢小輪，[甲]2035 哉中之，[甲]2261 同受潤，[甲]2266 空，[甲]2339 法亦名，[甲]2792 煩惱改，[明]278 悲心覆，[明]415 供養天，[明]1636 乘智惠，[明]2131 覺李相，[三][宮]286 衆，[三][宮]376 者有，[三][宮]588 亦皆空，[三]71 聖身有，[三]184 雄常自，[三]186 辯才無，[三]1033 中爲首，[三]1421 居士并，[三]1534 藥煩惱，[聖]271 王威德，[聖]566 富，[聖]1509 相捨此，[宋][宮]721 力過於，[宋][宮]2060 道清虛，[宋][元][宮]2053 隱，[宋][元]200 師云何，[宋][元]1428 富多諸，[宋]159 法螺覺，[宋]1433 僧與尼，[元]220 勢力猶，[元][明]2110 聖衆至，[元]374 身故大，[元]443 帝釋如，[元]1116 臣於彼，[知]266 道狐疑，[知]1785 士下二。

入：[宮]1545 三無數，[宮]1912 經大品，[宮]2060 禪，[宮]397 德譬如，[宮]659 悲心無，[和]293 歡喜光，[甲]1805 般涅槃，[甲]951 三界爲，[甲]1973 矣哉中，[甲]2261 大乘名，[明][甲]1177 慈，[明]673 爲作何，[明]1486 城中有，[明]2154 方等

大，[三][宮]387 神通，[三][宮]2043 梵天，[三]2145 經詳其，[森]286 涅槃一，[宋]220 捨十八，[宋]202 山遊獵，[宋]2034 方等大，[乙]2397 法之人，[元][明]678 三昧禪，[元][明]882 毘盧遮，[元][明]2016，[元][明][乙]1092 豆酥蜜，[元][明]244 鉤召勢，[元][明]244 毘盧遮，[元]187 悲軍能，[元]211 人名曰，[元]390 臣長，[元]754 海羅睺，[元]1443 驚怖四，[元]2016 海中，[元]2122 扇若行，[原]1089 聖者還，[原]2299 問小既。

若：[宮]1509 有福德。

三：[甲]2255 論名教，[甲]1744 千界成，[明]495 千，[三][宮]244 明時息。

山：[三][宮]2122 火起欲。

上：[宮]411 記別法，[甲]2371 根菩薩，[三][宮]411 慈悲但，[元][明]379 神通師。

少：[宮]263 財世界，[甲]908 杓三滿，[甲]1709 大小乘，[宋][元]、太[明][宮]2108 常伯寶。

涉：[三][宮]374 高山離。

身：[三]158 如芥子，[三]196 光照。

甚：[三]100 明頂禮。

生：[明]613 歡喜禮。

勝：[宮]1559 悲。

聖：[原]1858 教卷而。

膿：[原]、小[原]1239 呪二十。

失：[乙]2296 謂情之。

施：[甲]1782 二淨戒。

十：[甲]1735 文第，[甲]2227 地菩薩，[甲]2263 地菩薩，[三]1227 指與頭，[宋]883 明曰，[乙]1736 千世界，[元][明]425 名聞明，[元][明]2154 方等大。

時：[三]2122 王設會。

實：[甲]2371 意自行。

駛：[三][宮]1521 弟子莫。

士：[甲]、大[甲]1731 事，[宋][宮]2060 丈夫何，[宋]2110 義孝性。

世：[宋][元][宮]448 尊。

是：[甲]2255 名爲眞，[三][宮]1509 欲精進，[元]422 海水聚。

勢：[三][宮]657 力。

誓：[三][宮]397 願已聽。

釋：[甲]1731 小相海，[甲]2270 反轉易，[乙]2297 論師建，[乙]2263 意可成。

手：[明]901 指逆。

澍：[聖][另]302 法雨令。

水：[宮]2122 河之所，[宮]1428 房，[甲]2037。

四：[乙]2391 水風地。

宋：[三]2063 莊嚴寺。

太：[宮][聖]1421 長佛言，[宮]426 空義心，[宮]654 輕安善，[宮]670 之子以，[宮]882 眞實，[宮]885 士當知，[宮]1548，[宮]1559 過之失，[宮]1646 因經中，[宮]1998 殺道只，[宮]2034 六向拜，[宮]2040 同小異，[宮]2060 論及阿，[宮]2103 教，[宮]

2108，[宮]2121 夫人病，[宮]2121 林中遥，[宮]2121 學婆羅，[宮]2121 衆圍遶，[宮]2123 山半腹，[和][內]1665 虛空湛，[甲]、本[乙]2173 平，[甲]1789 子者即，[甲]1860 義言，[甲]1911 過若都，[甲]2128 夫車也，[甲]2266 法師至，[甲][丙][丁]2092 和，[甲][丙]2163 元帥本，[甲][乙]1822 小如苦，[甲][乙]2003 勞生，[甲][乙]2003 原孚語，[甲][乙]1822 過失故，[甲][乙]1822 過失至，[甲][乙]1832 子經等，[甲][乙]2194 而，[甲][乙]2194 老中方，[甲]1134 陽，[甲]1718 歡喜白，[甲]1775 山也六，[甲]1782 虛，[甲]1792 山等三，[甲]1805 甚請以，[甲]1820 虛下見，[甲]1821 過失諸，[甲]1831 虛空難，[甲]1836 甚，[甲]1846 保蕭公，[甲]1912 落漠次，[甲]1913 難信是，[甲]1932 矣余曰，[甲]1969 虛故不，[甲]1969 學魁選，[甲]1969 遠不能，[甲]2035 半，[甲]2035 和元年，[甲]2035 建元年，[甲]2035 史蘇由，[甲]2035 說即日，[甲]2035 祖親緘，[甲]2036 情也情，[甲]2037 戌問於，[甲]2039 后依忠，[甲]2039 宗春秋，[甲]2052 丘長仲，[甲]2073 白山神，[甲]2082 山廟求，[甲]2119 郡名州，[甲]2125 事嚴科，[甲]2128 澤也從，[甲]2157 子沐魄，[甲]2163 元帥祕，[甲]2261 業又曰，[甲]2274 虛空云，[甲]2362 其下八，[甲]2397 久遠所，[明]1451 夫人乘，[明]

1521 山者是，[明]1547 妙智故，[明]2076 和中，[明]2108 監劉審，[明]2122 山口如，[明][和]293 虛空諸，[明][甲]964，[明][甲]1177 虛空不，[明][聖]663，[明][聖]663 子信相，[明][乙][丙]931 虛廓無，[明]165 子應授，[明]184 多今攦，[明]189 海思太，[明]190 夫人奴，[明]190 言國大，[明]190 子者本，[明]192 安無異，[明]206 哭我憶，[明]261 山頭如，[明]721 冷受大，[明]1005 法蠡是，[明]1056，[明]1227 吉祥天，[明]1284 惡聲如，[明]1299 合，[明]1299 陰直日，[明]1336 急呪水，[明]1450 夫人韋，[明]1450 子從內，[明]1450 子既占，[明]1577 苦，[明]1627 蘊胎藏，[明]1648 急太，[明]2034 安二年，[明]2040 山崩悲，[明]2063 化葷鮮，[明]2076 和八年，[明]2076 和九年，[明]2076 寧院上，[明]2076 省無辜，[明]2102 和豎于，[明]2103 直奏事，[明]2110 都，[明]2110 王王季，[明]2121 子三行，[明]2122 定四寺，[明]2122 苦二人，[明]2122 平之都，[明]2131 子此出，[明]2145 師之本，[明]2145 虛空藏，[明]2151 德法師，[明]2154 安般守，[三]246 子王子，[三]2088宗晏駕，[三][宮]1545 少耶，[三][宮]1545 子具三，[三][宮]2060 山崩，[三][宮]2104 史令，[三][宮]2122 子大臣，[三][宮][甲]2053 寧叡思，[三][宮][甲]2053 子機神，[三]

[宮][甲]2053 子又宣，[三][宮][聖]278 子成，[三][宮][聖]279 虛空，[三][宮][聖]613 山而有，[三][宮][聖]790 子名祇，[三][宮][聖]1462 近何過，[三][宮][聖]1462 熟或言，[三][宮][聖]1463 平人民，[三][宮][聖]1562 過失故，[三][宮][聖]2060，[三][宮][另]1442 小諸苾，[三][宮]225 山其形，[三][宮]263 山，[三][宮]310 虛界毛，[三][宮]317，[三][宮]321 子生得，[三][宮]507 山，[三][宮]513，[三][宮]534 山蠅，[三][宮]620 山崩心，[三][宮]627 山菩薩，[三][宮]627 早寧，[三][宮]638 山崩吾，[三][宮]665 夫人誕，[三][宮]721 遠，[三][宮]729 山，[三][宮]760 子言得，[三][宮]1421 麂大，[三][宮]1421 厚佛言，[三][宮]1425，[三][宮]1425 多出不，[三][宮]1425 貴汝云，[三][宮]1425 善視，[三][宮]1425 相近中，[三][宮]1425 遠離，[三][宮]1428 在前行，[三][宮]1428 子，[三][宮]1435 逼近不，[三][宮]1435 老，[三][宮]1435 重實重，[三][宮]1442 虛現大，[三][宮]1451 長俗人，[三][宮]1451 夫人請，[三][宮]1451 苦答，[三][宮]1455 下不象，[三][宮]1462 減不失，[三][宮]1462 子王復，[三][宮]1463 高小，[三][宮]1470 早，[三][宮]1472 疾亦不，[三][宮]1545，[三][宮]1545 總盡無，[三][宮]1546 過如毘，[三][宮]1552 子如內，[三][宮]1562，[三][宮]

1562 不聰，[三][宮]1562 過失爲，[三][宮]1562 過失又，[三][宮]1563 少應言，[三][宮]1571 過失樂，[三][宮]1631 全不相，[三][宮]1646 甚以心，[三][宮]1673 山咽口，[三][宮]1808 遠聚，[三][宮]2034 安年譯，[三][宮]2034 子須大，[三][宮]2034 祖宇文，[三][宮]2040 山地獄，[三][宮]2040 子名釋，[三][宮]2040 子群臣，[三][宮]2040 子貪惜，[三][宮]2040 子爲世，[三][宮]2059 始四年，[三][宮]2059 尉庚，[三][宮]2059 元之末，[三][宮]2059 原王琰，[三][宮]2060 昌僧宗，[三][宮]2060 和寺群，[三][宮]2060 極殿各，[三][宮]2060 山當來，[三][宮]2060 尉晉王，[三][宮]2060 尉蕭綜，[三][宮]2060 武感致，[三][宮]2060 學寺融，[三][宮]2060 元十二，[三][宮]2102 暉灼兮，[三][宮]2102 極所以，[三][宮]2102 峻反不，[三][宮]2102 虛以遊，[三][宮]2102 元，[三][宮]2103 大武周，[三][宮]2103 甲治十，[三][宮]2103 上道君，[三][宮]2103 上皇崩，[三][宮]2103 上所遣，[三][宮]2103 上之尊，[三][宮]2103 上尊貴，[三][宮]2103 室張樂，[三][宮]2103 玄都坐，[三][宮]2103 原或有，[三][宮]2103 宰問於，[三][宮]2105 史蘇由，[三][宮]2108 武眞君，[三][宮]2111 子文學，[三][宮]2112 極是生，[三][宮]2112 狂，[三]

[宮]2121，[三][宮]2121 過，[三][宮]
2121 后諮議，[三][宮]2121 山獄六，
[三][宮]2121 無形觀，[三][宮]2121
子拜曰，[三][宮]2121 子棄國，[三]
[宮]2121 子言何，[三][宮]2121 子姨
母，[三][宮]2122，[三][宮]2122 康中
禁，[三][宮]2122 平，[三][宮]2122 山
崩天，[三][宮]2122 山咽内，[三][宮]
2122 上者靈，[三][宮]2122 武遭疾，
[三][宮]2122 子答曰，[三][宮]2122
子受我，[三][宮]2122 子亦自，[三]
[宮]2122 祖，[三][宮]下同 1443 公護
大，[三][甲][乙]982 白，[三][聖]125
子，[三][聖]190 子言大，[三][聖]172
子屍上，[三][聖]190 子，[三][聖]190
子髮髻，[三][聖]190 子還但，[三]
[聖]190 子迴還，[三][聖]190 子時諸，
[三][聖]190 子我有，[三][聖]190 子
在於，[三][聖]190 子作，[三][聖]200
子及，[三][聖]1537 虛空，[三][聖]
1579 極浮，[三][聖]1579 擧故掉，
[三]5 疾當於，[三]6，[三]26 精勤患，
[三]26 子汝後，[三]97 過六正，[三]
99 早今且，[三]133 子群臣，[三]145
后薨母，[三]152 山鬼神，[三]152 子
妻兒，[三]156，[三]185 子默然，[三]
187 子而去，[三]190 子眼目，[三]
190 子諸，[三]196 夫人背，[三]199
山地獄，[三]202 子迦良，[三]206 山
崩擧，[三]212，[三]220 三摩地，[三]
220 虛空大，[三]279 虛空一，[三]
375 夫，[三]984 山住耆，[三]1331 山

當以，[三]1336 虛三者，[三]1442，
[三]1562，[三]2103，[三]2103 有玄
都，[三]2104，[三]2108 司成令，[三]
2110 保司徒，[三]2110 帝君上，[三]
2110 帝者是，[三]2110 傅昌寧，[三]
2110 公並，[三]2110 后於，[三]2110
極是生，[三]2110 平，[三]2110 上之
號，[三]2110 原公王，[三]2110 眞科
九，[三]2122 史扈多，[三]2122 學
之，[三]2122 元之末，[三]2125 急將
爲，[三]2145 康十年，[三]2145 息以
爲，[三]2145 元二十，[三]2146 子，
[三]2149 皇創寺，[三]2149 建初己，
[三]2149 平是也，[三]2149 山北人，
[三]2149 子，[三]2149 子和休，[三]
2153 安年竺，[三]2153 白魔王，[三]
2153 學博士，[三]2153 子本起，[三]
2154 二年正，[三]2154 和舊宮，[三]
2154 學博士，[三]2154 子經一，[三]
2154 祖，[聖][甲]1733 寂滅處，[聖]
[另]303 多眷屬，[聖]125 王所言，
[聖]190 算師言，[聖]278 林名曰，
[聖]278 震動，[聖]823 尉定昌，[聖]
2157，[聖]2157 安二年，[聖]2157 伯，
[聖]2157 皇創寺，[聖]2157 武皇帝，
[聖]2157 熙元年，[聖]2157 元六年，
[聖]2157 原府崇，[聖]2157 子和休，
[宋]、天[元][明]2060 官云奉，[宋]、
已太[元]、已大[明]2149 同三，[宋]
[宮]、汰[元][明]2105 其心學，[宋]
[宮]2059 石寺乃，[宋][宮]2103 成子
赤，[宋][宮]2122 殿後畫，[宋][明]

1191 肥瘦偏，[宋][明][宮]549 子去亦，[宋][明]1191 陰直日，[宋][元]、泰[聖]199 疾，[宋][元]1562 光明有，[宋][元]2061 父其高，[宋][元][宮]2103 上，[宋][元][宮]2103 甚而威，[宋][元][宮]2121 過二，[宋][元]901 登反揭，[宋][元]1475 尼共，[宋][元]2034，[宋][元]2061 寧軍節，[宋][元]2103 子謝講，[宋][元]2110 始五年，[宋][元]2122 石寺，[宋][元]2154 后崩塵，[宋]26，[宋]374 舶樓櫓，[宋]1428 衆不悉，[宋]1458 迦攝波，[宋]1694 山受宿，[宋]2061 極元年，[宋]2121 子失財，[醍]26 天王以，[乙]1239 元，[乙]1239 元帥召，[乙]1772，[乙]1796 心是一，[乙]1796 也反明，[乙]1821 過失故，[乙]1822 過失引，[乙]2120 常卿使，[乙]2173 拏太子，[乙]2174 元帥禎，[乙]2185 海比菩，[乙]2296 虛之苞，[元]、夫[宮]2034 同元大，[元]2061 原矣所，[元][明]414 山崩作，[元][明]2060 行，[元][明][宮]2122 樂伎現，[元][明]152 初見世，[元][明]203 白山八，[元][明]425 官令以，[元][明]665 夫人寢，[元][明]1442，[元][明]2016 虛，[元][明]2016 虛忽雲，[元][明]2016 虛有無，[元][明]2103 宰大駭，[元][明]2110 霄隱書，[元][明]2121 遠四大，[元][明]2122 極，[元][明]2145 寺從天，[元]152 善鼇退，[元]606 亦，[元]1092 摩尼寶，[元]1421 德大德，[元]1425 舍重樓，[元]1451 若頓殺，[元]1579 歡喜是，[元]2061 師號無，[元]2149 同元年，[原]1854 法師用，[原]1251 子有各，[原]1796 廣故不，[原]1796 虛澄廓，[原]2001 無端師，[原]2395 原澄觀。

汰：[甲]1736 公本無。

泰：[宮]263 父想見，[明]310 山，[三][宮]2122 伯延陵。

嗁：[三][聖]190 哭作如。

體：[三][宮]2032 毘履部。

天：[丙]897 室通許，[博]262 海水等，[丁]1141 龍王等，[宮]279 鼓音，[宮][聖]425 道安，[宮][聖]613 比丘衆，[宮][石]1509 王久違，[宮]244 精進而，[宮]244 樂尊，[宮]278 音聲百，[宮]310 人乾闥，[宮]397 力及大，[宮]397 設諸莊，[宮]425，[宮]425 華揚名，[宮]530 仙人，[宮]640 成，[宮]664 神大飲，[宮]720 行死者，[宮]721 龍王聞，[宮]813，[宮]895 路或住，[宮]895 菩薩菩，[宮]1545 王衆天，[宮]1810 童男家，[宮]2034 寺之東，[宮]2060 遂本，[宮]2122 門又巡，[宮]2122 神降藥，[宮]2122 王過去，[甲]、大天[乙]2227 王衆天，[甲]1736 地名爲，[甲]2039 朝使佐，[甲][乙]1833 池總名，[甲][乙]2231 池時總，[甲][乙][丙][丁]2092 道禍，[甲][乙]1220 自在力，[甲][乙]1816 池通名，[甲][乙]2309 安布相，[甲]895 神及阿，[甲]952 俟呵野，[甲]1782，

[甲]1782 蓋是三，[甲]1823 王，[甲]1891 天主天，[甲]2001 龍不受，[甲]2008 龍下雨，[甲]2035 時部居，[甲]2035 王於瓦，[甲]2039 位而不，[甲]2130，[甲]2244 神金翅，[甲]2249 因起戒，[甲]2299 菩薩福，[甲]2376 火四起，[甲]2400 比丘四，[甲]2412 三千界，[甲]2907 最勝樂，[明]246 聲聞彌，[明]397 王，[明]549 王天忉，[明]1272 供養及，[明][和]293 故爲，[明][聖]225 愁毒譬，[明]24 宮殿便，[明]126 妙音跋，[明]192 帝釋大，[明]199 力大神，[明]217 衆皆悉，[明]220 王衆天，[明]261 菩薩恭，[明]270 地山海，[明]278 梵王讚，[明]291 正士以，[明]293 衆轉正，[明]305 天人妙，[明]310 雨起漏，[明]312 王天作，[明]318 神妙諸，[明]354 王處多，[明]377 悲不普，[明]423 恩時速，[明]475 人聞所，[明]665 王衆天，[明]721 臣或時，[明]721 王名憍，[明]950 眞言王，[明]984 將軍守，[明]992 震聲光，[明]1331 龍王善，[明]1450 衆旋繞，[明]1484 地青黃，[明]1509 主釋提，[明]1536 王，[明]2040 人等令，[明]2053 女國是，[明]2123 德弟子，[明]2145 品一，[三]193 子如山，[三]258 衆等恭，[三][宮]279 之解脫，[三][宮]294 地六種，[三][宮]303 王天宮，[三][宮]721 神通若，[三][宮]1473 人所住，[三][宮]1545 王衆天，[三][宮]

[聖]268 音樂復，[三][宮][聖]425 愛侍者，[三][宮][聖]1509 地爲六，[三][宮][聖]2042 梁折壞，[三][宮]263 法則爲，[三][宮]263 神若干，[三][宮]272 國與無，[三][宮]279 光明，[三][宮]279 眼智普，[三][宮]310 人所敬，[三][宮]324 道心，[三][宮]374 人受佛，[三][宮]387 霑王天，[三][宮]397 龍王不，[三][宮]398 明所照，[三][宮]402 魔王，[三][宮]433 覺眼亦，[三][宮]456 地一切，[三][宮]707 衆聞佛，[三][宮]721 王所決，[三][宮]721 王之身，[三][宮]817 意之花，[三][宮]821 進菩薩，[三][宮]822 龍神通，[三][宮]823 王天次，[三][宮]1451 衆，[三][宮]1507 漢言曰，[三][宮]1509 燈明，[三][宮]1536 王衆天，[三][宮]1545 王衆天，[三][宮]1549 人自言，[三][宮]1559 王天身，[三][宮]1579 王，[三][宮]1656 富貴自，[三][宮]1660 福，[三][宮]2053 地俱起，[三][宮]2059 心便是，[三][宮]2060 風雨雷，[三][宮]2102 壇希囑，[三][宮]2103 空過三，[三][宮]2103 神調陰，[三][宮]2103 神列，[三][宮]2121，[三][宮]2121 王今此，[三][宮]2123 神，[三][甲]951 雨相八，[三][聖]26 王當，[三][聖]125 尊受命，[三][乙]1092 王種種，[三]26 果報諸，[三]26 尊師是，[三]100 王猶如，[三]125 王臨命，[三]154 王非我，[三]156 花菩薩，[三]201 齋，[三]212 地

塵土，[三]264 王名曰，[三]278 城名
曰，[三]291 陰不失，[三]292 遊觀
毀，[三]643 電頃生，[三]682 地亦
爲，[三]1331 地從東，[三]1335 白，
[三]1374 嗢鉢羅，[三]1485 池水蓮，
[三]1547 天王設，[三]1558 王衆天，
[三]2060 鼓，[三]2103 之物寧，[三]
2103 尊，[三]2105 文，[三]2122 欲
即至，[三]2123 業心自，[三]2145 心
便是，[三]2145 儀啓心，[三]2149 分
用啓，[三]2154 神，[三]2154 心便
是，[森]286 金，[聖]26 王，[聖]158
聲如難，[聖]210，[聖]211 人體無，
[聖]643 地六種，[聖]953，[聖]953
忿怒汝，[聖]1425 風雨置，[聖]1460
衆中説，[聖]2157 二年正，[聖]2157
曆九年，[聖]2157 心便是，[另]1435
臣言王，[石]1509 地所願，[石]1509
王故，[宋]、太[元][明][聖]190 子者
在，[宋]220 王衆天，[宋]226 慧而
自，[宋]480 衆前後，[宋]2061 寶元
年，[宋][宮]627 地百億，[宋][宮]656
人之相，[宋][明]99 龍無恐，[宋][明]
1191 輪佛頂，[宋][元]220 王衆天，
[宋][元][宮]1442 王衆天，[宋][元]
[宮]1521，[宋][元][宮]1562，[宋][元]
[宮]2040 師三界，[宋][元][宮]2104
道雖無，[宋][元]39 王卿等，[宋][元]
1566 王此六，[宋][元]1585 菩薩韞，
[宋]25 如車輪，[宋]100 地諸山，[宋]
199 人之相，[宋]220 王衆，[宋]664
鬼神等，[宋]1579 風輪量，[宋]1605

輪，[乙][丁]2244 海中雨，[乙]1736，
[乙]1772 盡其年，[乙]1822 王衆天，
[乙]1822 王自遠，[乙]2164 覺之位，
[乙]2227 仙悲未，[乙]2391 護作之，
[乙]2408 部，[乙]2408 衆還，[元]1531
慈悲心，[元][明]191 王天直，[元][明]
660 帝釋福，[元]2016 人座大，
[元][明][宮]374 王所謂，[元][明]99
地何物，[元][明]125，[元][明]190 地
震，[元][明]228 王天，[元][明]294
願，[元][明]402 師想由，[元][明]403
悉不可，[元][明]411 王天乃，[元]
[明]434 尊號曰，[元][明]628 女持栴，
[元][明]630 恩之福，[元][明]642 衆
一切，[元][明]643 寶蓋純，[元][明]
721 阿修羅，[元][明]721 王之前，
[元][明]721 仙汝今，[元][明]826 王
所言，[元][明]1025 王天梵，[元][明]
1187 龍現功，[元][明]1227 寒林，
[元][明]1331 王大王，[元][明]1335
地，[元][明]1507 聖無所，[元][明]
1523 城中所，[元][明]1537 王衆天，
[元][明]2060 聖擔棺，[元][明]2110
王小王，[元][明]2122，[元]1 蓮華，
[元]26 苦災患，[元]100 王實爾，[元]
186 法光曜，[元]381 聖講説，[元]
539 慳貪故，[元]575 王於意，[元]
594 自在天，[元]639 師子吼，[元]
1257 蓮華龍，[元]1425 勢力者，[元]
2040 王起，[原]2425 鼓光明。

聽：[甲]2897 衆得未。
頭：[甲]981 指上節。

徒：[明][宮]1435 衆言隨。

土：[宮]403 法令入，[三][聖]291
地，[原]1286 竈額上。

退：[原][甲]2196 況不違。

馱：[甲]1781 爲始得。

馱：[三][宮]720 富樓那，[三]
2043 爲世間，[元][明]2042 化緣已，
[元][明]2043，[元][明]2145 跋陀傳。

外：[三]212 寇入境。

王：[三]2149 神呪經。

威：[聖]663 力。

爲：[甲]1873 樹，[三][宮]374，
[聖]125 災患瞋，[元][明][聖]1509 長
此迦。

未：[三][宮]288 脫，[聖]2157 化
每至。

文：[甲]1723 勢類同，[甲]2266
等是，[甲]2266 等是無，[甲]2266 同，
[甲]1708 別有三，[甲]1717 爲，[甲]
1724 乘阿毘，[甲]1724 之一乘，[甲]
1782，[甲]1887 慈悲心，[甲]2250 同，
[甲]2250 異寶，[甲]2266 二之三，[甲]
2266 明大屬，[甲]2266 有，[甲]2266
圓鏡智，[甲]2434 意遂雖，[甲]2434
意者以，[明]273 一本，[明]1341 光
明如，[三][宮]462 我與文，[三][宮]
1462 句次易，[三]2060 義精通，[三]
2154 義雖通，[聖]643 石窟入，[宋]
[元]2154 同，[元][明][聖]2060 國莫
敢，[元][明]2122 帝造般，[原]1829 勢
同此。

無：[三]985 力龍王，[原]、無

[甲][乙]1822 滅相。

武：[明]2153 周刊定。

悉：[三]474 歡喜。

下：[甲]1700 海初。

仙：[三]956 主壽命。

先：[三][宮]2104。

相：[乙]1909 光。

小：[宮][甲]1912 者或指，[甲]
1766 相也既，[甲]1717 乘，[甲]2266
乘所計，[三][宮]1443 縫或時，[三]
[宮]1546 所緣，[三]2103 秋毫非，
[聖]2157 乘經律，[聖]1454 搏圓整，
[原]2395 乘之，[原]2339，[原]2408
各開立。

邪：[明]312 喻所不。

心：[明]1509 歡喜，[乙]901 呪。

修：[甲][乙]2254 行也此。

言：[和]261 觀察者，[元]228。

夭：[宮]309 地水火，[宮]738 惡
國無，[甲]2339 秀諸乘，[明]1509 入
空解，[明]1560，[元]1644 伺待門。

業：[甲]2255 有二義。

一：[宮]1618 本染污，[甲]2195
乘名攝，[甲]2250 樹蔭得，[三][宮]
[聖]2034 乘大方，[三][宮]745 群鬼
捉，[三][宮]2121 衆人，[三][聖]157
莊嚴三，[三]202 長者財，[三]2063 講
僧尼，[另]1721 悲次，[另]1721 乘之
名，[宋]2016 大緣起，[原]2196 期不
斷。

以：[宮]616 生憂以，[甲]2036，
[三][聖]189 石槽從。

亦：[甲]2195 異豈一，[三]1 滅，麤細，[原]2266 復虛加。

嘷：[宋][宮]、號[元][明]2121 哭悶絕。

因：[宋]721 苦惱不。

永：[明][宮]2108 明中勅，[宋]2059 明六年。

尤：[甲]2128 象徧曲。

有：[甲]2274 法而不，[明]2103 唐麟德，[明]2122 唐之初，[三]2122 發三乘，[聖]1462 境界二，[宋][元]2106 洲中統，[乙]1909 王。

又：[丁]2244 云有山，[甲]1724 乘如其，[甲]2217 疏抄云，[元][明][宮]383 悶絕不。

右：[甲]、左[原]1111 豎相又。

于：[三][宮]2123，[三]154 海遊走。

元：[三]721 魏婆羅。

約：[乙]1796 而言之。

云：[甲]2039 改刱在。

葬：[三]2121 快見國。

丈：[丙]2120 夫爲奏，[宮]、[聖][石]1509 光無量，[宮]2122 木牌高，[宮]1509 光，[甲]1068 器右手，[甲]1781 故是内，[甲]1816 夫相故，[甲]2073 及明，[甲]2196 夫二根，[甲]2266 夫牛王，[甲]2266 夫至而，[明]152 夫投危，[明]350 夫，[明]350 夫樂於，[三]68 夫子舉，[三]2122 夫亦有，[聖]172，[聖]1451 夫人所，[聖]1509 光，[聖]1509 光明踊，[石]1509 光周身，[宋]190 高，[元][宮][聖][石]1509 光無量，[元][宮]227 光覺已，[元][明][宮]614。

蒸：[三][宮]721 熱猶如。

正：[宮]2078 法眼藏，[甲]1863 因始令，[三][宮]402 覺，[三][宮]1606 願修，[宋][宮]664 法輪其，[元][明]2123 覺道成。

之：[宮]901 指少曲，[甲]1724 乘論云，[三][宮]273 衆皆大，[三][宮]2123 義王子，[三]193 庭燎今，[三]360 衆，[三]360 衆普散，[三]360 衆所共，[三]360 衆聽受，[三]375 樹若遇，[宋][宮]2121 法受持。

智：[甲]2214 也合。

中：[宮]657 城中有。

忠：[三][宮]2123 臣令辦。

重：[石]1509 可說何。

衆：[宮]1421 衆雖重，[三][宮]、念[聖]222 之本不，[三]721 合。

諸：[三][宮]657 菩，[三][宮]721 苦惱天，[聖]664 梵王勸，[倉]1522 菩薩善，[元]220 佛事。

足：[三][宮]657 莊嚴諸。

尊：[元][明]484 敗失非。

左：[乙]2391 遶次左。

作：[三][宮]721 長，[三][宮]2043 不，[三][宮]2122 機關，[三]1440 毒蛇在。

坐：[元][明][乙]1092 蓮華種。

歺

反：[甲]2128 音殘也。

逮

杳：[三]291 大陰所。

達：[宮]274 住四法，[甲][乙]1822 勝德根，[甲]1733 勝二是，[明]221，[三][宮][聖]285 如來道，[三][宮]848 心灌頂，[三]190 十拘盧，[三]2063 桑，[宋][宮]309 菩薩摩，[原]、建[甲][乙]1821 勝。

大：[宮]263 三昧，[甲]1008 得已利，[明]633 歡喜。

代：[宮]2122 人飲一，[乙]1723 音同昧。

怠：[元][明]425 是。

道：[宋]152 國人信。

得：[三][宮]425 是三昧，[三][聖]643 無生。

邇：[三][宮]2060 及覆。

還：[宮][聖]下同 224 須菩提，[宮]282 者無有，[宮]288 諸如來，[宮]292 成正覺，[宮]356 得，[宮]483 得於諸，[宮]2123，[明]1450 最後身，[三]、遠[宮]263 至緣一，[三][宮]357 得師子，[三][宮]606 是神足，[三][宮][聖]224 若受人，[三][宮][聖]292 致覺境，[三][宮]222 得人身，[三][宮]224 不悔還，[三][宮]263 遊忍界，[三][宮]274，[三][宮]292 得無上，[三][宮]292 爲天帝，[三][宮]385 作佛名，[三][宮]606 無從生，[三][宮]636 本功德，[三][宮]1549 覺最上，[三][宮]2026，[三][宮]2121 得法忍，[三][宮]下同 283 者無有，[三]185 於

是，[三]194 故，[三]606 遇一切，[聖]199 得甘露，[聖]224 得深般，[聖]224 知拘翼，[聖]285 歸世尊，[聖]291 在地如，[聖]419 三爲點，[聖]425 得審諦，[聖]425 神足飛，[聖]425 是三昧，[聖]425 致顯燿，[聖]481 一切，[聖]下同 425 成羅漢，[宋]、遠[宮]337 得無盡，[宋][宮][聖]225 本願所，[宋][宮]283 佛悉知，[宋][宮]292，[宋][宮]292 成佛法，[宋][宮]292 諸法聖，[宋][宮]624 得是經，[宋][宮]626 得，[宋][宮]626 得佛身，[宋][宮]626 法輪轉，[宋]186 成天尊，[宋]196 得法眼，[宋]624 得如佛，[元][明][宮][聖][另]342 無著於，[元][明]221 有無空。

獲：[明]125 沙門果。

及：[三][宮]581 黎民所，[三]152 衆生敷。

建：[宮]263 成爲佛，[宮]263 賢聖法，[宮]318 是處，[宮]351 薩芸若，[宮]425 致總，[宮]810 究竟三，[宮]815 獲若茲，[宮]2059 宋齊之，[宮]2060 趙魏末，[明][宮]310 得諸佛，[明]76 三界，[明]309 及有所，[明]334 得法忍，[明]1425 甘露果，[明]1506 四無畏，[明]1530 得一切，[明]2123，[三]、[宮]318 一切法，[三]2103 菩提今，[三][宮]585 菩薩志，[三][宮][甲][乙]2087，[三][宮]309 功德充，[三][宮]630 專精身，[三][宮]1548 無間道，[三][宮]2103 十，[三]

291 如來法，[三]291 興顯又，[三]318 志不，[三]1563 勝法好，[三]2063 孝武時，[三]2154 慧三，[三]2154 於後梁，[聖]285 道聖智，[聖]310，[聖]691 得己，[宋][宮]398 其於十，[宋][宮]481 是有爲，[宋][宮]672 自在威，[宋][宮]811 總，[宋][宮]2060 陳武永，[宋][宮]2103 問，[宋][元]125 沙門果，[宋]291 諸境土，[宋]810 文殊師，[乙]1736 都講焚，[元][明][宮]1545 勝德故，[元][明]433 立行并，[元]22 得神通，[元]222，[元]222 得究竟。

健：[三][宮]737 安。

近：[三][宮]476 不退轉。

具：[元][明]、通[聖]475 菩薩道。

吏：[三]2122 凡民皆。

如：[宮]626 佛語舍。

若：[三]206。

述：[三][宮]2060 世。

速：[甲]1710 得無量，[元][明]2103 成無上。

遂：[宮]1428 聖諸根，[三][宮]、還[聖]292 致聖慧，[三][聖]100 證於盡，[三]193 觀點眼，[乙]2396 證悟已。

途：[元]222 成一切。

退：[甲]1921 者所入，[原]2196 道作七。

違：[三]154 皆欲使，[宋][元]、建[明][宮]263 志，[宋]建[元][明]152 佛重任。

尋：[宮]810 得總，[宮]810 曉，

[三][宮]398 於虛空，[三][宮]425 時得佛，[三][宮]810 得無所，[聖]425 得法。

遙：[三][宮]2121 見小屋。

依：[三][宮]606 於泥。

揖：[三][宮]2043 阿難合。

遠：[宮]2121 又以纏，[和]293 以達聰，[明]2123 一人，[三]1012 聞十方，[聖]1549 阿，[聖]268 此現見，[聖]2157 投東夏，[聖]2157 至皇朝，[宋][宮]2060 人族奏，[乙]2296 知一體，[元]、遂[明]310，[元]2016。

運：[宋][宮]221 覺佛言。

遮：[宋][宮]、適[元][明]815 獲神足。

之：[三][宮]325 不能。

衆：[宮]811。

逐：[三]194 以意止，[聖]26 智慧，[聖]425 得寂靜，[元][明]398 而侍衞。

追：[甲]2035 捕至庫。

代

本：[三]2154 而次有。

成：[三][宮]2108 攸。

傳：[甲]2036 立爲秦。

大：[三]2154 沙門，[聖]2157 而次有。

岱：[宮]2060 聽習爲，[三][宮]2122，[三][宮]2060 岳陰陽，[三]2122 之間有，[三]2122 州清涼，[三]2122 州五臺，[三]2154 雲中人，[宋]2061 宗經范，[宋][明]2122 清涼山，[宋]

[元]2122 州東南，[宋]2122 州人姓，
[乙]2157 雲中人。

貸：[三][宮]1462 借者償。

道：[原]、道[甲]2006 將一句。

伐：[甲][乙]2317 羅此云，[甲]
1065 苦觀自，[甲]1203 其位，[甲]
1268，[甲]1786 下枝葉，[甲]2084 多
國有，[甲]2087 無人今，[甲]2087 有
王號，[甲]2119 式微前，[甲]2128 也
易也，[甲]2128 者曉諭，[明]2123 捨
命還，[三]190 國王，[三][宮][甲][乙]
2087 闍，[三][宮]703 智耐，[三][宮]
1471 顯己之，[三][宮]2059 匠之咎，
[三][宮]2060 九成畫，[三][宮]2060 那
山有，[三][宮]2102，[三][宮]2102 蔑
之將，[三][宮]2103 齊平入，[三]1336
鬼，[三]1336 尸，[三]2060 邪以言，
[聖]278 眾受苦，[聖][另]1451，[聖]
[另]1442，[聖][另]1442 受如餘，[聖]
[另]1442 怨讎業，[聖][另]1451 受乃
至，[聖][另]1459 爲，[聖]222 其喜勸，
[聖]291 諸緣事，[聖]1421 爲法主，
[聖]1442 美貌無，[聖]1442 受汝諸，
[聖]1509 一一眾，[聖]1536 吾爲茲，
[聖]2157，[聖]2157 有今古，[另]310
此眾生，[另]1435 持衣鉢，[另]1442
者乃至，[石]1509，[石]1509 鴿命地，
[石]1509 其歡喜，[石]1509 受其苦，
[宋][宮]2102 武之説，[宋][元][宮]
2053 但玄奘，[宋]2149 所出疑，[元]
[明]2112 遺榮巖，[元]2145 謝以開，
[知]598 眾生受，[知]1579 蠅紅肉。

法：[宮]2103 弊五滓。

後：[原]1898 憲章斯。

華：[三][宮]624 而立爲。

化：[宋][元]565 欣慶，[元][明]
2103 同。

將：[三]、－[宮]2103 虧九五。

恐：[宮]2034 學人相。

施：[宮]2121 鴿四慧。

時：[三]2154 覺壽譯。

氏：[甲][乙]2070 講淨名。

世：[甲]1920 修觀心，[甲]1929
佛法學，[甲]1929 求聲聞，[明]2016 眾
生薄，[三][宮]2060 三寶録，[三][宮]
2108 人無知，[三][宮]2108 亦其至，
[三][宮]2109 君明臣，[三]2149 詮品
新，[聖]2157 崛多譯，[宋][元][宮]、
時[明]2059 梁衡陽，[元][明]2112 之
法。

侍：[三][宮]657 諸佛修。

戌：[宋][元]、王[明]2122 何故
傳。

臺：[三]2149 之經録。

我：[乙]1816 受苦普。

戊：[甲]2255 辰朔二，[三][宮]
[甲]2053 子就大。

性：[甲]1795 修證皆。

戎：[甲]、伐[乙]1723 多王事。

驗：[明]2122 隋有五。

以：[三][宮]619 諸罪人。

易：[三][宮]2034 之庶後。

義：[甲]1839 中當其。

載：[乙]1724 之。

茳

筏：[明]、茂[宮][聖]411 二牟，[明]411 舍旆茶，[明][宮]、茂[聖]411 舍身或，[明][宮]411 舍戌，[明][宮][聖]411 舍戌達，[明][宮][聖]411，[明]411 舍旆茶。

吠：[三][宮]411 琉璃等。

岱

代：[明]2106 州東南，[三][宮][甲]2053 徙都洛，[三][宮]2053 汾晉之，[三][宮]2059 郡上谷，[元][明]2110 州起法。

帒

袋：[三][宮]1442 以我右，[三][宮]310 以散，[三][宮]下同 1442 中枕頭，[三][宮]下同 1442 鉢，[三][宮]下同 1442 還。

帒：[明]1341。

迨

怠：[三][聖]1345 無。
遝：[甲]2270。
枲：[三]、集[宮]2122 五百大。
造：[甲]2053 茲翻譯。

殆

殘：[三]20 人財欺。
迨：[原]2395 五宗一。
怠：[明][聖]225，[明][聖]225 何以故，[三][宮][甲]2053 盡芥城，[三][宮][聖][另]342，[三][宮]342 不雙

不，[三][宮]624 是爲精，[三]212，[三]624 成菩薩，[三]2087 隣國諸，[三]2087 求善，[元][明]310 無禪不，[元][明]361，[元][明]624 十二諸，[元][明]624 十者菩。

給：[明]22 志存誠，[明]2102 萬，[明]2102 則或墮。

可：[三][宮]2104 臨水自。

始：[宮]670 神先受，[甲]2381 與佛法，[三]2034 一千六，[乙][丙]2092 欲無，[乙]2263 一念俱。

殄：[三][宮]2122 將不見。
詒：[明]2121 生。

待

彼：[聖]1442 馬王飽。
持：[宮]310 衆生可，[宮]377 大，[甲][乙]1816 不忘數，[甲]1781 如人已，[甲]1781 要者世，[甲]1804 彼食已，[甲]1828 隨中諸，[甲]2266 業，[甲]2339 法輪中，[三][宮]402 彼諸大，[三][宮]419 知，[三][宮]1563 色無方，[三]212 此福求，[聖]1421 比丘尼，[聖]1460 飯，[聖]1509 故有等，[石]2125 齋了恐，[宋][宮]606 經時過，[宋]1579 諸欲所，[乙][知]1785 四大如，[元][明]2016，[元][明]220 他，[原]1819 言菩薩。

傳：[明]2123 信之能，[聖]2157 諸後人。

代：[原]1289 衆生。
當：[甲]2263 現行種。
倒：[石]1509 實法乃。

得：[宮]1585 説何緣，[宮]1509 故謂爲，[宮]1605 緣自然，[甲]1830 皆是引，[甲]2339 衆緣恒，[甲][乙]1822，[甲][乙]2261 法差別，[甲]1736 對此有，[甲]1782 他教樂，[甲]1816 佛説方，[甲]1816 時，[甲]1821 多縷，[甲]1828 禪方便，[甲]1830 衆緣者，[甲]1999 一死而，[甲]2053 其雌黃，[甲]2195 浪用當，[甲]2250 資具無，[甲]2266 過去諸，[甲]2266 外緣文，[甲]2266 因緣應，[甲]2270 餘境相，[甲]2299 果起方，[甲]2339 了因故，[甲]2350 羯磨師，[甲]2434 能生緣，[明]1646 次第緣，[三]99 時節通，[三][宮]1585 心心所，[三][宮][乙]2087 見，[三][宮]1808 來又忘，[三][宮]2121 沙門食，[三][宮]2122 財施唯，[三][聖]375 因，[三]154 之或復，[三]1428 還彼亦，[三]1562 四緣，[三]2103 業造理，[聖][甲]1763 耶是則，[聖]1471 乾，[乙]1821 外緣刹，[乙]2261 分別方，[元][明]1566 壞因來，[元][明]2016，[元][明]2103 藥末且，[原]2270 後他句，[原]1797 見光等，[原]1863 聞，[原]2339 壞等故。

等：[元][明]1458 我還日。

對：[甲]2266 非，[甲]2274 互通能，[甲]2311 立故鏡，[原]2271 相違若。

附：[三][宮]2121 使役。

給：[三][宮]2060 又獵者。

加：[三]196 敬心。

將：[宮]2121 出家王，[聖]1425 淨人來。

絶：[甲]2300 耶答待，[甲]1913 若知法。

仍：[甲]2271 因喻過。

時：[甲]2266 彼雖，[明]1546 所以故，[三][宮]379 明整兵，[聖]2157 遇隆厚，[宋]895 我獲果，[宋]1442 我莊，[宋]1562 和合緣。

侍：[宮]397 佛光味，[宮]660 事忍圓，[宮]1421 眼明遍，[宮]1428 須我往，[宮]2103 昭降千，[甲]2266 大悲平，[甲][乙][丙][丁]2092 中朱元，[甲][乙]957 立，[甲]1782 初問法，[甲]1782 故今命，[甲]2036 之以故，[甲]2067 者數百，[甲]2068 甚豐七，[甲]2266 形便失，[甲]2270 名爲彼，[甲]2289 彌勒，[甲]2350 之諸師，[甲]2901 佛左右，[明][宮]764 不待他，[明]1471，[明]1636 此上所，[三][宮]1437 波夜提，[三][宮]1442 從俱悉，[三][宮]1472 有三事，[三][宮]1522 諸佛法，[三][宮]2053 須，[三][宮]2121 日夕佛，[三]17 君子君，[三]99 師禪覺，[三]189 太子生，[三]211 母佛告，[三]2060 數經時，[聖]、持[另]1509 罪福因，[聖]26 四者施，[聖]125，[聖]125 群臣所，[聖]125 云何比，[聖]223 法師從，[聖]1425 汝，[聖]1440 接有禮，[聖]1509 法無故，[聖]1522，[聖]1788 夢耶，[石]1509 心著如，[宋]2145 晨露蓋，[宋][元][宮]

2122 士，[宋][元]2059 以師友，[宋]26 而作是，[乙]2087 以殊禮，[元][明][宮]279 一切法，[元][明]188 此人恨，[元]1451 得師已，[元]1545 後待前，[元]2122 神聖設，[原]1763 之義故，[原]1782 者故想。

是：[宮]1598 作者故，[三]125 時節歡。

恃：[甲]1813 此起慢，[原]1863 兔角而。

特：[三][宮]2121 不可識，[宋][元][宮]、持[明]313 賢者舍，[宋]2122 獄卒執。

徏：[三][宮]1462 亦得突。

行：[宮][石]1509 時隨修，[甲]1709 無定體，[甲]1828 比丘有，[三]2125。

須：[宮]1425 女人過，[三][宮][聖]501 吾，[三][宮][聖]1425 我。

異：[三][宮]2060 以。

汚：[聖]1435 出時若。

緣：[甲]2263 依色卽，[甲]2271 傍證但，[甲]2271 因方違。

止：[三]186 我當擲。

住：[宮]、徏[聖][另]1428 比丘疑。

轉：[甲]2393 命者自。

怠

代：[三]2154 學人相。

殆：[宋]810 無所建。

惡：[原]1695 二邊依。

廢：[三][宮]638 者導令。

癈：[石]1509 須菩提。

忿：[甲]2266 散動。

倦：[甲]1782 怠又菩。

慢：[三][宮]656 心分別，[三][宮]268 不勤精，[三][宮]657 及生退。

迷：[石]1509 悶此苦。

替：[三][宮][聖]1579 因緣惡。

息：[宮]785 如，[三][宮][聖][石]1509 作是念，[三][宮][聖]278 令一切，[三][宮]657，[三][宮]657 乃至得，[三][宮]674，[三][宮]2121 獲福不，[三][宮]2122 林間遇，[宋][明][宮]223 故舍利，[宋]2103 日中或。

詒：[元][明]344，[元][明]361 調作好。

帶

常：[甲]1735 光如然。

帶

薄：[甲]1122 誑挽擔。

常：[甲]2266 質通情，[原]1311 居此二。

怛：[三]1435 鉢那不。

戴：[甲][乙][丙][丁]2092 一角長，[明]1217 顰眉於。

單：[乙]2263 生義。

蔕：[甲][乙][丙]2003 甜向光，[甲]2135 麼泥。

幖：[明]2131 喩惑業。

見：[宮][甲]1804 下至一。

體：[甲]2266 相無分。

舞：[宮][聖]1549 腰住阿，[三]197。

席：[三][宮]1425 簾障隔。

蓆：[三][宮]1462 腰繩浣。

葉：[宋][元][宮]1563 又近名。

衣：[三]2103 裏明珠。

依：[甲][乙]2328 方便深。

載：[乙][丙]873 引濕犙。

滯：[宮]2102 索枕石，[甲]1795 情文四，[甲]2217 非當體，[明]2076。

逐：[三]2109 影可不。

袋

帒：[三]2106 曰此是。

囊：[甲][乙]2092 五百枚。

紿

怠：[三]46 心於人。

貸

伐：[三][宮]272。

貨：[甲]2207 不償，[宋][宮]2103 有。

瑇

蝐：[三]26。

廗

席：[甲]2120 毯，[乙][丙]2089。

戴

帶：[明]244 諸佛冠。

定：[三]154 死人還。

戟：[甲]1065 三度歸。

載：[丙]2120 馳，[宮]309 奉興致，[宮]2053 之誠謹，[甲][乙]2296 之甚焉，[甲]957 金剛寶，[甲]1255 臂上或，[甲]2053，[甲]2089 慚惶不，[甲]2290 仰定惠，[甲]2412 極惡受，[甲]2412 五智寶，[甲]2412 行者故，[明]2154 護持，[三][宮]2060 蟬，[三][宮]632 之能忍，[三][宮]1428 若欲，[三][宮]1462 答曰可，[三][宮]2041，[三][宮]2060 重又從，[三][宮]2121 十善行，[三][宮]2122 以，[三]152 畜心退，[三]2103 戾，[三]2103 仰其景，[三]2154 東西諷，[聖]291 仰莫不，[聖]2157 殞悲啓，[聖]2157 遵行此，[宋][宮]2034 髮俱喜，[宋]2060 誦持之，[宋]2103 殊眷實，[宋]2110 黃巾軏，[乙]901 華冠其，[乙]901 天冠身，[乙]2394 之轉，[乙]2879 珍寶各，[原]1065 於錄也。

著：[三][宮]2121 隱形。

丹

單：[明]1988 越人見，[三][宮]414 那鬼及，[三][宮]2121 誠懺悔。

母：[甲]2128 皆一也。

舟：[宮]2103 水之師，[甲]2035 墾玉樹，[甲]2053 尚擁竊，[甲]2087 青共畫，[甲]2087 楹第二，[明]2103 崖，[聖]2157 勤常修，[另]1721 枕耶答，[乙][丙]973 龍腦香，[元]2061 丘義因。

妘

耽：[三][宮]2122 著無財，[宋][元][宮]、沈[明]2122。

担

炟：[甲]2036 明帝第。
捏：[三][甲][乙]1100 作彼魅。

單

丹：[三]1569 越日。

耽

耻：[三]1548 闍喜著。
恥：[三][宮]656 在五欲，[聖]279 染五欲。
眈：[元][明]2123 耳反。
酖：[明]316 欲樂一，[明]316 著利養，[明]316 著能於，[明]721 樂三名，[明]721 樂躁動，[明]721 著放逸，[明]1092 輕呼七。
地：[元]、敬[明]1650 愛諸商。
就：[甲][乙]2328 著沈空。
龍：[甲]2311 吟或傳。
貪：[明]722 欲樂遊。
親：[甲]1821 著金。
然：[甲]、體[乙]2249 嗜依出。
嗜：[三][宮]765 所以者。
説：[甲][乙]1821 現貪者，[宋]1562 欲人重。
貪：[甲]1828 著利養，[明]220 著善現，[三][宮]765 著由此，[聖]223 著五欲。
玩：[甲]1723 好之字。

酖

耽：[宮]1912 者爾雅，[三][宮]2121 嵐婆。
酡：[甲]2128 酒曰酖。
鴆：[宮]1478 餌中人，[三][宮]2102 人何酷。

舦

耽：[明]26 浮樓。

單

畢：[聖]2157 功凡有。
并：[甲]、單[甲]1781。
草：[甲]1816 結眞諦，[甲]1816 行相勝，[甲]2261 合皆易，[甲]2274 別云云，[甲]2274 作。
禪：[甲]1828 支五通，[三][宮]2034 于前秦，[三]987 三耶三，[三]2040 頭尼，[元]2123 敷銅盆。
車：[甲]2409 那阿波。
殫：[元][明]2103 寧賤傲。
簞：[三][宮]2123 食訖澡。
方：[甲]2263 有疑如。
軍：[甲]2130。
蘭：[甲][乙]1736 那。
留：[三][宮]407 牟蘭那，[聖]1442 那聲者。
且：[宋][元][宮]721 羅越。
釋：[三][宮]2122 道開燉。

晚：[宮]2087 摩栗底。
瞻：[宋][明][宮]、耷[元]2122 耳狗，[元][明]1335 耳或復。

覃：[甲]2084 記矣。

唯：[甲][乙]2261 舉在家。

戰：[聖]2157 陀般若。

章：[甲]1724 或雙。

重：[聖]2157 譯經目。

卓：[甲]2266 名即諸。

媅

耽：[三][宮]639 荒所纒，[三][宮]639 著愛欲。

箄

篇：[三][宮]384 捉脚者，[三][宮]2121 頸，[三][宮]2121 受六十，[三]2122 行止自。

簟：[甲]2128 反俗作。

廩：[宋][宮]、篇[元][明]2121 滿種種。

儋

瞻：[元][明]2110 耳之酋。

殫

禪：[元]、彈[宮]2060 辯囿嚳。

單：[三][宮]2122 則法身，[宋][宮]345 盡其產。

彈：[宮]1540 言但基，[三][宮]2103，[宋][宮]2060 言通於，[宋]2110 言今當。

磷：[三][宮]2103 此緣無。

胆

疸：[宋][宮]、蛆[元][明]397 遍滿其。

且：[甲]2128 三蒼蠅。

疽

蛆：[明]1341 虫室故，[三]2123 蟲膿血。

揮

彈：[三][宮]2122 琉璃之，[三][宮]626 指頃有。

揮：[聖]2157 者其惟。

擔

採：[三]2123 樵人毀。

稱：[宮]1425 齊三由。

持：[甲]1851 物一則，[三]202，[聖]1435 出去得。

戴：[原]、戴問[甲]2006 問老。

耽：[三][甲][乙]1125。

儋：[明]316 此說是，[明]316 行殊勝，[明]316 亦於，[明]316 樂住寂，[明]721 而飲熱，[明]1428 餘物著，[元]1425 重羊毛。

憺：[明]2087 負母妹。

黨：[乙]867 擔句。

攜：[元][明]、攫[宋]125 持戈。

譫：[三]192 者已捨。

謄：[宮]1545 山，[明][宮]397 故又畢，[三][宮]591 負重任，[三][宮]1546 是名爲，[三]152 死人，[三]901 三摩羅，[三]1107 引埵鉢，[三]1341 故凡有，[三]1341 五怖畏，[宋][宮]480 菩薩日，[宋][宮]901 七十七，[乙]2218 喻說四，[元][明][宮]1546

義最勝，[元][明]310 菩薩與。

萬：[宋]、明註曰南藏作萬 2122 持用行。

檐：[高]1668 故名爲，[宮]397 所謂五，[宮]1998 拄杖唱，[宮]2123，[明]322 之畏哉，[明]359 逮得己，[明]1636 夫耕農，[明]375 分散聚，[明]765 生天趣，[三][敦]361 比丘尼，[三][宮]1543 扶那三，[三][宮]2122 行已其，[三][宮]2123 來著於，[三]1336 婆阿迦，[宋]、誓[元][明]657 刹至此，[宋]、誓[元][明]984 婢毘，[宋]2061 籤請業，[宋][宮]225 死人種，[宋][宮]231 超出有，[宋][宮]310 出家捨，[宋][宮]310 一，[宋][宮]1596 無退，[宋][宮]2122 何以故，[宋][宮]儋[明]400，[宋][明][宮]397 十二名，[宋][明][宮]2122，[宋][明][宮]2122 擔上，[宋][明]399 則爲行，[宋][元]、檐[明][甲]1101 肚垂下，[宋][元][宮]、儋[明]400 引二十，[宋][元][宮]2123 持歸，[宋][元]945 二十四，[宋][元]984 羅跋魔，[宋][元]984 婆尼剡，[宋][元]2122 入，[宋]1033 引阿引，[宋]1341 即背馳，[宋]2122 十斤金，[乙]1171 怛他引，[元][明]2016 故名爲，[元][明]310 想已集，[元][明]765 墮於地。

籫：[三][宮]2103 時中宿，[三]2088 前故國。

掩：[三]643 面而走。

已：[三][宮]2122 遣奴前。

澹

憾：[明][甲][乙][丙]931。

膽

胆：[明]1080。

擔：[聖]1509 力是諸。

律：[三][宮]2060 時州都。

贍：[甲]2777 異端致，[三][宮]2060 勇荊州。

痰：[三][宮]1548 汗肪髓，[宋][元]732，[元][明]26 小便猶，[元][明]26 壯，[元][明]721 小便。

騰：[丁]2089 波國人。

瞻：[甲]1249 香右，[甲]1728 亦不勇，[甲]1782 供諸佛，[甲]1805 敬俾於，[甲]2217 視因此，[明]、贍[甲]1119 三弱，[明]293 勇十善，[三][宮]1507 視時世，[三][宮]1521 三者得，[三]1300 親戚樂，[宋]、贍[元][明]624，[宋][宮]784 弱乃自，[宋]31 力堅精，[原]1803 揆唯太。

矖：[甲][乙]1929 四方悉。

袒：[三][宮]607 裸女人。

旦

朝：[三][宮][知]384 暮諷誦，[三][宮]1428，[三][宮]1545。

怛：[丙][丁]1141 唎二合，[三][宮]1509 羅越取，[原]904 娜二合。

但：[宮]1670 欲入城，[明]553，[明]189 推求，[明]205 事訖乃，[明]2040 於今相，[三][宮][石]1509 從，[三][宮]1425 爾住彼，[三]2112 諸天

上，[宋][元]2061。

鴟：[元][明]2145 鳴夜不。

亘：[甲]2128 既聲録，[三][宮][甲]901 三十二，[三][宮]2040 羅一頭，[元]1452 寺中敷。

國：[原]2039 先天中。

恒：[三]2053 那有潛。

具：[甲]893 若恐身。

明：[三]141 日欲往。

難：[甲][乙]894 願納受，[甲]894。

且：[宮]310 直漸廣，[宮]2122 過澡手，[甲]1912 譬起出，[甲]2128 反杜預，[甲]1911 制君臣，[甲]1912 切亦下，[甲]2015 違宗趣，[甲]2035 罊遺令，[甲]2035 於盆上，[甲]2053 而進經，[甲]2128 從聿會，[甲]2128 反，[甲]2128 反案亦，[甲]2128 反憚驚，[甲]2128 反杜注，[甲]2128 反幹謂，[甲]2128 反廣雅，[甲]2128 反捍禦，[甲]2128 反呂氏，[甲]2128 反毛詩，[甲]2128 反前第，[甲]2128 反去聲，[甲]2128 反説文，[甲]2128 既聲也，[甲]2128 蘭反考，[甲]2128 聲，[甲]2128 之鳥也，[甲]2128 作，[甲]2129 反，[甲]2129 反字書，[三][宮]1451 取水觀，[三][宮]2060 曜析理，[三][宮]2122 復欲前，[三]17 而，[三]2110 暮梵志，[三]2122 思也河，[宋]2149 水瓶自，[宋][明][宮]1558 應授與，[宋][明]2122，[宋][元][宮]2060 述之耳，[宋][元]2122 聞左右，[宋]1181 誦一遍，[宋]1425 比，[宋]2121 夕禮

拜，[宋]2122 有萬人，[乙]2309 薩婆多。

日：[甲]1239 以刀刺，[甲]2035 掘，[甲]2128 冥也從，[甲]2129 反切韻，[甲]2129 日未出，[明]189 往詣佛，[三][宮][聖]318 是故世，[三][宮]2053 夕，[三][宮]2060 將，[三][宮]2122 密雲將，[三][宮]2122 自言死，[三][聖]100 衰老至，[三]185 復行問，[三]192 起，[三]196 作，[三]1058 時受八，[三]2149 識持不，[宋][宮]1421 日初出，[宋][明][宮]2122 初分中。

須：[甲]951 惹三物。

亦：[聖]2157 夕祇奉。

曰：[元]1425 當作施。

早：[宮]810 食頃遍，[甲]2036 使爲佛，[三][宮]2121 當上天，[三]76 願與聖，[三]205 來未。

姬：[三][宮]2102 之。

直：[原]、直[甲][乙]1799 生淨土。

只：[聖]2157 光敷像。

但

保：[明]2088 不見人。

倍：[甲]1828。

便：[明]2076 道老僧，[石]1509 名爲三。

並：[宮][聖]1428 去我正。

從：[三][宮]2048 令我見，[宋]125 欲使此。

粗：[宮][聖]1549 説此世，[三][宮]813 舉其要。

祖：[宮][甲]1805 禮苊奴。

姐：[三]193 象之氣。

促：[甲]2255 又但在。

咀：[三][宮]451 姪他具，[宋]1375 姪他二。

怛：[宮]1595 能受法，[宮]2122 積性，[甲]2400 鑁二合，[甲][乙]2244 羅，[甲][乙]2390 囉二合，[甲][乙]2404 囉和合，[甲]936 他羯他，[甲]982 嚕拏，[甲]2157 那儀，[甲]2400，[甲]2400 囉摩訶，[甲]2400 曩，[甲]2400 他揭多，[三][甲]1356，[三]159 於施者，[三]866，[宋][元]1032 客塵所。

單：[甲]2362 對帶所。

且：[甲]2036 云壽，[三][宮]1470 復。

當：[明]1450 宣令臣，[乙]1821 知本論。

得：[甲]1969 九品華，[明]〔異〕220 涅槃名，[明]1435 失闍頬，[三][宮]1509 口説而，[三][宮]2104 聞寫送，[乙]1796 隨一。

獨：[石]1509 説菩薩。

斷：[甲]2035 四住未。

多：[聖]1509 求喜樂。

反：[甲]1736 舉其二。

佛：[甲]1983 説華爲，[甲]1717 成道後。

復：[甲]1783 一文何。

供：[明]190 取彼有。

故：[乙]1736 是。

何：[甲]1724 離虛妄，[甲]1863 有現，[乙]1816 爾捨。

恒：[宮]586，[甲]952 所依法，[甲]2250 如，[明]1566 彼凡夫，[明]1585 名解脱，[三][宮]721 樂行善，[三][宮]2123 念念，[三][聖]99 凡鄙衰，[三][聖]190 以手，[三]125 用心於，[三]1341 常犯罪，[聖]1509，[石]1509 從内外，[乙]2782 聞非證。

即：[乙]2092 是至。

計：[宋][元]2087 多外道。

偈：[元]1596。

近：[甲]1783 現在亘。

經：[三]6 五十載。

沮：[宋][宮]225 欲成佛。

俱：[乙]2263 熏次後。

俱：[丙]2286 後賢加，[丙]2397 仰，[丙]2397 緣八淨，[宮]411，[宮]1646 是一意，[宮]2060 老困不，[宮]2121 各聞一，[甲]、但[甲]1781 斷取著，[甲]1733 佛説又，[甲]1733 求諸善，[甲]1778 照無空，[甲]1805 係屬耳，[甲]1828 就界地，[甲]1828 易父母，[甲]1912 順生死，[甲]2223 説此教，[甲]2270 説，[甲]2270 言聲無，[甲]2271 隨説一，[甲]2290 於惠根，[甲]2296 心法通，[甲]2299 不二而，[甲]2339 聞一，[甲][乙][丙]1866 論法性，[甲][乙]1796 舍邏寫，[甲][乙]1816 生二縛，[甲][乙]1822 唯是慧，[甲][乙]1822 爲所緣，[甲][乙]1822 憶知曾，[甲][乙]1822 有令不，[甲]

[乙]1929 界内結，[甲][乙]2223 云意樂，[甲][乙]2250 不盡，[甲][乙]2259 有疑且，[甲][乙]2261 盡故施，[甲][乙]2296，[甲][乙]2296 基師眞，[甲][乙]2396 其本有，[甲]952 誦持呪，[甲]1709 是觀門，[甲]1733 此名明，[甲]1733 以義同，[甲]1735 出分段，[甲]1735 有其義，[甲]1736，[甲]1780 稱般若，[甲]1781 生後悲，[甲]1816 簡彼分，[甲]1816 解攝受，[甲]1816 名耶，[甲]1816 説得二，[甲]1816 説無餘，[甲]1821 與殺合，[甲]1823 今初失，[甲]1828 此，[甲]1828 因，[甲]1828 由有上，[甲]1830 損他故，[甲]1830 於實轉，[甲]1830 約已潤，[甲]1839 若安及，[甲]1841，[甲]1863 廣略異，[甲]1863 云從無，[甲]1913 伏初住，[甲]1913 約拙教，[甲]1924 以造業，[甲]2196 二乘執，[甲]2196 止無想，[甲]2204 摩羅迦，[甲]2223 一人矣，[甲]2249 言二念，[甲]2249 有世俗，[甲]2255 滅有共，[甲]2261 斷漏故，[甲]2261 是法者，[甲]2261 無者，[甲]2263 生煩惱，[甲]2266 起上意，[甲]2266 舍二十，[甲]2266 言，[甲]2266 益如，[甲]2269 立後二，[甲]2269 有二，[甲]2270，[甲]2270 生欣樂，[甲]2270 望一分，[甲]2270 有是無，[甲]2271，[甲]2271 名宗非，[甲]2274 立有，[甲]2274 名不定，[甲]2274 名所立，[甲]2288 此，[甲]2290 各但説，[甲]2299 實智，[甲]

2317 得名性，[甲]2337 於長夜，[甲]2339 非教義，[甲]2339 轉名而，[甲]2354 於現在，[甲]2362 假施設，[甲]2399 云皆口，[甲]2408，[明]220 假施設，[明]1538 具人中，[明]1554 有俱生，[明]2131 對三德，[明]2153 七品少，[明]2154 出，[三][宮]1425 當遣還，[三][宮]1545 由有佛，[三][宮]2112 詮陰陽，[三][宮][聖][石]1509 無餘心，[三][宮]273，[三][宮]732 作人，[三][宮]1433 須別稱，[三]653 樂讀經，[三]1332 用華香，[三]1562 依捨具，[三]2122 歡喜心，[聖]、但[聖]1733 隨義異，[聖][甲]1733 假以説，[聖][甲]1763 見何容，[聖]1453 齊兩瑜，[聖]1509 得如上，[聖]1509 讀誦從，[聖]1509 一切種，[聖]1547 餘極微，[聖]1563 應思擇，[聖]1733，[聖]2157 染學有，[另]1585 名意依，[石]1509 爲自心，[宋][宮]1509 斷一法，[宋][元]212 衆生心，[宋]1521 説十力，[乙]1821 言成就，[乙]1816 約一位，[乙]1821 有顯亦，[乙]2087 事驅逐，[乙]2261 第十三，[乙]2263 依上品，[乙]2296 名生死，[乙]2296 説，[乙]2296 通大小，[乙]2434 非之中，[乙]2795 時人異，[元][明]1571 滅一切，[元][明]642 以如來，[元][明]2060 道在幽，[原]1722 非，[原]1840 是宗有，[原]1840 欲遮，[原]1863，[原]2196，[原]2270，[原]2299 有文則，[原]2362 在，[知]2082。

亂：[三][宮]1599 識有者。

每：[宮]310 求人過。

偏：[原]1764 用聖道。

且：[甲]1821 有衣家，[甲][乙]1796 約最初，[甲][乙]1816 知彼心，[甲][乙]2254 就三界，[甲][乙]2254 約所造，[甲]1782 舉，[甲]1960 起，[甲]2261 預流者，[甲]2366 化菩薩，[三][宮]1425 當快心，[三][宮]1425 當自救，[三][宮]1425 莫愁憂，[三][宮]1470 順人意，[三][宮]2060 琳所，[三][宮]2121 立難當，[三][宮]2122 言多少，[三][宮]2122 自審詳，[三][聖]190 莫憂愁，[三]154 以角相，[三]2154 存一，[乙]2296 取真諦，[元]381 取，[原]1744 今文中。

佀：[甲][乙]1822。

瀢：[宮]1562 間言定。

仁：[宮]2102 未知。

任：[三][宮]1808 二人口。

若：[三]、續[宮]、俗[聖]224。

三：[三][宮]1424 一具得，[乙]1736 聲上假。

生：[宮]1545 依八智。

似：[甲]1828，[甲]2176 存一。

四：[甲]1821 取支攝。

俗：[宮]653 是虛妄，[三]76 仙聖群。

所：[甲]2313 止思惟。

他：[甲]2266 是五識。

壇：[宮]1459 大覺三，[三][宮]1442，[三][宮]1442 一重爲，[三][宮]1443 一重爲，[三][宮]1459 亦爾餘。

祖：[甲]1805 等者囑。

徒：[三][宮][聖]223 自疲苦，[元][明]657 爲他事。

唯：[甲]、俱[乙]1821 是語聲，[甲][乙]2263 比量或，[甲][乙]2391 云或説，[甲]1823 是變礙，[甲]1841 同品定，[甲]2006 依吾語，[甲]2262 在欲界，[甲]2266，[甲]2274 初，[甲]2298 般若或，[甲]2324 説三無，[三][宮]1458。

爲：[三][宮]1545 一增上。

位：[甲][乙]2391 竪忍願，[甲][乙]1830 取種子。

無：[原]2266 説等六。

先：[三][宮][聖]376 爲弟子，[乙]1736 緣其聲。

顯：[原]2306 爲無常。

相：[甲]2266，[元]1509 欲得少。

信：[甲]2263 有第八，[甲]2266。

性：[甲]1736 合五六。

修：[甲]1828 俱。

耶：[元][明]227。

亦：[甲]2312 是五數，[三][宮]1562 言心有。

役：[三][宮]2103 得其人。

應：[三][宮]1435 授忘處。

由：[宮]1545 令不斷。

云：[原]1780 不生真。

則：[三][宮]637 去我今，[三][宮]1646 失於苦。

祇：[甲]、只[乙]1929 以非生。

直：[三][宮]2122，[乙]1866 不怖不。

值：[甲]904 呴嚧五。

只：[乙]2397 以上傍，[原]2248。

衆：[甲]1781 爲言前。

阻：[甲]1782 壞決定，[甲]2207 立反。

組：[乙]2385 二手各。

作：[三][宮]1425 此中。

柤

檀：[甲]2250 木橄亦。

詀

諂：[三][宮]350。

啗

陷：[三][宮]1646 綱毒殺。

啖

噉：[宮]582 果飲水，[甲]2230 者明不，[甲]1799 增恚如，[明]206 之王，[三][宮]2121 人鬼問，[三][宮]721 食若人，[三][甲][乙]950 如是等，[聖]224 食我者。

淡

伯：[元][明]125 夜安大。

啖：[三]1336 薩夜利。

澹：[宮][甲]1998 洿出沒，[明][乙]1174，[三]、擔[宮]606 然，[宋]、痰[元][明]26 小便如。

憺：[明]316，[聖]211 泊，[元][明]212 然。

溢：[宋][明]676 性亦復。

沙：[元]520 定王及。

深：[甲]2052 法師學。

憺：[宮]2112 清虛雌，[明]210，[三][宮]2103 然自若，[三]2112 之，[宋][元][宮]、憺[明]461 泊門，[宋][元][宮]、憺[明]318 怕無去，[元][明]125 然靜由，[元][明]167 質朴意，[元][明]212 然是故。

痰：[明]1545 飲，[明]1558 水火風，[三]2137 不平等，[三]220 病或，[三]220 及諸雜，[三][宮]1563 等所起，[三][宮]1563 界互相，[三][宮]1641 三相雜，[三][宮]1648 成欲行，[三]220 病或三，[三]220 或熱風，[三]984 殘吐不，[三]下同 331 瘖，[元][明][宮]489 瘖垢汗，[元][明]223，[元][明]2122 互增逼。

酸：[宮]374 如是一。

談：[丙]2173 章一卷，[甲]1239 六鳴，[甲]2266 旨非境，[三]2087，[元][明]309 然無爲，[原]2870 三寶無。

恬：[宋]、憺[元][明]212 泊堪受。

炎：[甲][丁]2187 摩天第。

琰：[乙]866。

湛：[三][宮]2121 然無想。

誕

接：[甲]1969 而。

詎：[宋][宮]、倨[元][明]703 若。

挺：[三][宮]2102 揚堯孔。

託：[甲]2231 時百體。

仙：[宮]1428 陀盧多。

延：[元]2103 孕國師。

渚：[原]、邊[甲][乙]1821 有羅
剎。

窖

坎：[宮]2102 井者則。

噉

喫：[聖]190 如是此。

啗：[明]665 雖復多。

啖：[甲]1931 受苦無，[明][乙]
1092 喫之即，[明][乙]1092 精氣鬼，
[明][乙]1092 人精氣，[明]1092 或塗
身，[明]2087 肉若斷，[明]2087 已願
生，[明]2087 諸羽族，[明]2131 者佛
制，[三][宮]2103 人有出，[三][宮]
2103 異於流，[三]152 曰斯果，[三]
375 毒蛇滿，[三]375 能消難，[三]
375 然，[三]375 食懼其，[三]375 誰
有智。

敷：[聖]1435 床脚床。

伏：[宮]1425。

敢：[宮]272 傷五穀，[宮]279 滋
味若，[宮]1421 四者不，[宮]2122 僧
食先，[甲]897 鉢波拔，[甲]917，[甲]
1772 肉食衆，[甲]2087 食，[明]1636
熟豆亦，[三][宮]1425 食身體，[宋]
331 故菩薩，[宋]199 生麥，[宋]2122，
[元]227 我當施，[元][宮]1425，[元]
1435 其爛肉。

取：[三][聖]178 其。

散：[乙]1201 所有諸，[乙]1796
義彼，[元]156 肉種種。

食：[三][宮]1435。

蒜：[三][宮]1435 如舍。

吐：[宮]1451 之物我。

嚴：[高]1668 食無差。

姝：[宋][宮]、洪[元][明]332 其
涕。

飲：[三][聖]157 滋味。

瞻：[宋][宮]、痰[元][明]721 故
臭唾。

炙：[三][宮]2122 肉。

啄：[三][聖]790 如我。

憚

禪：[宮]1571 投身沒，[元]2060
寺宇成。

辭：[甲]1811 勞苦哀。

待：[三]2145 禮遇彌。

悼：[甲]2039 之會群。

恒：[乙][丁]2244 河又曰。

彈

禪：[丁]1831，[宮]890 指此，
[甲]、秤[乙]2296 兩性目，[甲]1225
捻檀度，[甲]1717 訶以有，[宋][元]
2103 僧奢泰。

揮：[宮]541 之歌婬，[三][宮]468
罰出家，[元][明]2121 地枝標。

但：[三][聖]99 有聲。

憚：[三]2154 之緣是。

法：[明]、法彈[宋][元][宮]1435
鼓簧捻。

簡：[甲][乙]1822 也論。

評：[甲][乙]1821 云豈不。

潭：[明]2087 那。

潭：[甲][乙]2393 中。

檀：[三][宮]1606 那等和，[聖]1428 舉六人。

余：[乙]1287 指舒之。

篋：[明]2103 曰道士，[明]2103 曰乾爲，[明]2103 曰守法。

諍：[原][甲]、解[乙]2263。

鴠

鴠：[甲]2128 音旦。

澹

淡：[宮]292 泊，[三][宮]1546 問曰爲，[知]266 泊不可。

憺：[宮]567，[明]613 無憂喜，[明]2016 淵默妙，[明]2104 之虛宗，[元][明]619，[元][明]656 然安。

落：[宮]2102 然玄。

泊：[三][宮]414 然常寂。

惔：[三][宮]2102 涅槃之。

痰：[明]1546，[三][宮]1505 唾，[三][宮]1545 熱心肚。

潭：[三][宮]1547 水河水。

瞻：[宋]2110 清。

憺

淡：[三][宮]1478 然無邪。

憚：[明]、惔[宮]425 怕曉修。

澹：[宋][宮]338 怕越度，[宋][元][宮]222。

惔：[宮]425 怕悉無，[宮]425 怕心無，[宮]425 怕住於，[三]187 雅聲分。

潭：[三][宮]630 然法一。

恬：[三][宮][聖]222 怕。

噇

譇：[聖]397 婆何利。

當

孛：[聖][另]790 備豫所。

本：[三][宮]2122 州内清。

便：[明]316 趣滅舍，[三][宮]1435 還是比。

不：[乙]1822 可量若。

怖：[三]1545 不能入。

曹：[三][宮]2121 學中有。

曾：[宮]2121 有比丘，[三][宮]402 於拘留。

常：[宮]382 懃修一，[宮]1451 樂奉，[宮]1546 作是言，[宮][甲]1958 念，[宮][聖]223 不失故，[宮]263 演出，[宮]278 聞佛刹，[宮]376 如來說，[宮]397 樂修捨，[宮]601，[宮]613 作一，[宮]618 知死時，[宮]632 樂精進，[宮]635，[宮]657 如佛所，[宮]657 應分析，[宮]708 知是二，[宮]721 共一心，[宮]837 聞已應，[宮]839 應如是，[宮]1425，[宮]1428 聽比丘，[宮]1509 入地獄，[宮]1509 習學，[宮]1548 有，[宮]1571 滅故無，[宮]2059 在，[宮]2060 依涅槃，[宮]2123 共善叙，[甲]、－[乙]1201 住眞言，[甲]、當[甲]1782 隨覺慈，[甲]1830 必相應，[甲]1830 知，[甲]2337 宣説一，[甲]2414 無自性，[甲]

[宮]1799 論勝，[甲][乙]2309 清淨優，[甲][乙]2391 奉事供，[甲]848 生決定，[甲]949 住本尊，[甲]1268 不得共，[甲]1287 食汝即，[甲]1512 理故曰，[甲]1709 說，[甲]1709 悉住空，[甲]1731 解後三，[甲]1731 須淨心，[甲]1736 有而潤，[甲]1742，[甲]1763 宗雖舉，[甲]1778 起精進，[甲]1778 眞正不，[甲]1795 如是觀，[甲]1805 住也素，[甲]1816 不得佛，[甲]1816 得果名，[甲]1828 斷二見，[甲]2035 課誦時，[甲]2035 隨衆法，[甲]2036 及，[甲]2214 憶念能，[甲]2244 令據，[甲]2259 無耶若，[甲]2266 食邑文，[甲]2275 云，[甲]2290 段論文，[甲]2290 段三世，[甲]2299 通因果，[甲]2301 念一心，[甲]2366，[甲]2396 說法，[甲]2397 應供養，[甲]2792 作法語，[明]593 命斷勢，[明]887 畫佛眼，[明][宮][聖]225 求無上，[明][甲]1177，[明]222 爲菩薩，[明]310，[明]310 清淨於，[明]381 行尊心，[明]415 念，[明]416 受是三，[明]418 善諷誦，[明]434 審諦說，[明]754 勤精，[明]1007 以念佛，[明]1425 共，[明]1425 爲諸比，[明]1463 用壞藥，[明]1679 得解脫，[明]2103 來，[明]2131 習行般，[三]402 令久住，[三]1016 護念受，[三]1547 極修善，[三]2122 生處問，[三]2145 敦其素，[三][宮]323 行法念，[三][宮]579 爲諸天，[三][宮]837 現前，[三][宮]1442 覆蓋汝，[三][宮]2122，[三][宮][甲][丙]

[丁]848 與妙法，[三][宮][久]485 作福田，[三][宮][別]397 知盡是，[三][宮][聖][另]1459 留一所，[三][宮][聖][知]1579 有所爲，[三][宮][聖]397 得受於，[三][宮][聖]397 爲多人，[三][宮][聖]816 修梵清，[三][宮][聖]1471 於中四，[三][宮][另]1442 修不放，[三][宮]224 持十戒，[三][宮]224 念，[三][宮]263 得逮見，[三][宮]263 奉侍大，[三][宮]263 堅固，[三][宮]263 住於斯，[三][宮]294，[三][宮]309 建精進，[三][宮]310 求於正，[三][宮]325 應修習，[三][宮]349 聽所問，[三][宮]351，[三][宮]374 觀如是，[三][宮]379 不墮惡，[三][宮]380 如是轉，[三][宮]384 急離業，[三][宮]397 牽阿羅，[三][宮]397 於山上，[三][宮]410 令苦惱，[三][宮]411 生淨佛，[三][宮]414 求此三，[三][宮]415 安住，[三][宮]416 爲一切，[三][宮]425 逮得是，[三][宮]433，[三][宮]468 聞諸佛，[三][宮]585 觀之爲，[三][宮]600 應如是，[三][宮]606 念無常，[三][宮]606 以著，[三][宮]627 何以供，[三][宮]636 奉行，[三][宮]649 欺慢菩，[三][宮]649 求於聖，[三][宮]657 說如是，[三][宮]657 爲自在，[三][宮]657 於濁亂，[三][宮]672 毀謗正，[三][宮]721 得寂滅，[三][宮]721 求涅槃，[三][宮]721 生天爲，[三][宮]723 聲瞋洗，[三][宮]808 以慈心，[三][宮]1425，[三][宮]1425 如我子，[三][宮]1435 好看然，

[三][宮]1442 近善知，[三][宮]1462 作惡業，[三][宮]1470 掃拭佛，[三][宮]1471 相進退，[三][宮]1478 軟聲不，[三][宮]1505 坐彼坐，[三][宮]1521 生是名，[三][宮]1521 修善法，[三][宮]1548 因有，[三][宮]1549 住者，[三][宮]1631 常則無，[三][宮]1648 觀有戒，[三][宮]1672 持慧水，[三][宮]1673 求涅槃，[三][宮]2040 使安，[三][宮]2040 行愛語，[三][宮]2043 思，[三][宮]2060 日往還，[三][宮]2060 爲，[三][宮]2122 令，[三][宮]2122 勤加恭，[三][宮]2122 隨佛行，[三][宮]2122 修梵行，[三][宮]2122 於講席，[三][宮]2122 作佛道，[三][甲]951 結是印，[三][聖]125 完具意，[三][聖]125 作是學，[三][聖]190 須向佛，[三][聖]210 寤自，[三][聖]1582 柔軟無，[三]1 如是耶，[三]16 念求方，[三]20 守行經，[三]25 生叫喚，[三]26 有冷水，[三]51 住此作，[三]89 懷慚愧，[三]99 勤恭敬，[三]99 修正見，[三]100 觀察諸，[三]100 捨衆事，[三]125，[三]125 悉來下，[三]125 於，[三]153 與我戰，[三]157，[三]159 受持戒，[三]170 勤精進，[三]171 持是經，[三]174，[三]186 逮一切，[三]186 奉行精，[三]190 願共汝，[三]192 離故故，[三]192 爲子憂，[三]192 知有愛，[三]192 晝夜精，[三]193 諦計，[三]193 諦知之，[三]194 求彼樂，[三]203 遠離惡，[三]220 學，[三]292 多宣暢，

[三]309 寂靜而，[三]309 審諦思，[三]311 爲諸善，[三]374 作如是，[三]375，[三]375 以苦，[三]375 作，[三]418 念彼方，[三]564 勤方，[三]613 發誓願，[三]643 自防護，[三]657 得無量，[三]721 修行忍，[三]950 知彼有，[三]992 須受持，[三]1058 結此印，[三]1116 獲惡報，[三]1244 於白月，[三]1331 除愈魔，[三]1336，[三]1336 值諸佛，[三]1340 思惟須，[三]1341 説決了，[三]1374 起愛念，[三]1545 依止汝，[三]1549 依三佛，[三]2087 後一日，[聖]99 云何修，[聖]125 出家學，[聖]125 求他方，[聖]210 其死臥，[聖]210 信敬於，[聖]284 不忘也，[聖]397 爲説不，[聖]1354 心念若，[聖]1423 各以如，[聖]1428 供給所，[聖]1451，[聖]1509 能破我，[聖]1509 求因緣，[聖]1509 如是説，[聖]1539 了別或，[聖]1549 有過去，[另]613，[另]1428 持行諸，[宋]310，[宋]2122 得此鬼，[宋][宮]221 在南方，[宋][宮]242 證阿耨，[宋][宮]598 成尊佛，[宋][宮]765 遠離，[宋][明][宮]414 宣諸妙，[宋][元]220 聽聞受，[宋][元][宮][聖]、－[明]1464 車匿比，[宋][元][宮]318 學文殊，[宋][元]151 如石，[宋][元]224 生也不，[宋][元]515 知如上，[宋]26 如，[宋]99 捨當滅，[宋]100 求於寂，[宋]310 在家以，[宋]310 作帝釋，[宋]375 知是人，[宋]384 爲，[宋]419 來現在，[宋]721

捨離貪，[宋]1340 一心勿，[乙][丁]2244 唯計甲，[乙]850 思惟水，[乙]957 歸，[乙]1796 住，[乙]1822 生處中，[乙]2215 有何，[乙]2261，[乙]2376 入聚，[乙]2396 能思惟，[乙]2408，[元]220 令我土，[元]358 修當作，[元]1428 迎若當，[元][明]1582 施十方，[元][明]2016 現前是，[元][明][宮]221 布施不，[元][明][甲][乙]901 在天上，[元][明]99 盡壽命，[元][明]157 行如是，[元][明]228 親近彼，[元][明]375 爲無量，[元][明]384 快自恣，[元][明]617 忍事病，[元][明]624 眼所見，[元][明]639 汚他女，[元][明]721 得，[元][明]732 用生爲，[元][明]760 禮母以，[元][明]768 思惟念，[元][明]814 護夜叉，[元][明]887 觀想，[元][明]1006 來現前，[元][明]1331 以好函，[元][明]1435 少少取，[元][明]1579 知離欲，[元][明]1585 果對，[元][明]2122 破人善，[元][明]2122 齋戒輒，[元]186 爾之時，[元]212 息，[元]381 行博聞，[元]657 得生梵，[元]1451 知諸行，[元]1451 作是言，[元]1465 建次業，[元]1493 憶念我，[原]、常[甲]1796，[原][甲]1781 近麂之，[原]973 用誦，[原]1091 隨心如，[原]1160 得一一，[原]1205 得一處，[原]1311 不逢橫，[原]1869 不懈怠，[原]1981 時即悟，[知]418 來今現，[知]380 布施一，[知]786。

嘗：[宮]2102 餌丹五，[甲]2073

寫未終，[明]2053 授髮爪，[三][宮]2123 聞有之，[三][宮]1470 視十一，[聖]2157 作頌贈，[元][明][宮]489 時受用，[元]2040 思方便。

嘗：[宮]2103 以逢遇，[明]423 悔衆惡，[明]1545，[明]2103 在彼衆，[三][宮]2060 任巴西，[三][宮]2060 以，[三][宮]2060 於龍淵，[三][宮]2103 開許，[三][宮]2122 淨水先，[三]2122 得病臨，[原]、嘗[甲][乙]1796 因重病。

承：[三][宮][甲]2053 取草不。

畜：[宮]1438 作不，[聖]210 先求解。

但：[三][宮]618 略說何。

擋：[三][宮][甲]901 總竟獻。

黨：[甲]1782 弟又傳，[明]186 相逼速，[三][宮]2102 辭祿，[原]2196，[知]2082。

僮：[宮]397 昴宿爲，[宮]397 於東門，[三][宮]397。

諳：[明]1092 單誦奮，[三][宮][聖]1462 佛法不，[三]1092 承事供，[宋][元]1092 日日恭，[宋][元][甲]1092 修行一，[宋][元]1092，[宋][元]1092 承，[宋][元]1092 承事供，[宋][元]1092 此等，[宋][元]1092 人廣大，[宋][元]1092 種植無，[宋]1092 持十方，[元]1092 一切香。

道：[宮]1461 應知。

得：[三][宮]263 生於嚴，[三][宮]283 法明，[三][宮]434 尊貴未，

[三][宮]1451 見問曰，[三]199 成就，[聖]410 歸命於。

等：[甲]2434 諦聽善，[明]223 以是攝，[三]1340 應知我，[三]192 知我，[三]375 云何與，[乙]2249 論文眼。

帝：[原]1700 許。

定：[宋]、之[元][明]99 説。

多：[三]24 惱亂諸，[三]1300 流溢生，[原]、多[甲]2006 問路。

誐：[宋][元]1092 承事供。

而：[三][宮]1546 雨法雨，[三]202 不相從，[三]1058 説護持，[三]1339 得究竟。

番：[乙]2227 十一月。

方：[甲]1816 有得證。

復：[明]2076 一一合，[三][宮][乙]848 結三昧，[三]201 獲美果，[聖]606 如是誘，[另]1428 墮地獄，[石]1509 如是有，[宋]190 如是受。

富：[甲]2396 體是，[明]158 求習最，[三]192 財自供，[三][宮]1650，[三]150 如上頭，[聖]1463 結，[聖][另]790 念，[宋][元]1464 食足若，[宋]220 興盛彼，[乙]1796，[元]203 作火坑。

更：[甲]1736 引，[甲]2393 防護其，[三][宮][聖]376 問如來。

故：[三]152 更病乎，[原]1818 知報佛。

觀：[元][明][宮]839 所失。

光：[三]193 爲。

廣：[明]1540 廣説如。

貴：[三][宮]2043 最第一。

害：[知]418 天龍鬼。

恒：[三][宮]2122 專一心。

火：[三]186 熾盛應。

即：[宮]279 得佛故。

將：[甲][乙]2263 如何兩，[甲]2263 小乘經，[乙]2263 如何，[乙]2263 如何答，[乙]2263 如何若。

皆：[燉]262 得成佛，[甲]1736 梵音輕，[甲]1863 成佛聞，[三]、一[宮]848 誦，[三]193 諦計女。

界：[宮]384 得作佛。

今：[三]375 諦聽吾，[三][宮][聖]376 爲汝等，[三][宮]657 問此事，[三][宮]671 爲汝廣，[三][宮]1467 爲汝説。

謹：[知]794 受教聽。

盡：[另]1543。

開：[三]382 敷演解。

可：[甲][乙]2404 有所作，[甲]2219 也今此，[三][宮]2058 當與之，[三]203 取不王，[三]1301 熟成親，[宋][明]2122 爾眞智。

来：[三][宮]722 世而得。

雷：[宮]1543 言本，[明]625 令汝等，[元][明]2060 爾道張。

離：[甲]2266 欲染即。

亮：[元][明]、常[宮]2108。

量：[三]2121 也吏言。

劣：[原]2339。

臨：[甲]2003 臺妍醜。

令：[三][聖]125 使不生。

曼：[聖]1425 及時爲。

末：[原]、未[甲][乙]1822 品中勸。

能：[甲]、龍女能作當佛正[乙]1736，[三][宮][石]1509 除恐怖，[三][宮]382 調伏無，[三][宮]2042 從僧如，[三]186 度脫之，[三]374 解了是，[元][明][宮]374 造菩提。

平：[元][明]375。

普：[三][宮]403 歸於法，[元][明]628 觀佛相。

其：[宮][聖][另]790 自愛我。

豈：[知]598 知如來。

前：[聖][另]1435 去去已。

然：[乙]1796 知已具。

人：[聖]613 彈指然。

如：[甲]1723 於火宅，[三][聖]224 覺知魔。

善：[元][明]1576 知即是。

賞：[宮]321 得不依，[甲]2036 辟罰以，[甲]2250 鶯法，[三][宮][甲]2053 賜億金，[元][明]2059 要舍爲。

尚：[甲]、一[乙]2394 之華西，[甲]1816 淺故略，[甲][乙]1816，[甲][乙]1822，[甲][乙]1822 非皆是，[甲]1708 離牒前，[甲]1708 難識譬，[甲]1708 殞國有，[甲]1722 辨常住，[甲]1828 遙誰次，[甲]2195 懷，[甲]2376 莫爲況，[三][宮]522 有人頭，[三][宮]1509 有定實，[聖]278 此城中，[聖]1509 信何況，[聖]1818，[石]1509 可得受，[乙]1723 同佛業，[元][明]1509 應慈忍，[原]、[甲]1744 不能久，[原]1757 更不起。

深：[三]201 勤用功。

審：[宮]222 於，[甲]1784 故名三，[三][宮]285 知諦是，[三]768 善當隨，[乙]2263 也，[乙]2296 得三無。

是：[甲]1705 第二釋，[宋]224 時弊魔。

適：[原]、[甲]1744 時而用。

受：[甲]2006 得天下，[三]5 授與二。

屬：[甲]2250 尤得雅。

思：[宮]263 勤修書，[宮]1509。

唐：[甲][乙]1287 朝。

堂：[丁]2244 佛告衆，[三][宮]2085 公孫經，[三][宮]2122 戶邊有，[三]1549 有衆相，[元][明]658 得不離，[元]1435 大雨滿。

棠：[宋][宮]、[元][明]760 身從是。

儻：[三][宮]606 復入胞。

體：[明]2016 無當而。

聽：[三][宮]1428 相參分。

統：[三][宮]2104 集三教。

王：[三]202 受之王。

爲：[甲]1736 兆次云，[三]156 宣說微。

違：[甲]2195 多是三。

未：[三][宮]268 來現在。

畏：[三][宮]1435 不能。

我：[另]1435 爲汝作。

吾：[三][宮]2060。

無：[甲]2006 道明。

悉：[三][宮]2043 皆已過，[三]

[宮]397 護持養，[三][甲]955 得如。

喜：[三][知]418 樂於道。

相：[明]1552 説問此。

向：[甲]2036 西流弟。

象：[明]1644 王浴時。

須：[明]221，[明]221 叉手却，[三]1096 爲彼先。

雪：[聖]210 止此。

言：[宮]2123 不發無，[明][宮]332。

嚴：[乙]2393 身首中。

儀：[元][明]2123 則柔軟。

已：[聖]1433 受作功。

以：[三]1011 何名此。

亦：[三][宮]309 不樂是。

意：[甲]2266 生分位，[元]197 護身口。

營：[甲]2129 安反孔，[甲]2266 田識薄。

應：[甲]908 半之於，[甲]2227 誦下，[甲]2277 知，[甲]2305 知於，[明]2122 禮不然，[三][宮][聖][另]1428 懺悔大，[三][宮][聖]223 書經，[三][宮][另]1442，[三][宮][另]1458 攝受之，[三][宮]1425，[三][宮]1425 留比坐，[三][宮]1458 依本處，[三][宮]1458 於，[三][宮]1458 與小食，[三][宮]2109 四七之，[三][甲]1101 施衆僧，[三][聖]189 脱如此，[三][聖]1426 三種壞，[聖]1428 差堪能，[石]1509 如是不，[元][明][宮]374。

用：[乙]1796 約眞言。

由：[知]384 凍死以。

猶：[甲]2276 色聲等。

於：[三][甲]1080 一切處。

與：[乙]1821 現。

欲：[三]202 知爾時，[三]1096，[聖][另]1435 遊行餘，[聖]211 得人肉。

寅：[甲]2396 物合。

願：[明]187 勅家常，[三]、一[聖][宮][石]1509 爲我説。

樂：[明]1579 生於彼。

云：[三][宮]613 何名此，[乙]2391。

澡：[宮]1471 盤有。

掌：[甲][乙]2390 在心豎，[甲]853 前，[三]2060 寺任素，[原]、掌[乙]1796 臨左手，[原]853 在心大。

者：[宮]1509 得，[甲]1222，[元]1602 知略。

直：[三][宮]1443 百千由。

至：[甲]994 心誦眞。

智：[三]1451 知涅槃，[宋]754 可得。

重：[三][聖]125 鑿山當。

子：[三]26 善聽。

宗：[三][宮]345 殺此。

足：[三][宮]606 可見如。

作：[明]2076 等閑相。

璃

蟷：[聖]983 臂釧種。

鐻：[明][乙]1092，[三][宮]374 天冠臂。

璠：[三]2122 是大。

螳

瑝：[甲][乙]2250 及珍黎。

虎：[甲]2362 蜋肘怱。

簹

管：[宮]2103 含人桃。

鐺

倉：[三][宮]2122 中數極。

瑝：[甲]1227 釧天衣，[三][宮][另]1428 佛言不，[三][宮]721 用莊嚴，[三][聖]100 亦復如，[三]99 鐶釧諸。

譡：[宋][元]、當[明][乙]1092 結七俱。

擋

儅：[宋][元]、當[宮]1648。

檔

當：[三][宮]1435 衣橛衣，[三]鐺[聖]170 杻械諸。

黨

儅：[聖]225，[宋]、掌[元][明]99 護大群。

當：[宮]459 乃曰神，[宮]1428 比丘比，[三][宮]398 侵四曰，[三][宮]2121 以人類，[聖]190 闇誦者。

等：[原]2199 所生功。

多：[明]1199 引矩施。

哆：[明]856。

富：[明][乙]1216 暴惡主。

侶：[三]203 相隨。

實：[三][宮]1462 法得初。

堂：[三]1458 在地居，[原]1764 弟庶。

儻：[甲]1722 不同，[三][宮]313 不能究，[三]210 有人，[聖]1462 見恒大，[聖]1462 五部經，[宋][宮]425 勝不淨，[宋][元][宮]425，[宋][元][宮]1428，[宋]810 五曰而。

須：[甲]1851 二禮敬。

者：[三][宮]2121 今在何。

讜

儻：[宋]2103 叙。

宕

宏：[三][宮]2059。

室：[三]985 瑟窒曬。

嵣

黨：[三]2088 中書云。

雺

霶：[甲]2128 也聲小。

蕩

薄：[甲]2036 伐勞於，[甲]2068 軌于時，[三]1808 即是智。

宕：[三][宮]2060 歡醻爲，[乙][丙]2092 又不偏。

盪：[久]1488，[三][宮][聖][另]281 除心垢，[三][宮][另]281 滌情性，[三][宮][石]1509，[三][宮]790 突處

雖，[三][宮]1509 不得見，[三][宮]
2060 滌凝澱，[元][明]101 釜亦。

　　動：[三][宮]2122 山谷論。

　　乎：[甲]2313 類膠漆。

　　遣：[甲]1705 今初法。

　　湯：[三][宮]847 二合咩，[宋]、
陽[明]2034 公宇文。

　　燙：[三]23 須彌陀。

　　陽：[三]2034 公宇文，[三]2151
公，[三]2153 公宇文，[三]2154 公字
文。

　　蘊：[甲][乙]2309 處。

儅

　　儅：[明]2060 失一文。

　　當：[明]2122 於東門。

盪

　　蕩：[三][宮]2123 持，[三][宮]
[聖]1428 滌汁，[三][宮]1425，[三]
[宮]1425 鉢下屋，[三][宮]1425 鉢亦
不，[三][宮]1425 滌，[三][宮]1425
器，[三][宮]1470 器即，[三][宮]
1545，[三][宮]2053，[三][宮]2053 雲
霓而，[三][宮]2102 此塵迷，[三][宮]
2103 滌掉悔，[三][宮]2103 滌妖醜，
[三][宮]2103 滌衆，[三][宮]2103 示
之以，[三][宮]2103 用消胡，[三][宮]
2121，[三][宮]2121 不從貞，[三][宮]
2121 鬪爭不，[三][宮]2121 問夫爲，
[三][宮]2121 悉令清，[三][宮]2122
俄得達，[三][宮]2122 盡唯精，[三]
152 波截流，[三]263 逸諸黑，[三]

2125，[宋][宮]2121 滌，[宋][元][宮]
2121 婦人苦。

　　湯：[宋]、蕩[元][明]2121 汚清
淨，[宋]152 樹貫棘。

　　糖：[宋][元]、搪[明]1462 父。

蕩

　　蕩：[三][宮]2103 比質於。

薀

　　蕩：[三][宮]、盪[聖]639 然空，
[三][宮]2103 天地之。

譡

　　當：[明][乙]1092 諸給，[明][乙]
1092，[明][乙]1092 承事供，[明][乙]
1092 入一切，[明][乙]1092 一切諸，
[明][乙]1092 種殖，[三][乙]下同
1092。

　　擋：[三][宮]1462 若不。

　　儻：[宋]、當[元][明]1092 種種
承，[原]1098 許我我。

刀

　　兵：[三]1377 傷不爲。

　　戕：[宮]1673 火方便。

　　刅：[三][宮][聖]292 利。

　　等：[甲]1222 鐵曾傷。

　　刁：[明]375 長者無，[明]2122
玄亮現。

　　二：[三][宮][聖]397 兵俱起。

　　方：[三]99 脫革屣。

　　斧：[元][明][乙]1092 天神亦。

剛：[甲]、剛劍[乙]2391 上進屈。

弓：[原]2126 斜臥高。

勾：[聖]1547 應説百。

力：[內]1184 杖弓箭，[東]643 輪帝釋，[宮]1912，[宮]272 箭，[宮]374 杖及以，[宮]401 截斷衆，[宮]1425 起，[宮]1646 自害若，[甲][乙][丙]1184 觸加持，[甲][乙]2261 成無記，[甲][乙]2390 印爲火，[甲]895 阿修羅，[甲]1698 又云劫，[甲]1780 傷心方，[甲]2039 耕一，[甲]2128 戔聲音，[甲]2128 鞘耗也，[甲]2128 炎聲也，[甲]2128 也説文，[甲]2129 劒室也，[甲]2227 釋曰二，[甲]2244 上胡辨，[甲]2348 膽波國，[甲]2400 傍此是，[甲]2400 端觀，[甲]2400 印唵嚩，[明]1423，[明]201 強逼大，[明]848 印聖不，[明]1340 稍弓箭，[明]1464 盡斷一，[明]2123 杖加，[三][宮]384，[三][宮][聖]1462 已觸以，[三][宮]292 刃度塵，[三][宮]374 能，[三][宮]744 弓皆自，[三][宮]848，[三][宮]848 素鵝及，[三][宮]1505 毒酒肉，[三][宮]1548 觀無，[三][宮]1579 能永斷，[三][宮]1674 怨火無，[三]194 降伏彼，[三]2122 隨後名，[聖][另]765 斷貪愛，[聖]231 不能斫，[聖]953 從脚段，[聖]1488 雖習外，[聖]1509 不傷二，[聖]1509 毒水火，[聖]1547 不捨若，[聖]1579 杖等互，[宋][宮]1509 以無礙，[宋][甲]1007 也第，[宋][元]1579 所觸對，[宋][元]908，[乙][戊]1958，[乙]1796 自除身，[乙]2219 無垢法，[乙]2227 乃至，[乙]2394，[元][明]397 毒施無，[元][明]607 葉樹墮，[元][明]1562 等但是，[元][明]1563 劍乃至，[元]972 印，[元]1428，[原]2248 翻刀錢。

乃：[宮]1545 水割洗，[明]1428 授與人，[三][宮]263，[宋]639 即變爲，[元][明]1421 風當發。

亠：[甲]2128 作寫俗。

刃：[甲]1239 次須作，[三][宮][甲][丙]2087 出應招，[三][宮]672 如半月，[三][宮]2059 不能傷，[三][宮]2059 而坐遣，[三][宮]下同 2102 形之於，[三]721。

刄：[甲]2128 一一象，[甲]2129 反説文，[明]、明註曰以義詳之當作刄字今正 721 起於境，[三][宮]1546 不能傷，[三][宮]2121 削骨破，[三][宮]2122 容無懼。

日：[甲]2052 行而法。

石：[甲][乙][宮]1799 爲金也。

手：[三][宮]2121 欲。

月：[甲]1805 常開如。

明

力：[三]、力迦[乙][丙]903。

切：[甲]2339 不可以。

饕：[宮]2122 惡聲流。

忉

怛：[甲]2239 利天遊。

力：[元][明]80 提，[元][明]80 提長者。

切：[甲]1731 利天見，[宋]362
利天上。

協：[宮]2121 利。

性：[宋]352。

怙：[明]196 利天帝。

釰

剣：[明]1636 詣鐵網。

島

邊：[三][宮]2121 海邊有。

鳥：[聖]2157 下賢以。

祷

祠：[元][明]2060 方。

擣：[三][宮]2121 也化爲。

穢：[三][宮]1428 殺自作。

擣

擣：[三][宮][聖]、揭[石]1509 香
幢幡，[聖]1509 香澤香。

象：[聖][另]1463 香塗身。

摘：[明]994 以。

擣

擣：[三][宮]2123 不磨知。

擣：[甲]1007。

導

道：[博]262 其心令，[博]262，
[博]262 汝故生，[博]262 諸衆生，
[德]1563 威伏一，[丁]2244 俗由，
[宮]263 師光，[宮]310 師無畏，[宮]
669 安立善，[宮]741 五曰福，[宮]

1545 首故便，[宮]2059 二，[宮]2060
讚，[和]293 令其悟，[和]293 誘，[甲]
1781 衆，[甲]1828 故名，[甲]1828 果
麁情，[甲]2036，[甲]2266 論釋彼，
[甲][聖]1723 也向也，[甲][乙][丙]
[丁][戊]2187 師謂佛，[甲][乙]850 師
諸佛，[甲][乙]1822 從論，[甲][乙]
1822 者法如，[甲][乙]2261 希夷寂，
[甲][乙]2397 次，[甲]1214 有情，[甲]
1709，[甲]1709 利樂廣，[甲]1709 其
前，[甲]1709 之事，[甲]1718 師得
是，[甲]1723 生名爲，[甲]1735 也此
於，[甲]1742 普導如，[甲]1775 之我
觀，[甲]1785，[甲]1796 師，[甲]1828
後受生，[甲]1839 因，[甲]1893 作易
解，[甲]1921 衆生空，[甲]2035 師有
以，[甲]2068 京兆人，[甲]2068 四，
[甲]2087 凡御物，[甲]2087 復，[甲]
2087 三界或，[甲]2087 聖導凡，[甲]
2087 遐棄衆，[甲]2089 化，[甲]2193
德也言，[甲]2196 之但經，[甲]2217
行文又，[甲]2261 清淨安，[甲]2339，
[甲]2394 利之亦，[甲]2397 第一智，
[明]997 此寶炬，[明][聖][另]285 利
衆生，[明]293 令其發，[明]360，[明]
1598 隨智而，[明]2076 緣終後，[明]
2102 之以德，[明]2103 俗之偏，[明]
2103 者洞盡，[明]2122 利生無，[明]
2123 達群方，[三][德][聖]26 説亦莫，
[三][宮]1579 涅槃故，[三][宮]1648
波利弗，[三][宮]2059 餘隙，[三][宮]
2102 歸一萬，[三][宮][聖]292 歸一
切，[三][宮][聖]324 行最上，[三][宮]

[聖]425 多樂道，[三][宮][聖]1421 皆經，[三][宮][聖]1509 問曰弟，[三][宮][聖]1579 驚怖，[三][宮][聖]1579 者如是，[三][宮][知]266 光耀，[三][宮]263 化能仁，[三][宮]263 上尊道，[三][宮]263 之典教，[三][宮]278 或名正，[三][宮]285 利，[三][宮]285 業結立，[三][宮]288 以法場，[三][宮]292 一切奉，[三][宮]309 檀度無，[三][宮]389 聞之不，[三][宮]392 化未聞，[三][宮]401，[三][宮]403 化其發，[三][宮]403 衆生不，[三][宮]425 法愛樂，[三][宮]425 法船度，[三][宮]425 化消牽，[三][宮]459 法開，[三][宮]462 三乘出，[三][宮]545，[三][宮]585，[三][宮]598 御無所，[三][宮]625 而去以，[三][宮]636 常有大，[三][宮]638 諸不及，[三][宮]672 師名，[三][宮]721 所謂放，[三][宮]744 唯願世，[三][宮]1421 見獵師，[三][宮]1425 説但一，[三][宮]1435 利人行，[三][宮]1451 師如來，[三][宮]1470 利法化，[三][宮]1474，[三][宮]1521，[三][宮]1522 爲將爲，[三][宮]1545 及非所，[三][宮]1545 謂身下，[三][宮]1547 本所作，[三][宮]1547 彼非商，[三][宮]1594 者歸禮，[三][宮]1647 無有光，[三][宮]2026 士，[三][宮]2041，[三][宮]2059 化之聲，[三][宮]2060 多被劫，[三][宮]2060 發異類，[三][宮]2060 更於州，[三][宮]2060 今則獨，[三][宮]2060 可各隨，[三][宮]2060 龍樹之，

[三][宮]2060 勤見其，[三][宮]2060 無替武，[三][宮]2060 之法，[三][宮]2103 出家六，[三][宮]2103 氣倫安，[三][宮]2103 興廢，[三][宮]2108 學業，[三][宮]2121 將還天，[三][宮]2122 從吏卒，[三][宮]2122 首作六，[三][宮]2122 之老，[三][甲]951 我，[三][聖]190 而，[三][聖]190 直向羅，[三][聖]211 化宿世，[三]26 説我我，[三]100 汝等今，[三]100 於我爲，[三]152 化故隱，[三]152 行英士，[三]154 法御天，[三]186，[三]186 味無畏，[三]187 窮邊際，[三]190 能伏一，[三]190 無量衆，[三]193，[三]193 幢現，[三]193 正從者，[三]201 金色不，[三]203，[三]220 讚勵，[三]291 群黎是，[三]360 御十方，[三]362 人耳目，[三]425 示諸不，[三]624 其德，[三]1451 者但一，[三]1485 化，[三]2060 況乎，[三]2106 俗化方，[三]2110，[三]2110 引，[三]2149 備撰備，[三]正 125 教以此，[聖]125 令知正，[聖]125 於善路，[聖][另]310 故名正，[聖][另]1459，[聖][另]285 御修至，[聖][另]310，[聖][另]1509 他人令，[聖][石]1509，[聖][石]1509 福，[聖]26 師或有，[聖]100 師當以，[聖]125 師一國，[聖]210 正從亦，[聖]223 示阿耨，[聖]266 利世間，[聖]278 師是，[聖]278 師正法，[聖]285 不逮而，[聖]285 利慧堂，[聖]291 法輪其，[聖]291 利，[聖]291 是爲第，[聖]310 誰能救，[聖]311 汝我

因，[聖]318 師至神，[聖]324 御善道，[聖]397 渡眾生，[聖]425 如師子，[聖]425 是曰精，[聖]425 御郡王，[聖]627 利一切，[聖]627 罪福之，[聖]643 佛前行，[聖]1509，[聖]1509 墮邪，[聖]1537 是故如，[聖]1546 故境界，[聖]1547 始發無，[聖]1579，[聖]1579 復次云，[聖]1579 四者第，[聖]1579 亦名，[聖]1579 與修俱，[聖]1579 者惡作，[聖]1733 師則說，[聖]1763，[聖]2060 書詩辯，[聖]2157，[聖]2157 師問佛，[聖]2157 師性表，[聖]2157 示行經，[聖]2157 宗，[另]1428 如是二，[另]1442 我不白，[另]1721 之，[石]1509 其心者，[石]1509 故來試，[石]1509 師在前，[石]1509 修善業，[石]1509 亦如是，[石]1509 眾生令，[石]1509 眾生譬，[石]1509 眾生起，[宋][宮]273 故，[宋][宮]425 眾可化，[宋][宮]811 者將至，[宋][宮]1442 師行旅，[宋][宮]2103 此例高，[宋][元][宮]、明註曰導北藏作道 2122 汝等徑，[宋][元]1433 宰任玄，[宋]6 寶王有，[宋]158 師明能，[宋]186 化趣真，[宋]210 世，[宋]2145 潛邎晋，[宋]2145 涉求之，[宋]2145 師，[宋]2154 爲，[戊][己]2092 工談義，[乙][丙][戊]2187 師譬，[乙][丙]2810 根必不，[乙][丁]2244 誘，[乙]850 師諸佛，[乙]912 師，[乙]1723 師至我，[乙]1723 也導師，[乙]1796 不得離，[乙]2087 從北渡，[乙]2087 因其機，[乙]2087 引四兵，[乙]2087 誘當是，[乙]2092 源熊耳，[乙]2173，[乙]2227 威，[元][明]2154，[元][明][宮]1421 道教取，[元][明][宮]1545 者讚慰，[元][明][乙]1092，[元][明]6 法御天，[元][明]99 御師，[元][明]187 亦不得，[元][明]310，[元][明]462 善道見，[元][明]656 眾生爾，[元]1579 令作非，[元]2102 性靈或，[原]1026，[原]1778 一切證，[原]2410 士諍佛，[知]1579 便能越，[知]384，[知]414 從無數，[知]598 利義若，[知]1522 爲將爲。

導：[甲]2266 論，[甲]2193 舍利子，[聖]190 時必得。

等：[三][宮]403 御諸佛。

教：[三][宮]534 世。

遣：[甲]1918 得入別。

使：[三][宮]1646 心念善。

現：[聖]157。

尋：[甲]2335 問訊如。

言：[甲]1828 展轉傳。

養：[宋][宮]268 世師未。

友：[宮]2060 及諸道。

與：[三]125 凡夫人。

元：[宮]263 師愍之。

眾：[三][宮]310 師除疑。

尊：[宮]285 御自然，[宮]2112，[甲]923 一切智，[甲]1709 威伏一，[甲]2261 世間名，[聖]639 師離煩，[聖]1562 師名爲，[乙]1723 至實得，[元][明][宮]411 或執種，[元][明]638 之。

遵：[宮]2040 從安詳，[宮]2112，

[甲]1763 領勸旨，[三]、道[甲]2087
十，[三][宮]2060 開業闕，[三][宮]
401 于三，[三][宮]1545 從給使，[三]
[宮]2053 可仰寔，[三][宮]2059，[三]
[聖][甲][乙]953 奉，[三]848 諸密行，
[三]2103 禮樂於，[三]2110 周顗宰，
[宋][元][宮]、道[明]2108 誘多途，
[乙]2087 從周衞，[乙]2087 以歸依，
[元]220 讚勵慶，[原]1251 一切智，
[原]2196 行諸行。

擣

裯：[甲]1182 之令碎，[聖]、揭
[石]1509 香澤香，[聖]1425 令光澤。

搞：[三][宮]1425 作。

檮：[甲]2068 之。

揭：[三][宮]2122 不磨知，[石]
1509 香澤香。

薵：[石]1509 香澤香。

樹：[聖][另]285 香衣被。

濤：[宮]2123 汁飲并。

蹈

墮：[三][聖]190 坑。

跡：[三]23 上。

踖：[三][宮]381 斯地，[三][宮]
478 因陀枳，[三][宮]1425 地爾時。

踊：[聖]1509 火履。

榻：[宋]、塌[元][明]、[聖]190
於。

蹋：[三]190 甚困唯。

韜：[三][宮]2102 超萬古。

陷：[三]157 入四寸，[三]2122 文

如新，[元][明]500 腦窮苦。

詣：[三][宮]2121 世尊所。

禱

儔：[三][宮]730 是故瞋。

魅：[甲][乙]1220 蠱術魑。

到

阿：[宮]223 彼聽法。

白：[三][宮]1470 某今持。

別：[明]1450 此事實。

朝：[三][宮]2122 于齊。

刀：[明]2123 劍割刺。

裯：[三]1331 祠神意，[三]2060
彌切。

倒：[丙]2397 初地現，[宮][甲]
1805 合云者，[宮][聖]1509 煩惱失，
[宮]1509 不著無，[甲]1721 涅槃，
[甲]1795 見，[甲][乙][丙][丁]2187
於，[甲]1027 合地則，[甲]1065 菩薩
所，[甲]1709 也言照，[甲]1763 明弘
經，[甲]1805 地，[甲]2214 不，[甲]
2290 墮坑故，[甲]2901 若見瞋，[明]
220 宣説世，[明]310 計我所，[明]
1508 向下人，[明]2027，[明]2122 地
象語，[三]24 擲釜中，[三][宮]631 見
者，[三][宮]636 見一切，[三][宮]637
見耳但，[三][宮]721 數，[三][宮]810
是亦本，[三][宮]1425 著鉢中，[三]
[宮]1470持下，[三][宮]1583解語若，
[三][宮]1595 無變異，[三][宮]1599
相滅聖，[三][宮]1656 亂故，[三][宮]
2122 輿下，[三][宮]2123 見破，[三]

[乙]1200 垂置額，[三]202 猶故不，[三]1428，[三]1485 有無二，[三]2125 披是聖，[聖]1546 若以世，[聖]397 亦應離，[聖]1462 如來獨，[聖]1733 第一義，[乙][丙][丁][戊]2187 父舍住，[乙]2297，[元][明]2016 若要令。

道：[明]1552。

得：[宮]721 無住處，[宮]2122 彼。

覩：[三][宮][甲][乙][丙][丁]848 薩。

度：[甲]2217 簡因海。

對：[甲]1717 三天行，[三]2122 言論，[乙]1861 眾生，[原]1782 彼至安。

及：[甲]1736 處受苦。

教：[甲]2255 年二十。

劇：[原]923 炎蒸。

開：[甲]2036 門豈無。

刻：[甲]1731 而。

來：[三][宮]606 忽，[三]156 其家說。

利：[宮]310 其所共，[明]2153 曠野鬼，[三]2034 曠野鬼，[宋][宮]2122 處常遇，[宋][元][宮][聖]1425 處是名。

例：[三][乙]1092 前作。

列：[甲]、到[甲]1782 也總云，[甲]1828 五相，[甲]2035 當道諸，[甲]2269 無障處，[元][明]630 覆大眾。

其：[三][宮][聖]324 家。

勤：[三][宮]1579 親附既。

丘：[聖]1464 王門以。

趣：[聖][石]1509 聲邊惡。

剎：[甲][乙]2390 一一諸。

上：[三][宮]2085 耆闍崛。

昇：[宮]1421 波羅聚。

侍：[甲]2006 造次凡。

適：[三]185 拘耶尼。

陀：[三][宮]376 汝當廣。

往：[三]375 娑羅雙。

微：[明]1988 蹤知其。

臥：[三]2121。

向：[三][宮]223 曇無竭，[三]1344 莊嚴聚。

匈：[三][宮]1470 時著法，[宋][元][宮]、白[明]1470 三者不。

芽：[三]158 若我。

言：[宋][元]210 所往如。

詣：[明]2122 彼國時，[三][宮]1435 祇洹打。

於：[明]2103 不到處。

語：[三][宮]1436 織師。

則：[甲]2001 石室，[明]721 惡道者，[明]816 處皆步，[明]2122 謂此二，[三]2104 喜推過，[元][明]721 於涅槃。

至：[宮][聖]1509，[甲]1775 之情冀，[甲]1733 佛地，[甲]2261 者由前，[甲]2300 其所尋，[明]156 波羅奈，[明]1435 諸，[三]、致[宮]2122 累，[三]2110 經字放，[三][宮][聖]383 摩竭，[三][宮][聖]423 王門自，[三][宮][聖]1509 十方讚，[三][宮][知]384 忍界聽，[三][宮]537 此門中，[三][宮]

638 悉嚴就，[三][宮]650 喜根弟，[三][宮]657 十方無，[三][宮]676 彼岸清，[三][宮]721 廣池，[三][宮]744 王，[三][宮]1421 汝等皆，[三][宮]1425 八月十，[三][宮]1425 彼山窟，[三][宮]1425 屠家不，[三][宮]1425 著，[三][宮]1435 某家，[三][宮]1435 作擯諸，[三][宮]1462 佛所唯，[三][宮]1464 別，[三][宮]1547 世尊所，[三][宮]2040 娑羅樹，[三][宮]2122 佛所禮，[三][聖]125 唯願屈，[三][聖]下同 375 良醫所，[三]1 黑沙地，[三]68 佛所，[三]125 蜜羅，[三]125 破群，[三]125 四衢道，[三]156 他國一，[三]196，[三]202，[三]203 彼岸解，[三]203 城門慘，[三]360 我國快，[三]375 佛所俱，[三]375 無上道，[三]1014 如來所，[三]1541 身證已，[三]2145 涼州，[三]下同 375 阿夷，[三]下同 375 而，[聖]172 諸國中，[聖]200 尼拘陀，[聖]211 佛所稽，[聖]211 其所問，[聖]514 同時共，[聖]1442，[聖]1442 聽者，[另]1435 他家時，[石]1509 官所，[乙]2397 金剛際，[原]2339 道場已，[原]2339 得果爲，[知]598 于滅盡。

制：[宮]1425 北。

致：[宮]2123 後齋日，[和]293，[甲]901 一切病，[甲]1248 處自然，[甲]2039 制，[甲]2084 力愍思，[甲]2396 無上地，[明]310 五神通，[三][宮]458 阿耨多，[三][宮]222 等無等，[三][宮]282 佛泥洹，[三][宮]309 於道迹，[三][宮]398 清淨最，[三][宮]602 善意，[三][宮]606 無恐難，[三][宮]626 是便前，[三][宮]630 泥梨，[三][宮]2121 此神妙，[三][聖]210 脫處，[三][聖]397 羅吒次，[三]101 不，[三]154 從何國，[三]203 謗，[三]210 調方，[三]1335 伊，[三]2123 斯無極，[聖]211 泥洹王，[宋][元][宮]2121 日天中，[乙]2263 菩提，[乙]2391 彼四聲，[原]1862 賞諸臣，[原]2362 此失耳，[知]567 後世復。

智：[三][宮]657 德王明。

州：[三]2105 郡縣官。

諸：[三]1532 功德具。

作：[三][宮]1425 憍舍耶。

倒

報：[甲]1929 修凡夫。

蹕：[聖]1670 從傍柱。

側：[甲]2129 反切韻，[甲][乙]1822 想名爲，[甲]1782 心倒者，[甲]2230 安眉間，[聖]1425 便言姊。

擣：[宋]、祷[元][明]951 癡法及。

到：[宮][聖]1549 彼眼識，[宮]721 即於，[甲]1710 究竟地，[甲]1763 之習如，[甲][乙][丙][丁][戊]2187 其父所，[甲][乙][丙][丁][戊]2187 又解言，[甲][乙][丙]2003 被篤，[甲][乙]1709 彼岸依，[甲]1763 致悶絕，[甲]1778 釋故，[甲]1782 此，[甲]1828，[甲]2187 其父所，[甲]2266 故若，[甲]2266 究，[甲]2269 釋曰如，[明]

199 錯令疾，[明]352 迦葉彼，[明]1505 受，[明]2122 空時緣，[三]198 邪冥說，[三][宮]721 地已即，[三][宮]721 放逸之，[三][宮]721 千倒，[三][宮]721 時閻魔，[三][宮]1435 女人上，[三][宮]1443，[三][宮]1523 世間寂，[三][宮]1557 是名，[三][宮]1646 則，[三][宮]1646 障故不，[三][宮]2122 地還半，[三][宮]2123 去故灰，[三][聖]26 亦非信，[三]100 淨想，[三]193 見佛無，[三]889 成印，[聖]1579 性非顛，[聖]1425 本，[聖]1425 地身形，[聖]1579 分別，[聖]1602 見設無，[聖]1763 不知，[宋]2147 見眾生，[宋][宮]721，[宋][宮]1471 襞，[宋][元]220 執著發，[宋][元][宮]1523 處轉三，[宋][元][宮]721 身體破，[宋][元][宮]1644 懸向下，[宋][元][宮]2121 內竃，[宋][元]1 見身敗，[宋]1027 合，[元][明][宮]2122 去故，[元][明]721 傷壞破，[元][明]1604，[元][明]2122 地口不，[元][明]下同721 千，[元]1596 故識與，[原]1856 其地菩。

顛：[三][宮]1545 想故名。

頓：[三]152 地須月。

俄：[宮]2060 誰識斯。

而：[宋]、明註曰倒宋藏作而310 解脫。

例：[宮]1912 三義既，[甲]1778 摧外道，[甲]1816 此顯未，[甲]2266 中方，[甲][乙]2259，[甲][乙]2259 道理若，[甲][乙]2261 三處所，[甲]1721，[甲]1731 非是木，[甲]1782 想爲本，[甲]1805 但有，[甲]1828 説也十，[甲]2266 合云釋，[甲]2266 是也餘，[甲]2266 也應云，[甲]2274 義相似，[三][宮]1562 以，[三][宮]2122 心皆名，[宋][元]1644 義可令，[乙]2249 勘，[乙]1832 色，[乙]2249，[乙]2296 義不成，[原]、例[甲]1781 龍樹觀，[原]2270 是謂文，[原]2271，[原]2362 耳。

眛：[三][宮]221 十二法。

傾：[甲]2036。

同：[元][明]2016 想聲出。

䫻：[甲][乙][丙][丁]2092 霜幹風。

狹：[元][明]278 相。

行：[三][宮]603 邪見但，[宋]1694 邪見但。

眼：[聖]、眠[另]1428 地形露。

則：[三][宮]666 置于地。

致：[甲]2135 波底多，[聖]1579 漸次云。

盜

導：[三][宮]1462 前而行。

道：[三][宮]1523 第七四，[三][宮][久]397 説梵行，[三]152 得之斯。

奪：[三][宮]1521 他物者。

殺：[三][宮]1470 比丘字，[乙]1821。

偷：[三][宮]1425，[聖]125 竊亦復。

妄：[三]1 不婬不。

惟：[宮]、洓[聖][另]790 奸欺侵。

爲：[三]1476 心念若。

疑：[三][宮]1548 他財物。

益：[聖]1425 心持去。

衆：[三][宮]585 賊不得。

悼

掉：[甲][乙]2249 行相遥，[明]312 佛言勿，[三]、調[聖]223 慢無明，[三][宮]310 動，[三][宮]310 悔爲衆，[三][宮]1581 不躁三，[三][宮]2121 悸以此，[三]211 悸以此。

調：[聖]1428 動。

棹：[甲]2196。

道

礙：[明]1550 謂是第。

邊：[丙]2381，[甲]2120 齋龍泉，[三][宮]263 慧不處，[三][宮]2121 城中，[元][明][宮]397 是能速。

遍：[甲]1828 前三故，[三]930 觀成極。

並：[宋]1562 非。

禪：[甲]1999 覓佛。

常：[聖]1440 之邊。

成：[元]1470 食麋。

乘：[甲]2337 以信佛。

尺：[三][宮]2103 蠖屈。

處：[明]125 便成神，[三][宮]1421 以是白。

此：[甲]1733 是離起。

達：[明]2149 故魏晋，[三][宮]

425，[三]848。

當：[三][宮]2123 念有意。

導：[宮]415 利益第，[宮]659 法上中，[宮]2121，[甲][乙][丙]2810 世間心，[甲][乙][丙][丁][戊]2187 衆生今，[甲][乙]1796 利之故，[甲][乙]1796 師初誕，[甲][乙]1816 能，[甲][乙]1821 師故故，[甲][乙]1822 衆生於，[甲][乙]2207，[甲]874 應，[甲]1709 言七寶，[甲]1718，[甲]1731 穢土在，[甲]1733 餘令得，[甲]1736 火前相，[甲]1736 行以有，[甲]1736 之要，[甲]1782，[甲]1782 讚勵慶，[甲]1782 衆生至，[甲]1796 師也，[甲]1830 等由所，[甲]1924 淨心時，[甲]1924 一切凡，[甲]1973 集專記，[甲]2082 常如賊，[甲]2087 德既高，[甲]2087 俗，[甲]2087 源浚而，[甲]2207，[甲]2217 樹，[甲]2261 等者彼，[甲]2339 衆人爲，[甲]2748 其忍，[明][和]293 我等親，[明][聖]125，[明][聖]318 教欲化，[明]765，[明]770 如師子，[明]2034 示行經，[明]2103 爲衣止，[三]、[宮]2123 部第十，[三]170 心不亂，[三]190 比丘復，[三]190 皆當捨，[三]199 師無有，[三]1559 路師似，[三]2103 獲悟不，[三][宮]309 三世特，[三][宮]310 衆敬禮，[三][宮]386 師悲愍，[三][宮]656 法，[三][宮]1421 説比丘，[三][宮]1545 失時之，[三][宮]2122 禮樂於，[三][宮]2122 入涅槃，[三][宮]2122 説而，[三][宮][聖]272 無擁無，[三][宮][聖]285 明乃

至，[三][宮][聖]288 日者行，[三][宮]
[聖]292 度世而，[三][宮][聖]292 教
者然，[三][宮][聖]294 之若有，[三]
[宮][聖]425 師如來，[三][宮][聖]481
利以時，[三][宮][聖]626 迎供養，
[三][宮][聖]627 御者無，[三][宮]
[聖]1459，[三][宮][聖]1546 依外道，
[三][宮][聖]2060 俗時共，[三][宮]
[石]1509 諸波羅，[三][宮][知]266 利
法者，[三][宮][知]579 我欲導，[三]
[宮]231 不違衆，[三][宮]244 衆生
證，[三][宮]263，[三][宮]263 經誼，
[三][宮]263 四輩其，[三][宮]263 無
極神，[三][宮]263 於斯無，[三][宮]
263 衆生億，[三][宮]266 示想明，
[三][宮]278 而度脫，[三][宮]278 臥
善知，[三][宮]285 利應時，[三][宮]
285 如，[三][宮]285 御樂章，[三][宮]
292 利一切，[三][宮]292 權方便，
[三][宮]292 於衆生，[三][宮]309 教
純，[三][宮]309 引品第，[三][宮]310
衆中爲，[三][宮]323 化授想，[三]
[宮]323 人民不，[三][宮]334 愚冥護，
[三][宮]338，[三][宮]374 生死飢，
[三][宮]381 歸一切，[三][宮]401 是
爲一，[三][宮]403 義理不，[三][宮]
414 何用苦，[三][宮]425，[三][宮]425
利，[三][宮]425 利戒法，[三][宮]425
御，[三][宮]455 聲聞衆，[三][宮]585
利勸化，[三][宮]588 利一，[三][宮]
598 御，[三][宮]598 御世界，[三][宮]
606 師語子，[三][宮]607 者敷演，[三]
[宮]624 今自歸，[三][宮]624 勸助亦，

[三][宮]624 一切人，[三][宮]627 欲
知一，[三][宮]635 衆生除，[三][宮]
660 路者即，[三][宮]721 者天衆，[三]
[宮]770 不知生，[三][宮]790 直正餘，
[三][宮]1463 在前到，[三][宮]1509 如
是思，[三][宮]1545 爲，[三][宮]1546
如説比，[三][宮]1551 第一義，[三]
[宮]1552 方便是，[三][宮]1562 諸，
[三][宮]1595 令修方，[三][宮]1605 自
然善，[三][宮]2034 名重二，[三][宮]
2034 周顗宰，[三][宮]2059，[三][宮]
2060 達蒙瞽，[三][宮]2060 達豈並，
[三][宮]2060 乎，[三][宮]2060 憑准
無，[三][宮]2060 如川流，[三][宮]
2060 神識又，[三][宮]2060 時俗，[三]
[宮]2060 相續，[三][宮]2060 疑難，
[三][宮]2060 意，[三][宮]2060 緣二
師，[三][宮]2060 之恒規，[三][宮]
2102 其極皇，[三][宮]2103 群冥天，
[三][宮]2104 周顗，[三][宮]2108 德
齊禮，[三][宮]2108 引，[三][宮]2108
於無，[三][宮]2121，[三][宮]2121 爾
比丘，[三][宮]2121 師登高，[三][宮]
2121 訓，[三][宮]2122 彼戲童，[三]
[宮]2122 成勝，[三][宮]2122 從往藍，
[三][宮]2122 奇事奇，[三][宮]2122
師儉法，[三][宮]2122 授經旨，[三]
[宮]2122 思三讚，[三][宮]2122 者是
舍，[三][宮]2122 之見飲，[三][甲]
[乙]2087 俗由是，[三][甲][乙]2087
隨應降，[三][甲]901 諸衆生，[三]
[聖]125 牛之正，[三][聖]291 如蓮華，
[三][聖]291 於斯菩，[三][乙][丙]

1076 師，[三][乙]1092 三乘三，[三]
68 說有國，[三]86 至鹽，[三]100，
[三]118，[三]125 四子使，[三]190 大
王，[三]196，[三]198 現大尊，[三]
201 足自斷，[三]202 其意大，[三]
225 者作禮，[三]264 師方便，[三]
291 於五趣，[三]311 施衣終，[三]474
人民不，[三]1331 萬姓令，[三]1335
首兩足，[三]2122 從而出，[三]2122
之靈府，[三]2145 達群方，[三]2145
之非大，[三]2149 心經，[三]2149 揚
理義，[三]2153 經一卷，[三]2153 示
行經，[三]2154 道周洽，[聖]1 如此
事，[聖]125 亦不難，[聖]190 此有沙，
[聖]190 道商人，[聖]190 說來詣，[聖]
200 是時諸，[聖]200 王即答，[聖]211
利品第，[聖]279 法由親，[聖]291，
[聖]291 又斯諸，[聖]310 業未曾，[聖]
361 諸天帝，[聖]790 我自知，[聖]1851
彼清淨，[聖]1851 證，[聖]2060 達之
任，[石]1668 次第亦，[宋][宮]2060
所以，[宋][宮]324 心尊特，[宋][宮]
770 中，[宋][宮]2060 貴行用，[宋]
[明][聖]291 雨甘露，[宋][元][宮]446
佛南無，[宋][元][宮]2122 說聽見，
[宋]125，[宋]387 心，[宋]2149 經，
[戊]2187 師，[乙]1724 即未發，[乙]
2192 豈能信，[乙]2263 等義，[乙]2263
希夷寂，[元][明]2060 之功既，[元]
[明]125 及，[元][明]309 大慈菩，[元]
[明]637 意不離，[元][明]657 者作，
[元][明]2026，[元][明]2060 吐音遙，
[元][明]2060 爲宗後，[元][明]2103 師

身子，[原]1796 故皆名，[原]2271 首
故即，[原]2126 文集焉。

盜：[宮]1548 若俱，[明]17 爲，
[明]212 亦及他，[明]1450 賊邊共，
[明]1557 斷見盜，[三]、一[宮]1548
是名，[三][宮]1548，[三][宮]1548 煩
惱使，[三][宮]1548 使愛使，[宋]1548
使法非。

盜：[原]2194 得入此。

導：[甲][乙]2362 又諸法，[甲]
1961，[甲]2181，[甲]2266 本云四，
[甲]2339 我此身，[聖]190，[聖]200
此事急，[聖]200 我悉不，[聖]1435
說比丘，[聖]1442 有必索，[另]1442
彼字我，[乙]1202 無事好，[原]1819。

得：[三][宮]294 一切，[三]1 之
輿一。

德：[甲][乙]2207 也要道。

地：[宮]223 但，[宮]618 起，
[宮]673 向者已，[聖]1509 須菩提，
[原]2319 斷之今。

諦：[聖][另]1552 說道支。

定：[甲][乙]1822 共，[甲]2204
時者專，[三][宮]397，[三][宮]1548
廣，[乙]2254 俱時思。

鬪：[宋][元][宮]2034 場寺出。

度：[甲]1921 十力無，[三][宮]
656 不失進，[三]1015 意逮。

斷：[聖]1541 斷一。

遁：[甲]2036 去千餘，[甲]2183
麟，[甲]2183 倫，[甲]2183 倫東大，
[甲]2299 禹川疏，[三][宮]2102 恐不

免，[三][宮]2121 邁行，[三][宮]2122，[三][宮]2122 歸夜行，[原]2396 倫云。

堕：[三]721 地獄眾。

邇：[三][宮]2060 遂得廣。

二：[明]1546 修道若。

法：[甲][乙]2219 八心上，[甲]1700 信受邪，[甲]1736 既，[甲]2261 謂非自，[明]2123 難聞能，[三][宮]397 得虛空，[三][宮]423 修行諸，[三][宮]425 自致正，[三][宮]427 得功德，[三][宮]650，[三][宮]1435 問云何，[三][宮]2045 普行慈，[三][宮]2103 非道弘，[三]1331 不，[聖][另]1721 即證初，[原]2248 亦應。

返：[丁]2244 居而修，[甲]2266 者第七。

風：[乙]2218 即遊履。

佛：[三][宮]292 慧使無，[三][宮]2034 始十六，[三][宮]2111 文殊，[聖]383 果長絕，[乙]2396 是應佛，[乙]2263 必往大，[乙]2263 者何再，[原]2410 記此。

功：[三][宮]425 勳所執。

故：[明]220 相智一。

觀：[宮]2103 妙矣聖。

貴：[明]1331 門。

果：[宮]223 不礙，[甲]1829 非現在，[三][宮]1509 而生，[三][宮]2121 二，[石]1509 一種，[宋][元][宮]2121 二最勝。

過：[宮][甲]1912 睡臥六，[宮]618 名也當，[宮]1545 所，[甲]1735 品爲大，[甲]1700 般若所，[甲]1709

未生恒，[三][宮]2060 惡不求，[宋]2061 矣。

海：[明]649 彼等主。

呼：[三][丙]982 之但爲。

迴：[三]201 以是義。

慧：[宮]2059 授。

集：[聖]1509 棄捨三，[宋]、習[元][明][宮]374 是人。

迹：[甲]1781 場，[原]2416 以明修。

寂：[原]、通[甲]2339 先斷煩。

際：[三]264 示之以。

家：[元][明]310 欲詣導。

見：[甲][乙][丙][丁]2092 肅一飲，[甲]1709 染見亦，[三][宮]402 復教餘，[元][明]1509 眾生離，[元][明]2058 王家常，[元][明]2122 莫能先。

教：[三][宮]2060，[原]、教[甲]2006 次第。

節：[宮]309 印封三，[原]1890。

戒：[宮]650 入俗亦。

界：[甲]1708 業道離，[甲]2254 設已離，[聖]1428 行者突。

近：[甲]2262 引方生，[明]1464 路嶮難，[三][宮][聖][石]1509 又我於，[三][宮]523 棄之曠。

進：[宮]790 者，[宮]1552 者彼信，[甲][乙]1816，[甲]1921 策理觀，[甲]2266，[明]1551 此義應，[三][宮]2122 場便得，[三][宮]2122 士馬翼，[宋][元]2123 場便得。

盡：[宮]626 徑菩薩。

經：[甲]1772 後。

徑：[原]1695 即顯照。

覺：[三]291，[三]361 堅勇而。

開：[原]、通[甲]1782 塞故。

苦：[明]1547。

匱：[三][宮]425 消婬怒。

坤：[宋][宮]2102 矣觀大。

老：[三][宮]2103 君造立。

里：[明]2076 萬里行。

理：[甲]2262 則通。

路：[三][聖][福][膚]375 而去七，[三]203，[三]264 欲退還，[三]374 而去七，[三]1339 見有大。

論：[三][宮]672 亦離於。

門：[聖]157 通天人。

滅：[甲]1821 所斷各，[明]1647諦，[三][宮][聖]1541 斷一切，[三][宮]1541 智非識。

名：[甲]2261 非常。

明：[三][宮]2060 瓚者善。

莫：[明]2121 説。

能：[甲]1805 解我意。

逆：[甲]2401 闡提與。

迫：[宮]2122 法聖上。

其：[甲]2266 名。

起：[甲][乙]1929 故爲。

器：[三][宮]2102 與盜同。

前：[甲]2266 述，[三][宮]1545後道類，[三][宮]1546 盡爲作，[三]1559 爲是有，[聖]1562 現在前，[聖][另]1543 智現在，[宋][元]1546 亦捨見，[元][明][宮]1545 耶答雖。

衢：[甲]2223 場住三。

趣：[敦]367 尚不聞，[甲]1920九十，[三][宮]440，[三][宮][聖]397善道，[三][宮][聖]1581 不壞他，[三][宮][石]1509 復，[三][宮]1604，[三][甲]1024 生，[三]200 天上人，[三]721，[聖]278，[乙]2408 等也，[原]973 者皆悉。

人：[甲][乙][丙]2778 邪四悉，[乙]1900 不捨寸。

入：[聖]200 王尋。

若：[聖]1421 若形變。

三：[聖]1509 善道者。

色：[甲]2410 祿十五，[甲]2410其。

僧：[元][明]2122 人以力。

善：[甲][乙]1239，[甲][乙]1821求昇進，[三][宮]602 行也數，[三][宮]736 心老病。

身：[甲]1775 迹，[三][知]418，[乙]1909 中。

神：[宮]534 力無上。

聲：[甲][乙]1822 因道故。

聖：[甲][乙]1822 資糧故，[三][宮]263。

食：[甲]1920 豈報白。

實：[甲]2367 時以證。

識：[元][明]310 故諸法。

是：[宮]425 德香化，[甲][乙]1822 如，[甲][乙]2397 色塵法，[甲]1775 者必獲，[三][宮]2121 退思其，[三]26，[聖][宮]425，[宋][宮]、是道[元][明]221 意亦爾，[宋][宮]2102 俗比肩，[原]、[甲]1744 理決定。

逝：[三]20 世間解。

首：[宮]1551 彼云何，[宮]2034，[宮]2060 志彌隆，[甲]1829 吉祥草，[甲][丙]、[乙]973 懸著正，[甲]1335 天王有，[甲]2402 之中置，[三][宮]397 居羅婆，[三][宮]486 途出斯，[三][宮]2034，[三][甲]1227 階高四，[三][聖]291，[三]152 國俗以，[三]2103 自古正，[三]2146 至佛問，[聖]234 會成至，[聖]1421 皆於坐，[聖]1428 或復，[聖]1509 不壞不，[宋][宮]281，[宋][元][宮][聖]310 含笑不，[元][明]821，[原]1782 舌可名。

順：[乙]2391 和上現。

説：[甲]2006 護國元。

俗：[甲]1775 生曰福。

速：[元]784 聞之謂。

隨：[宮]2102 而，[甲][乙]2397 言而應，[三][宮]1562 皆癡究，[宋][元]46 法義當。

遂：[甲]1733 令行心，[甲]1805 默然不，[三][宮]2031 與煩。

所：[元][明]565 行女又。

壇：[甲]、檀[乙]912 場，[原]2378 場第四。

燾：[明]2122 武皇帝。

特：[甲]1960 留乃是。

天：[原]2412 之教主。

庭：[三]2059 屢蒙。

通：[丙]2397 諸經，[丙]2087，[宮][聖][另]310，[宮][聖]1562 容現前，[宮]221 所，[宮]425，[宮]1545 行説名，[宮]2060 安，[甲]1983 如意覺，[甲]2261 生境眞，[甲]2266 取無爲，[甲][乙]1822 二四道，[甲][乙]1822 勝進即，[甲][乙]2163 塵散本，[甲]1103 印，[甲]1141 眼無所，[甲]1512，[甲]1708 一切時，[甲]1781 行以爲，[甲]1782 路名，[甲]1811 三藏大，[甲]1816 等中由，[甲]1816 六由人，[甲]1821 化作，[甲]1830 所，[甲]1830 言勝法，[甲]1851 智法比，[甲]1912 教意復，[甲]2196 最勝四，[甲]2250 二者亦，[甲]2255 者由此，[甲]2266，[甲]2266 等一切，[甲]2266 論此論，[甲]2266 饒益有，[甲]2266 是名神，[甲]2270 至於色，[甲]2298 使諸法，[甲]2299，[甲]2339 次第一，[甲]2339 門非，[甲]2354 相爲有，[甲]2396 以爲所，[甲]2907 於三界，[明][宮]1522 義，[明]2145 也三向，[三][宮]1545 智離第，[三][宮][聖]1442，[三][宮]1546 者名知，[三][宮]1550 時，[三][宮]1563 八地染，[三][宮]1595，[三][宮]2060 人無能，[三][宮]2104 觀道士，[三][宮]2121 化，[三][宮]2122 所攝一，[三][宮]2122 爲業終，[三]100，[三]397 皆來此，[三]401 變不能，[三]2060 爲含生，[三]2104 無倦福，[三]2122 過蹄沙，[三]2145 之龍津，[聖][甲]1763，[聖]291 其劫，[聖]1435 路不疲，[另]1431 佛説無，[宋][元][宮]2102 之，[宋][元]987 反其有，[宋]1559 由，[乙]1744 變化爲，[乙]2227 地九者，[乙]2263 六行，[乙]2296 體與用，[乙]

2397 不深漸，[元][明]1341 相染愛，[元][明]2122 嘗在曹，[原]1776 舉對邪，[原]1851 理理必，[原]2196 觀四諦。

同：[甲]1816 因是二，[甲]2266 論玄弉。

途：[明]821，[三]375 近遠。

退：[三]200 入城内。

外：[甲]2434 佛説以。

違：[三]2122 理上界。

聞：[宋][元]、明[明]1339。

問：[三][宮]2122 至南天。

習：[明][聖]200 得阿，[三][聖]200 得，[三][聖]200 得阿羅。

想：[甲]2196 之處滅。

行：[宮]1581 跡住決，[宮]1594，[甲]2128 也説文，[三][宮][石]1509 復次是，[三][宮]278 既修習，[三][宮]281 無危殆，[三][宮]397 爲得無，[三][宮]618 修對治，[三]212 甘露，[三]656 不相違，[乙]2249 同金剛，[乙]1909 不休不，[元][石]1509。

虛：[三][宮]1647 妄分別。

須：[宮]411。

學：[三][宮]585。

尋：[三][宮]1562 彼能治。

要：[三]2109 法身凝。

業：[甲]1912 者非身。

一：[三][宮]2105 人罪合。

遺：[明]212 行斯愛，[三][宮]588 忘如者，[三][宮]1546 法千年，[三][宮]2122 法文言，[三]2060 風宗師。

以：[甲][乙][丙]2778 得悟則。

益：[甲]1811 八同九，[三]278 令一切，[乙]2309 本種。

意：[三][宮]770 中亦善。

陰：[三][宮]638 已順。

遊：[元]2016 一一標。

猷：[元][明]403。

有：[三][宮]2042 尼乾，[原][甲]1781 之基樹。

語：[三]2059 義。

遇：[三][宮]2102 冥陶故。

遺：[三]1564 名辟支。

哉：[宋]2108 在其中。

造：[明]210 福勝彼，[三][聖]310 作無量，[三]2110。

者：[三][宮]310，[聖]1522 復涅槃。

眞：[三][宮]2109 故去君，[宋][元]、一[宮]2122 俗失。

正：[原]2271。

之：[甲]1828 第五若，[甲]2036 者凡貶，[宋]211 者如汝，[宋]1657，[乙]1723 故賛。

直：[三][宮]602，[聖][甲]1763 心既正。

智：[三][聖]475，[宋][宮]657 而發無，[宋][元][宮]2060 興傳。

中：[甲][乙]1822 不起言。

種：[宮][聖]223 樹品第，[聖][另]1543 種。

諸：[宋]362 表裏攬。

著：[三][宮]2122 放逸，[聖]1509 者心則。

自：[甲][乙]1822 若就假。

尊：[甲]2296 之靡易，[三][宮]636 者不，[三][宮]425 使宣道，[三]360 爲諸天，[宋][宮][知]598 心，[乙]2425 威，[元][明][宮]632 慧無有，[原]2408 具也，[原]2409 次奉送。

盜

奪：[三][宮]1435 身走來。

偸：[三][宮]2122 賊汝宜，[原]2248 六摩。

陷：[宮]729 賊人。

益：[三]2154 算神符。

逸：[明]1435 心取故。

溢：[知]266 貪婬妄。

婬：[宮]1432 是沙彌。

賊：[聖]1428 心取。

恣：[宮]1442 心見在，[三][宮]1442 心取。

稻

酒：[甲]1333 米須那。

米：[三][宮][聖]1579 有。

焰：[甲]1080 穀花白。

導

導：[宮]2122 之傍人，[甲]、道[乙]2207 其言謂，[甲][丙]2381 我亦發，[甲]2273，[甲]2427 法身不，[三][宮]2122 盧至爾，[乙]2426 斯言孔，[元][明][宮]2122 我聽諸。

道：[丁]2187 斷故止，[甲][乙][丙][丁][戊]2187 斷第二，[甲]1828 及諸餘，[甲]1828 是，[三]、導[宮]2122

懺悔，[三]、導[宮]2122 我有善，[三][宮]2122 有根應，[三]202 其事王，[三]203 無佞臣，[三]203 者誰爲。

得：[原]1764 須陀等。

鸁

鼻：[三][宮]2122 纖形似。

嚁

得：[甲][乙]1098 半二合。

尋

得：[乙]2207 説是也。

等：[甲]1731 淨無礙。

間：[甲]1828 道定緣。

得

阿：[元][明]1503 蘭若智。

碍：[甲]1705 二乘無，[甲]1778 芥子之，[甲]2261 故言寂。

礙：[聖]397，[乙]2219 無捨捨，[元][明][宮][石]1509 無，[原]2339 定強故。

伴：[甲]2266 也。

保：[三]170 或有無。

彼：[甲]、後[甲]1816 福相，[甲][乙]2261 後無表，[甲]2214 能有知，[甲]2263 諸事或，[明]1552 彼境界，[三][宮]310 門者不，[三][宮]2122 前所願，[聖]310 眞解如，[原]2262 以前所。

俾：[甲]2068 令聞知。

必：[明]2076 步參差，[宋][明][甲]967 識師。

便：[甲]2337 種姓故，[甲]895
入，[甲]1816 證智已，[三][宮]1579
根本三，[三]1339，[三]1339 入陀羅。

辨：[甲]1782 贊曰此。

辯：[聖]1763 果也僧。

別：[甲]1909 出離我。

博：[三]25 取卵。

不：[甲]2309 悲也俱，[明]1459
墮，[三][宮]720 自在是。

採：[宋][宮]585。

曾：[三][宮]397 聞如是。

唱：[三][宮]2123 無量大。

稱：[三][宮]2122 別用。

成：[宮]624 幾法功，[三][宮]263
佛者乎，[三][宮]237，[三][宮]2121
道，[聖]790 佛所願，[石]1509 阿耨
多，[宋][元][宮]2121 道七。

持：[甲]1823，[甲]2266 種體不，
[三]156 摩，[三][宮]633 菩提亦，[三]
1096，[三]1509 解，[元][明]384 佛涅
槃，[原][甲][乙][丙]1833 種體不。

出：[三][宮]638 入以空。

初：[原]2262 受如初。

除：[三][宮]2042 愈一切，[三]
1300。

傳：[甲]1786 法之師，[甲][乙]
2391 無所不，[甲]2255 云下料，[甲]
2270 此名，[甲]2837 楞伽經，[三]
[宮]2060 意方進，[三][宮]2122 聞仙
人。

此：[宮]221 眞知識，[明]997 光
照莊。

伺：[原]、同[甲]1744 成言由。

從：[宮]1509 今，[甲]1802 菩薩
所，[三][宮][聖][石]1509 因緣生，
[三][宮]1546 彼定出，[宋]1694。

答：[甲]1828，[明]2108 廬山遠。

逮：[三][敦]365 無生忍，[三]
[宮]263 不退轉，[聖]172。

待：[宮]397，[宮]397 住者能，
[宮]1562 及，[甲]1718 所因又，[甲]
1969，[甲][乙]2259 名言故，[甲][乙]
2087 聞今當，[甲]1512 言有爲，[甲]
1813 三令辨，[甲]1828 因緣而，[甲]
1851 前，[甲]1866 有六義，[甲]1918
慧解脫，[甲]2035 擅行決，[甲]2266
加行而，[甲]2266 名於義，[甲]2270
更尋自，[甲]2313 之時對，[甲]2323
緣生生，[甲]2339 言又彼，[甲]2339
有六義，[明]1443 學處不，[三]、一
[宮]1435 到彼岸，[三][宮]1591，[三]
125 彼比，[三]309 思惟苦，[聖]1509
是智慧，[聖]1763 故得名，[另]1431
第一道，[宋][元]1566 明了而，[宋]
721 於涅槃，[乙]2087 多言尋，[乙]
2249 緣合不，[元]1563，[元][明]、持
[知]418 如佛然，[原]2339 思惟佛。

但：[宮]616 但觀赤，[三]310 以
假名，[三][另]1443 惡作罪。

當：[甲]2017 往生智，[明]220 圓
滿五，[三]、一[聖]172 子還夫，[三]
[宮][聖]1435 來若與，[三][宮]345 知
所施，[三][宮]1509 作佛爲，[聖]1509
作佛所，[另]1543 言當解，[宋][元]
1057 轉其業。

到：[石]1509 雙道中。

道：[宮]223 果人非。

得：[三][宮]2049 去而復，[三]101 天上已，[三]291 遊入衆。

淂：[宋][宮]2026 法眼舍。

德：[博]262，[博]262 成佛我，[高]1668 諸佛勝，[宮][聖]1562 非體又，[宮][聖]1562 故若修，[宮][聖]1579 有，[宮]228 想若以，[宮]322 成，[宮]425 奉，[宮]461 諸根爲，[宮]566 利益汝，[宮]636 力神變，[宮]656，[宮]1530，[宮]1530 不行有，[宮]1545 名增，[宮]1604 地差別，[宮]2108 而稱矣，[和]293 見佛承，[甲]1733 八隸得，[甲]1741 昇進，[甲]2339 滅，[甲][丙]2810 高蹤具，[甲][乙][丙]2381 戒如論，[甲][乙]1909 佛南無，[甲]1512 因所得，[甲]1735，[甲]1735 而稱也，[甲]1735 果二佛，[甲]1735 衆寶相，[甲]1736 可以意，[甲]1778 無量功，[甲]1830 總言業，[甲]1851，[甲]1851 差別不，[甲]1851 相並，[甲]1851 之處初，[甲]1912，[甲]1924 也所言，[甲]2035 梁代，[甲]2044 免苦示，[甲]2230 也眞言，[甲]2263 所依，[甲]2266 有言眼，[甲]2270 非似由，[甲]2271，[甲]2339 果皆以，[甲]2339 業，[甲]2401 二十五，[甲]2414 是也，[甲]2837 菩提也，[甲]2901 身故善，[甲]2907 無盡藏，[明]278 見文，[明]1596 等此中，[明][和]293 能以，[明][乙]950 此教王，[明]159 自在轉，[明]212 盡諸苦，[明]622 解脱是，[明]768 因緣直，

[明]1341 淨得正，[明]1428 新果彼，[明]1507 其福虛，[明]1595，[明]2108 圓，[三]1533 王所愛，[三][宮]381 尊淨智，[三][宮]1492 辟支人，[三][宮][聖]1602 失等營，[三][宮][聖]1602 失俱三，[三][宮][石]1509，[三][宮]224 云何拘，[三][宮]263 寶第一，[三][宮]263 福無量，[三][宮]263 證，[三][宮]266 不小不，[三][宮]288 菩薩信，[三][宮]313 號如是，[三][宮]378，[三][宮]403 莊嚴身，[三][宮]407 瓶入閣，[三][宮]416 出衆珍，[三][宮]416 離車子，[三][宮]481 立心，[三][宮]587 具足故，[三][宮]588 點無貢，[三][宮]606 果，[三][宮]656 摩尼神，[三][宮]657 菩薩摩，[三][宮]1549 九十一，[三][宮]1562，[三][宮]1563 智中方，[三][宮]1571 說此爲，[三][宮]1579 勝過人，[三][宮]1596 及自在，[三][宮]1604 功德此，[三][宮]1808 僧夏安，[三][宮]2034 稱魏至，[三][宮]2060 朋同就，[三][宮]2060 遂埋神，[三][宮]2060 衆穆如，[三][宮]2102 皆當代，[三][宮]2104 心嵩嶽，[三][宮]2121 智不譽，[三][宮]2122 施又聞，[三][宮]2122 一不掩，[三][聖]291，[三]100 虛讚，[三]125 具足天，[三]157 自在復，[三]178 願說之，[三]193 願具衆，[三]297 源於智，[三]374 爾時彼，[三]381 其本願，[三]657 菩薩摩，[三]1331 又迦龍，[三]1336 內豐嚴，[三]1603 失二故，[三]2102 於，[三]2122 而稱聞，

[三]2137 異故，[三]2153 經，[聖]627 解脫緣，[聖]1602 失俱非，[聖][知]1579 或一向，[聖][知]1579 失忽然，[聖]178 清淨智，[聖]224 是心甚，[聖]375 爾時，[聖]397 大智光，[聖]606 道則普，[聖]643 汝當答，[聖]953 圓滿皆，[聖]1428 衣物，[聖]1462 定無所，[聖]1579 失推搆，[聖]2157 施又一，[聖]2157 譯普門，[另]1721，[石]1509 者是，[宋][宮][聖]292 所生處，[宋][宮]292 安居不，[宋][宮]384 到彼勿，[宋][宮]742 空不願，[宋][聖]310 總持宜，[宋]291 聽聞如，[宋]362 長壽度，[宋]951 大勢至，[宋]1351 力如是，[宋]1694 道福疑，[宋]1694 道矣，[乙]1724 不輕，[乙]2186 菩薩就，[乙]2397 三十七，[乙]2812 爲能轉，[元][明]292 懷來無，[元][明]585 建立無，[元][明]657 菩薩摩，[元]2061 及咨參，[原]1695 失，[原]1744 是功德，[原]2339。

德：[甲]2311 失但以，[甲]2311 失俱非。

等：[甲]1911 正覺餘，[明]316 爲有爲，[明]1425 辭苦若，[明]1429 增益，[明]1505 問是何，[三]99 於佛不，[三]397 增長故，[三][宮]1421 病不，[三][宮]1559 苦中應，[三][宮]1575 生過失，[三][宮]310 悉禮佛，[三][宮]402 成熟，[三][宮]415 法中名，[三][宮]479，[三][宮]1646 名爲人，[三]291 正覺亦，[三]311 大闍住，[原][甲]1980，[原]2425 爲五一。

動：[宮]283 不動。

獨：[甲][乙]2261 意識不，[甲]2305 眞六識。

度：[甲]、渡[乙]2087 平川行，[明]2121 脫反復。

斷：[三][宮]1562 斷果亦。

多：[聖]211 積珍寶。

惡：[宮]2121 罵詈唯，[三][宮][聖]292 博聞，[三][宮]263 見藥色，[三][宮]609 不淨之，[三]125 見此比，[宋][宮]、德[聖]292 諸邪智。

而：[明]2042 起若不，[石]1668 起是故。

發：[甲]1912 根本下。

法：[宮]633，[甲]1828 無我斷，[三][宮][聖][石]1509，[三][宮]2034 身自在，[宋]、－[聖]627 爲無上，[宋]1。

犯：[三][宮]1425 八僧伽，[三][宮]1428 波羅，[三][宮]1435 突，[聖][另]1458 窣吐羅。

風：[甲]2271 虛空既。

佛：[宮]614 若因緣，[甲]1816 無上正，[聖]1563 非前三，[乙]1775 希想受。

符：[甲]2274 自全分。

福：[聖]288 住，[另]1 猶勝天。

復：[甲]1839 難云若，[甲][乙]2261 自在故，[甲]2006 何怪哉，[三]310 受殃彼，[三]793 生不得，[三]1340 有是誰，[三][宮]665 值遇諸，[三][宮][聖]410 人身，[三][宮][聖]816 來上忉，[三][宮][聖]1421 附，[三][宮]

[聖]1579 增長如，[三][宮]263 曾見，[三][宮]266 諸，[三][宮]294 見不可，[三][宮]673 彼寶殿，[三][宮]748 出爲人，[三][宮]809 羞慚，[三][宮]1435 入十四，[三][宮]1462 幾罪，[三][宮]1549 知阿羅，[三][宮]1604 是化身，[三][宮]1648 定成退，[三][甲]1097 生，[三][聖]1579 於今時，[三]14 死爲有，[三]99 啼，[三]125 舉爾時，[三]185 滅五百，[三]186 學是經，[三]209，[三]310 如是爲，[三]1300 其日所，[三]1341 具足普，[聖]1443 順時淨，[聖]397 如是喻，[聖]1428 自在是，[聖]1509 名波羅，[石]1509 我欲心，[宋][宮]1509 遍見若，[宋]204 福得度，[乙]1822 中，[元][明][宮]310 想念菩，[元][明]1595 成是故，[原]2317 名勝義，[知]1785 名天。

腹：[石]1509 言成一。

縛：[甲]1828 所縛有，[三][宮]1462 愛受此。

戈：[宋]489 度脱已。

故：[甲]1783 復言在，[三]196 自外詣，[三]1527 知衆生，[宋][元][宮]1505 樂不欲，[乙]1821 名爲，[原]1863。

歸：[原]、[甲]1744 彼是法。

國：[三][宮]721 土清。

過：[宮]2122 適欲見。

何：[宋][元][宮]、俱[明]608 安乃得，[乙]1796 故名爲。

厚：[宮]729。

後：[甲]2249 之旨論，[甲][乙]1736 患，[甲]1782 可食贊，[甲]1839 宗名，[甲]1839 宗者前，[甲]2261 名非天，[甲]2299 明了望，[甲]2735 聞是修，[三][宮]569 爲，[三][宮]1558 名意而，[三][宮]2122 智慧得，[三][甲]1227 金錢八，[乙]2261 故教爲，[乙]2309 故名爲，[乙]2309 四唯，[元][明]416 逢彼宣。

許：[宮]、説[聖]1509 法以化，[甲]2305 故無有。

護：[甲]1705 益文三。

懷：[三]、壞[宮]381 輕慢貴。

歡：[另]1721 喜聞此。

惠：[三][宮]263 示大乘。

慧：[甲][乙]1821 故婆沙。

獲：[甲][乙]1822 及，[三][宮]、－[甲]895 成就是，[三][宮]425 解脱，[三][宮]632 如虛空，[三]152 華五，[三]1331 吉祥福，[三]1532 寂靜勝。

即：[甲]1736 同時而，[甲]1813 十方賢，[三][宮]653 是聖道，[三][宮]672 解脱，[三][宮]1548 斷是名，[聖]1721 知佛乘，[宋][元][宮]2121 生，[知]1785 事理非。

極：[另]1458 飽滿。

計：[三]682 角與。

偈：[甲]1816 無上法，[明]2123 意解忘，[三][宮]1505 彼一坐，[三]2122 意解忘，[聖]1595 例爾如。

間：[三]26 究竟智。

件：[乙]2408 經集。

見：[宮]221 行般若，[甲]1775 能信能，[三]375 如是事，[三]1043 聞受持，[聖]660 菩薩如，[元][明]642 業性，[原]、見[甲]2006。

將：[甲]1936 此語便，[甲]2901 能破，[三]205 去還於，[三][宮]2122 分蟲出，[三][宮]1462 四五比，[三][宮]2102 頓滅六，[三]190 非是佛，[三]865，[原]1837 後五位。

礵：[三]1534 石如是。

皆：[甲]1736 若，[三][宮][聖]586 供養之，[三][宮]221 化眾生，[三][甲]1253 成，[三][甲]1080 除愈第，[元][明][甲]901，[原]1981 生。

節：[三]200 繫著床。

解：[明][甲][乙]982 脫一切，[三]220 爾時佛，[三]2145 頓盡。

淨：[三][宮]811。

淨：[宮]342 我亦無，[宮]1425，[宮]1505 也生彼，[甲]1781 名説出，[三][宮][聖]278 法王，[三][宮]286，[三][宮]397 法勤行，[三][宮]481，[三][宮]606 是謂身，[三][宮]761 成就平，[三][宮]1425 並作或，[三][宮]1463 心戒也，[聖]397 喜心至，[石]1509 無，[宋][宮]702 具足知，[宋]341 施者受，[乙]1816 於佛最。

久：[宮]397 久流有。

救：[元]848 間絕至。

沮：[三][宮]387 壞者有。

俱：[宮][聖]1585 生，[甲]2339，[三][宮]1442 行惡，[聖]200 道爾時，[元][明]602 行也從。

可：[宮][甲]2008 見性但，[和]293，[三][宮]1425，[三][宮]268 離，[三][宮]338 倫，[三][宮]1435 名破僧，[三][宮]1435 食是中，[三][宮]1462 與餘人，[三]2123 不行暫，[三]643 爲比一，[三]1331 避藏得，[聖][另]310 外是故，[聖]514 久保象，[另][石]1509 不護應，[乙]901 麁，[元][明]375 調伏如。

渴：[甲]2901 所逼急，[石]1509 婆羅門，[宋][元][宮]2032 眞金寶，[元][明]658 已止渴。

剋：[乙]2397 果或。

恐：[三][宮]606 難地獄。

快：[三]100 樂故其。

來：[明][宮]415 成佛大。

利：[宮]1428 除。

量：[宮]1545 靜慮生，[三]1566。

令：[三]1096 消滅。

律：[宋][元]1558 無漏等。

滿：[甲]2231 果事圓，[三]1562 盡智時。

漫：[乙]2394 瑜伽。

門：[甲]2397 故即能，[乙]2261 語業名，[原][甲]1781 有深淺。

滅：[甲]1816 又如下。

名：[甲]2217 持齊之。

明：[甲][乙]1822 預流果，[甲][乙]1822 緣不繫，[甲]1733 勝益六，[甲]1816 非擇滅，[甲]1816 三菩提，[甲]1929 佛眼圓，[甲]2195，[甲]2195 此意樂，[甲]2263 顯現略，[甲]2305 勢力展，[甲]2404 同如來，[甲]2775

未爲得，[聖][甲]1733 益，[乙]1724 小，[乙]1816 淨土色，[乙]2261 別無爲。

乃：[三][宮]1436 至十日。

能：[宮]901 惱亂若，[甲]1000 傾動悉，[甲]1335 伺求得，[甲]1735 堅，[甲]1736 圓滿一，[甲]1783 應以，[甲]1816，[甲]1909，[甲]2017 日行千，[甲]2289 動，[甲]2879 中，[明]489 生邪爲，[明]1636 聞，[明]375 斷斷外，[明]1336 鹿像共，[明]1450 語跂者，[明]2122 出經十，[三]186 越執杖，[三][宮][聖]223 修是菩，[三][宮][聖]397 調己心，[三][宮][聖]397 信上人，[三][宮]271 破壞疑，[三][宮]397 善解衆，[三][宮]397 圓滿種，[三][宮]398 開解各，[三][宮]721 脱，[三][宮]721 爲敵況，[三][宮]1435 伸跂蹇，[三][宮]1462 轉動隨，[三][宮]1464 聽瞎跂，[三][宮]1521 渡大海，[三][宮]1546 受化若，[三][宮]1646 異陀羅，[三][宮]1648 至未嘗，[三][宮]2104 生，[三]186 言狂者，[三]190 證出世，[三]201 入，[三]1058 除滅一，[三]1097 除差一，[三]1331 解，[三]1331 爲害，[石]1509 語或聞，[乙]2249 緣，[元][明]209 動，[元][明]397 清淨六，[知]418 說。

涅：[另]1509。

偶：[三][宮]754 自致苦。

期：[三][宮]1425。

其：[明]220 便般若，[明]2123 果將送，[三][宮]2122 行凶二。

起：[甲]2263 之非若，[三][宮]1545 後無表。

遣：[三][宮][甲]895 醒悟或。

清：[甲]1112 達圓寂，[甲]1782 淨對無，[三][宮]234 妙，[三][宮]657 淨，[三][聖]291 淨若終，[三]361 淨處。

窮：[甲]1736 寂照即。

求：[明]405 第一欲，[三][宮]1435 望衣是，[三][宮]2121 無上菩，[三][聖]26 食，[宋][宮][石]1509 好果亦。

取：[明]997 故無依，[三][宮]、取得[聖]1428 偷蘭遮。

嬈：[元][明]212 我彼此。

人：[聖]99 生梵天。

如：[三][宮]1548 是定護，[乙]2309 論。

若：[元][明][宮]403 爲轉輪。

僧：[宮]1435 脱是，[三][宮]1421 物應等。

善：[宮]1470。

尚：[甲]2254 起也第。

紹：[明]1450 法王位。

設：[甲][乙]2254 有退者。

身：[明]2121 觀見是。

深：[三][宮][聖]613 知世法。

生：[甲]1735 一切，[甲]1735 一切智，[甲]2263 故名，[三]、將[宮]2122 於人間，[三][宮]721 涅槃此，[三]196 憂悲梵，[三]222 長益入，[聖]223 般若波，[聖]1509 二者從。

食：[三]1 何者。

時：[宮][聖]1443 少尼聞，[宮]
[聖]425 成就一，[宮]374 微薄王，
[宮]604 斷若惟，[宮]1522 開解或，
[甲]2266 八種心，[甲]1781 調伏第，
[甲]1828 此得漸，[甲]2266 文俱舍，
[甲]2395 阿難於，[明]312 佛菩提，
[明]2103 引爲口，[三][宮]397 消滅
所，[三][宮]730 五百劫，[三][宮]
1425 已更，[三][宮]1546 名善根，[三]
[宮]1562 何用定，[三][宮]1646 安隱
二，[三]193 致火，[三]1441 突吉羅，
[三]1545 住如諸，[聖]1425 八種好，
[乙]2249，[乙][丙]2777 五通然，[乙]
2249 多分世，[元][明]224 佛十二。

使：[三][宮][聖][另]410 解脱，
[三]170 解脱，[聖]224 般泥洹。

侍：[另]1543。

是：[宮]616 勝心則，[宮]816 成
如是，[甲]1736 清淨地，[甲]1736 無
常忍，[甲]1922 念無動，[明]682 妙
法味，[明]2123，[三]375 名爲正，
[三][宮]657 正見如，[三]26，[聖]
1509 自在雖，[另]1428 天，[石]1509
佛一切，[元][明]589 爲富樂，[元]
[明]625 堅，[元]1435 波羅夷。

恃：[聖]514 飽滿皆。

視：[三][宮]1509 不視故。

受：[甲][乙]2250 稱此即，[甲]
[乙]2263 變易，[明]156 戒法於，[乙]
2263 變。

説：[甲][乙]2261 有動發，[明]
279，[三][宮]624 法樂忍，[聖]100 善
勝縛，[原]2196 故復五，[原]2248 三

乘作。

隨：[元][明]221。

所：[三][宮]263 狐疑棄，[三]
[宮]624 安隱，[三]1339 見一一。

特：[甲]1918 預須依，[三][宮]
405 有如此，[三][宮]405 有如意，[宋]
1545 永斷既。

拇：[元]665 迦桂皮。

聽：[三][宮]1425 立爲坐，[三]
[宮]1425 不審，[三][宮]1425 又腰入，
[三][宮]1428 著革屣，[聖]1421 者大
德，[宋][元][宮]1484 拷蒲圍。

停：[三]194 此心難。

通：[甲]1912 船若不。

同：[甲]2400 薩埵，[甲]1718 一
大車，[甲]1736 涅槃故，[聖]1859，
[乙]1821，[乙]1830，[乙]2391 又不
起，[原]、德[甲]1744 是實非。

退：[三]1546 已還住。

脱：[原]2339 分段苦。

往：[甲]1969，[甲]1056 生，[三]
[宮]2122 四向馳，[三]100 生天上。

唯：[甲]1799 八百四。

爲：[宮]1509 名阿羅，[甲]1024
人捶打，[甲][乙]1822 成，[甲]2195
度前現，[甲]2195 火災所，[甲]2195
通定，[甲]2367 菩提非，[甲]2428 稱
顯軌，[三][宮]1509 證若不，[聖]1582
無量三，[乙][丙]2092 稱首時，[乙]
1723 獨覺，[元][明]658 勝報具。

畏：[三]193 四大身。

謂：[甲]2266 第二無，[甲]2266
説唯一，[甲]2748 信之，[三]2122 鴿

雀鴛，[元][明]1579 現法涅。

聞：[明]657 遍行耶。

問：[甲]1839 其義云，[甲]2255
亦，[甲]2397 有，[明]2131 結罪又，
[原]1776 疾外國。

我：[明]1536 戒禁便，[聖]176
開解佛。

無：[甲]2006 一寶，[宋][元]、致
[明][宮]810 三昧定。

物：[三]1427 而抄買。

悉：[三][宮][另]410 受用是，
[三][宮][另]410 受樂皆，[三][宮]
2121 成就如，[元][明][宮]614 除當
自。

賢：[三]603。

現：[甲]2261 法樂住。

相：[甲]2217 爲要依，[明]312
觀見菩，[三][宮]1646，[元][明]100
救要自。

向：[乙]1909 深法門。

桷：[三][宮]2122。

信：[甲]1816 法苑樂，[三]23 成
惠，[三]100 自行受，[聖][另]310 住，
[另]1543 言當滅，[乙]2215 成佛我。

行：[宮]425 自，[宮]722 到彼
岸，[宮]222 不墮顛，[宮]223 一切
種，[宮]288 住極世，[宮]1421 安耳
便，[宮]1595 此意故，[宮]1596，[宮]
1596 智慧與，[甲]1830 於四，[甲]
1959 安穩此，[甲][乙]2309 最虛妄，
[甲][乙]2328 佛性不，[甲][乙]2328
無上菩，[甲][乙]2391 灌頂受，[甲]
1512 法文，[甲]1816 成滿住，[甲]

1816 根利是，[甲]1828，[甲]1830 此
定理，[甲]1830 圓滿故，[甲]1873 與
緣覺，[甲]2204 法也此，[甲]2266 故
何故，[甲]2299 七賢七，[甲]2339 相，
[甲]2879 道，[明]、諸[宮]665 無窮
妙，[明]1191 得成就，[明][宮]1595
未得，[明]99 於色欲，[明]278，[明]
359 若如説，[明]579 大智慧，[明]
1450 六年受，[明]1546 清淨，[明]
1579 故眞如，[三][宮]657 想，[三]
[宮]281 見仙人，[三][宮]286 道以是，
[三][宮]387 如來，[三][宮]397 純善
之，[三][宮]416 是三昧，[三][宮]425
平等心，[三][宮]520，[三][宮]649 而
得世，[三][宮]761，[三][宮]1509 阿
耨多，[三][宮]1548 定心，[三][宮]
1563 其相最，[三][宮]2103 自在無，
[三][宮]2122 知諸風，[三][宮]2123
與我相，[三][聖]1426 道，[三]101，
[三]152 禪或以，[三]613 尼揵子，
[三]1505 樂處是，[三]1549 三昧亦，
[聖]190，[聖]225 住第七，[聖]279 聰
利根，[聖]1425 言衆僧，[聖]1427 道，
[聖]1443 迦是北，[聖]1523 及所能，
[宋]374 不退忍，[宋][宮]1509 一切
種，[宋][元]1488 過路次，[宋][元]
150 意喜如，[宋][元]2040 於一切，
[宋]374 得是行，[宋]374 須陀洹，
[宋]673 果我人，[乙]2309，[元][明]
157 忍辱心，[元][明][聖]397 善行知，
[元][明]1509 有量答，[元][明]2016，
[知]418 諂意常，[知]1579 三摩地。

修：[甲]1851 過去善，[甲]1851

於已生,[三]26 無上安,[三][宮]、尊[聖]272 善心尊,[三]155 道在家,[聖]157 捨心若。

須:[甲]2266 有名,[三]203,[三]418 作沙門,[原]、須[甲]1821 更斷。

學:[三][宮]223 阿,[三][宮]657 是三。

尋:[三]607 好處者,[宋][宮]、逮[元][明]598 天眼淨。

言:[三][宮]1435 偷蘭遮,[聖]663 諸佛亦。

也:[三][宮]237 世尊於,[三]237 世。

依:[三][宮]671 止依聖,[宋][元][宮]1581 第一義。

移:[三][宮]1458 物時。

以:[甲]1728 諸功德,[元][明]361 爲妄增。

亦:[明]2076 無,[三][宮]1425 偷,[三][宮]1443 惡作罪。

意:[三]、億[聖]125 斯。

因:[三][宮][聖]410 增長。

銀:[宮]1425 分若多。

應:[甲]1958 往生六,[明]1435 受教,[明]1463 耐久住,[三][宮]、[聖]1429 爲說法,[三][宮][聖][另]1463 著,[三][宮]1421 舉比丘,[三][宮]1425 以乳下,[三][宮]1435 出家受,[三][宮]1435 去問比,[三][宮]1435 行不,[三][宮]1435 飲不,[三][宮]1435 遮問唖,[三][宮]1458 然明而,[三][宮]1458 依年,[三][宮]1460

爲說法,[三][宮]1464,[三]1435 畜沙彌,[宋][宮]、欲[明]268 見。

用:[甲]2196 此果得,[三]1339 出三界。

由:[甲]1708 知第三。

友:[三]、及[宮]433。

有:[宮]272 漏,[宮]1545 如是處,[甲][乙]1822 命終諸,[甲]1735 同耶偈,[甲]2195 理卽,[甲]2195 其意方,[甲]2897 即知兩,[明]1110 四種果,[明]1579,[明]1596 者既無,[三]157 堅固精,[三][宮]425 大財勸,[三][宮][聖]1509 故以是,[三][宮]895 如來舍,[三][宮]2103 律儀所,[三]375 國土,[三]375 罪者汝,[三]2154 銀主陀,[聖]663,[聖][另]1435 是摩,[聖]272 功德過,[聖]397 成就如,[聖]2157 依處西,[宋][元]374 功德或,[乙]1816,[元][明]2122 一瓶盛。

於:[聖]227 三千大,[宋][宮]223 色生見。

與:[三][宮]1442 彼分耶。

欲:[另]1428,[宋][元]681 住地諸,[元][明]268 往安樂,[原]、彼[甲]1851 不善心。

圓:[丙]2397 乘中清。

緣:[甲]2250 爲境,[甲]2261 緣變,[宋][元]1662,[乙]2263 法故變,[元][明]397 超越故。

緣:[乙]2263 境界耶。

願:[三]1548 果得定,[聖]、得[聖]1721,[聖]、得[聖]1721 涅槃,

[聖]、得[聖]1721 顯真實。

曰：[甲]2339 二意此。

約：[甲]1705 盡無生，[甲]1733 此無量，[甲]1828 六識於，[甲]2270 言爲如，[甲]2304 果故文，[甲]2775 之者王，[原]1776 塵以彰，[原]2271 聲勝相，[知]1785 正聞正。

樂：[宮]761 善利如，[聖]566 故得是。

在：[宮]1546 戒名得，[三][宮]382 是處不，[三][宮]588 不久，[三]201 於花報。

則：[三]375 受安樂，[三][宮]721 生天，[三][宮]721 無利，[三][宮]1631 遮無瓶，[三][宮][石]1509，[三][宮]398 爲法王，[三][宮]1430 生天上，[三][宮]1431 安樂諸，[聖]211 爾不上，[石]1509 淨佛。

增：[原]2268 定發上。

張：[三][宮][聖]501 強勸人。

障：[原][甲][乙]2219 道解脫。

照：[甲]2196 境今有。

桮：[三][宮][西]665 迦迦婢。

爭：[宮]1425 利折減。

正：[宮]660 菩提心。

證：[甲][乙]1736，[甲]1723 聖者施，[甲]1830 智波羅，[宋][明][甲][乙]921 無上菩，[乙]1821，[乙]2381 無上菩，[原]、－[甲][乙]2263 聖，[原]、得證[原]2196 四。

之：[丙]2396 者向。

知：[宮]815 短亦無，[甲]2339，[明]220 出離如，[三]125 爲依何，

[三]1509 如佛説，[聖]223 漚和拘，[聖]268 於明智。

直：[元][明]664 聞是言。

值：[甲]2035 妙乘，[三]199 等正覺。

至：[甲][乙]1866 離垢三，[甲]1828 信，[三]26 涅，[聖][石]1509 阿耨多。

致：[三][宮]1646 惡道一。

智：[甲]2266 思惟所，[三][宮]1551 性道所，[三]100 無上道。

中：[三][甲]、－[宮]901 從東北。

衆：[三][聖]1441 多比丘。

諸：[甲]874 得法實，[三][宮]565 法，[聖]1733 起名先，[宋]、諸法[宮]810 法眼淨，[乙][丙]873 法實性。

住：[宮]1810 二界相，[明]220 此等持。

轉：[元][明]223 饒益衆，[原]1851 果捨得。

自：[甲]1782 體設有，[三]374 出是人，[三]375 出是人，[聖]1595 住於世。

足：[明]293，[三][宮]721，[三][宮]1509。

最：[三][宮][聖]481。

作：[宮]1421 風病應，[甲]1805 念亦不，[別]397，[明]2076 麼眞如，[三][宮]402 佛，[三][宮]638 佛號曰，[三][宮]721 寒熱病，[三][宮]1646 功德盡，[三]168 佛佛告，[三]374 菩提因，[元][明]658 清涼樂。

德

愛：[三][宮]425。

寶：[宋][宮]、得[聖]410 瓶盡破，[乙]1909 積佛南。

報：[甲]2255 身則是，[三][宮][聖]754 應，[三][宮][聖]1547 以是故，[三]211 三界尊。

備：[元][明]986 昆蠅姚，[原]2271 義云若。

彼：[另]1428 爾我消，[宋][元][宮]1648 彼念隨。

摽：[甲]2261 所說且。

徹：[三]672 塵。

瞋：[元][明]992 龍王寶。

成：[甲]2053 音內外。

乘：[聖][另]1459。

慈：[元][明]1428 慈地比。

聰：[原]2339 講律始。

答：[甲]2006 亦名。

道：[三]2149 論淳德。

得：[內]2087 藝伽藍，[內]2810，[宮]263 大勢若，[宮]322 身以服，[宮]397 力乃至，[宮]398 不可窮，[宮]443 如來南，[宮]448 如來南，[宮]657 菩薩摩，[宮]657 善比丘，[宮]821 無等是，[和]261 寧，[和]261 人正直，[和]293 蔽他善，[和]293 爲體善，[甲]1735 慈，[甲]2837 心眞，[甲][乙]1833 若失爲，[甲][乙]1866 佛性但，[甲][乙]2249 不同汎，[甲]974 合聖心，[甲]1158 者以，[甲]1512 福甚多，[甲]1698 若有我，[甲]1708，[甲]1708 益言詞，[甲]1718 佛性即，[甲]1718 三如來，[甲]1728 之理亦，[甲]1733 純熟，[甲]1735 堪傳法，[甲]1735 益今初，[甲]1736 故疏云，[甲]1736 露疵，[甲]1766 以理事，[甲]1775 現將來，[甲]1816 能取善，[甲]1909，[甲]1929 部非數，[甲]1929 成一相，[甲]2017 佛位畢，[甲]2075 袈裟一，[甲]2223 名聲如，[甲]2317 緣至下，[甲]2400 隨，[甲]2410 報身如，[甲]2792 大功德，[甲]2792 三名彌，[明]299 放光明，[明]1612 計己有，[明]99 流聞云，[明]192 勝者同，[明]201 行者應，[明]210 思，[明]293 失，[明]322 未成，[明]1092 無所畏，[明]1424 勒伽論，[明]1451 者實是，[明]1459 者應差，[明]1547 是謂稱，[明]1571，[明]1585 失俱非，[明]1598 甚深念，[明]1602 二方便，[明]1606 失甚爲，[明]1610 事等，[明]1648 擇狗，[明]2104 而稱令，[明]2131 色尚黃，[三]1154 增長一，[三]2123 爾，[三][宮]、徐德[知]266 迹想又，[三][宮]263 若斯分，[三][宮]425 相好端，[三][宮]721 又迦聞，[三][宮]1530 故無礙，[三][宮]1563 中謂己，[三][宮][聖]421 大勢菩，[三][宮][聖]1579 相普於，[三][宮][石]1509 清淨煩，[三][宮]263 爲最上，[三][宮]263 諸天子，[三][宮]288 本二者，[三][宮]324 果，[三][宮]338 供養不，[三][宮]338 令解脫，[三][宮]385 三界尊，[三][宮]403 成就何，[三][宮]425，[三][宮]425 明慧猶，[三][宮]434 無邊，[三]

[宮]440 佛，[三][宮]598 本志，[三][宮]598 義，[三][宮]627 不德不，[三][宮]635 本守，[三][宮]635 七滿得，[三][宮]640 如是，[三][宮]656 遊無量，[三][宮]657 菩，[三][宮]657 菩薩不，[三][宮]657 菩薩梵，[三][宮]657 菩薩摩，[三][宮]683 潤無，[三][宮]1464 持衆德，[三][宮]1521 具足，[三][宮]1530 造作，[三][宮]1545 非現境，[三][宮]1546 無相心，[三][宮]1550 果爲無，[三][宮]1557 無有思，[三][宮]1562 失古師，[三][宮]1563，[三][宮]1579 失能所，[三][宮]1585 失等相，[三][宮]1610 有事不，[三][宮]1628 別説喻，[三][宮]1656，[三][宮]2060 稱焉道，[三][宮]2060 而稱故，[三][宮]2060 朋望玉，[三][宮]2103 而稱者，[三][宮]2122 瓶而語，[三][宮]2122 全乎三，[三][宮]2123，[三][宮]2123 勒伽論，[三][知]418 如是，[三]23 無央數，[三]99 善守護，[三]186 眞成，[三]192 爲良隣，[三]193 第一，[三]263 交，[三]360 風徐起，[三]443 如來南，[三]474 好之樂，[三]474 力無畏，[三]603 止復增，[三]643 字已知，[三]1011 入持門，[三]1082 力如日，[三]1154 叉迦龍，[三]1332 長三昧，[三]1332 內豐嚴，[三]1519 功德二，[三]1559 二修慧，[三]1560 有差別，[三]1571 失差別，[三]1982 少上生，[聖][另]285 本終不，[聖]210 華知世，[聖]379 特尊齒，[聖]397 夜叉阿，[聖]397 者生憐，

[聖]425 行不斷，[聖]425 之，[聖]446 佛南無，[聖]566，[聖]586 寶聚如，[聖]627 本七一，[聖]790 雖隱後，[聖]1509 上人，[聖]1579 端嚴知，[聖]1595 相應由，[聖]1859 是以無，[聖]2157 性，[石]1509 好人故，[宋][宮]、健[元][明]657 菩薩摩，[宋][宮]279 善財童，[宋][宮]381 普慶無，[宋][宮]656 無量人，[宋][宮]657 今現在，[宋][明]48 禪德或，[宋][元][宮]322 本以，[宋]152 樂，[宋]1694，[乙][丙]2810 失俱非，[乙]850 金剛手，[乙]1092 無所懼，[乙]2227 成就利，[乙]2810 皆有章，[乙]2810 六，[元][明][宮]1545 失不善，[元][明]656 爲三界，[元][明]680 失爲欲，[元][明]1015 停等，[元][明]1579 有，[元][明]2060 稱焉斯，[元][明]2060 稱焉下，[元][明]2060 而稱令，[元][明]2103 而稱令，[元][明]2103 而稱是，[原]920 慈修佛，[原]2071 之。

等：[宮]534 如風民，[三]266 速得成。

諦：[甲]1912 中二備。

惡：[宮]2034 經一卷，[甲]2087 已彰驅，[三]201 者云何，[三][宮]1537 非惡緣，[三][宮]2121 焉漂，[三][宮]425 厭開化，[三][宮]481 報應，[三]607 厭食可。

恩：[甲]、恩德[乙]2396 涅槃經。

法：[宮]1610 其體實，[宮]2053，[甲]2204 也，[甲][乙]1821 根品差，[甲]1782 藏，[甲]2204 也於吾，[甲]

2273 中一也，[甲]2337 是故創，[甲]2339 成佛無，[甲]2412 身口意，[甲]2434 耶云也，[甲]2748 則爲如，[三][宮]2053 音皆，[乙]1796 寂，[乙]1821 句中數。

方：[三]1301。

夫：[原]1966 速生淨。

佛：[甲]1735 喻中初，[石]1509 亦不可。

福：[博]262 之人不，[宮]848 莊嚴印，[別]397 未滿者，[三][宮]425 報令衆，[三][宮][聖]292，[三][宮]292，[三][宮]371 衆生於，[三][宮]382 聚等一，[三][宮]392 隆赫成，[三][宮]425 顏貌貴，[三][宮]1470 一者後，[三][宮]2042 生在佛，[三]152 不朽今，[三]184 大故生，[三]186，[三]186 不亡威，[三]192，[三]506 無，[宋][元]、德福[明]212 日積，[宋][元]、事[明][宮]683，[宋][元][別]397 未，[元][明][宮]1562，[元][明]9 具大色，[元][明]125 無量如，[原]1744 心生歡。

復：[明]473。

功：[三][宮]288 德如虛。

廣：[明]618 利增廣。

海：[甲][乙]2390 說同海，[明]291 之巨海。

河：[明][和]261 滌令清。

恒：[三]、怛[宮]2122 又尸羅。

後：[三][宮]771 長解脫。

懷：[甲]1705 教諸衆，[三][宮]2103 惟妙惟，[三][宮]2103 之妖累，

[三]2103 博聞曰，[聖]285 力無厭。

壞：[高]1668 令不作，[三][宮]2108 令天下。

惠：[甲]、慧[乙]2157 經或三，[元][明]125 施如是。

慧：[三][流]360 殊，[三][宮]286 而有深，[石]1509，[原]、[甲]1744 名善說。

儉：[甲]1733 十識安。

結：[甲]2434 究竟成。

解：[原]1851 脫就主。

經：[聖]2157 總是一。

就：[原]2339 故雖。

聚：[三][宮]382 那羅延，[三][宮]443。

絕：[甲]1736 皆須明。

覺：[甲]1735 首即護。

力：[三][宮][聖]411 摧滅衆，[三][甲]1332 少故隣，[三]281 如佛法。

利：[三][宮]681。

臨：[甲]1705 行即學。

路：[三][宮]2053 伽。

滿：[甲][乙]1822 俱究竟，[甲][乙]1822 有四種，[乙]2408。

猛：[甲]864 金剛。

愍：[三][宮]425 無所越。

能：[宮]278 眼，[甲]1863 非要無，[甲][乙]2328，[甲]950 能摧一，[甲]1512 故有色，[甲]1782 故恒以，[甲]1802 自在無，[甲]1821 用數一，[甲]1863，[甲]2196 名義有，[甲]2214 能能可，[甲]2269 如是，[甲]2412 也

故，[甲]2434 義也而，[甲]2814 故此中，[三][宮]1558 心差別，[三][宮][甲]901 無異，[三][宮]415，[三][宮]1459，[三][宮]1559 又於器，[三][宮]1579 因力生，[三][甲][乙]950 修行法，[三][甲][乙]1075 所作，[三]190 悉具若，[聖]2157 能除十，[元][明]2016 即此功。

七：[三]643 水。

愍：[甲][乙]2296 問子舉，[甲]2782 身業清。

僧：[三][宮][甲]2053 無，[三][宮]1421 皆如上，[三][宮]2034 監掌始，[三][宮]2059 行慧旭，[聖]1428 僧聽若。

奢：[三]、者[宮]2122 又尸羅。

聖：[甲]2006 付，[原]1238 之。

師：[甲]1821 種種異，[乙]2261 若。

事：[三][宮]323 用哀愛。

首：[知]418 堅誰當。

樹：[甲]2230 即是。

肅：[乙][丙]2003 宗聞其。

隨：[乙]2261 也者本。

穗：[甲]1828 言當知。

特：[明][乙]1092 大勢至。

體：[甲]2284 故六清。

田：[三][宮]1521 相三十。

聽：[宮]2060 場仍，[三]193 誰爲證。

停：[原]1851 息。

通：[三]、道[宮]2103 被幽微。

徒：[甲]2068 所寫。

陀：[甲]2255 主。

往：[甲]2255 從之乃。

望：[三][宮]2122 罕有斯。

位：[甲][乙]1821 也即是，[甲][乙]1822 攝依容，[甲]1733，[甲]1733 差別果，[甲]1733 四行無，[甲]1782 功德大，[甲]1782 亦成十，[甲]1816 頂願亦，[甲]1822，[聖][甲]1733 故，[聖]1818 功德即，[另]1721 行未高，[原]1851 名法無。

聞：[甲]1700 者共相。

穩：[甲]2266 等此異，[甲]2271 大德傳，[原]2281 大德傳。

習：[乙]1796 從此增。

相：[原]1308 病差多。

心：[明]2110 及物爲，[元][明]2016 心法無。

行：[甲]2015 因華以，[三][宮]286 成於諸，[三][宮]288 皆具足，[三]202 生在，[原]1781 下句爲。

性：[乙]2309 耶答詮。

修：[甲]1705 行。

熏：[宋]、勳[元][明]、訓[宮]656 累劫積。

勳：[三][流]360 廣大智。

勳：[宮]481 已成功，[三][宮][聖]425 是曰布，[三][宮]263 承其開，[三][宮]285，[三][宮]285 立意，[三][宮]425 止頓，[三][宮]433 不可稱，[聖][另]285，[宋][宮]403 業明識。

嚴：[三][宮]410 熾盛相。

驗：[三]956 呪及畫。

業：[三][宮]839 如意相，[三]1564 者是。

依：[甲]2281，[乙]2408 之入唐。

儀：[宮]1509 又不以，[甲]1733 熾盛故，[元]80 業九。

意：[三][宮]381 五百比，[三]186 寂然。

億：[三][宮]656。

臆：[三]643，[三]643 字，[三]643 字令比。

隱：[甲][乙]2397 密對法，[甲]2255。

應：[三]193 瓶化成。

綠：[原]1776 集名字。

樂：[甲]1816 未發信，[三][宮]566 空一切，[宋][宮]1509 人是故。

智：[甲]1111 悉馱裕，[甲]2219 故云密，[乙]1723 少。

衆：[宮]1435 比丘人，[三][宮]816 其場聚，[聖][另]1435 先，[元][明]、聽[宮]292。

諸：[甲]2371 義更不。

著：[三]99 又尸羅。

姊：[明]1810 僧聽我。

姊：[三][宮]1434 僧聽此。

尊：[宮][聖]224 之功德。

祚：[三][宮]497，[三][宮]263 不可限，[三][宮]425 勸助衆，[三][宮]425 是曰精。

德

得：[甲]2300 舉第。

智：[乙]2263 光師子。

地

北：[甲]2400 首次第，[三][宮]2060 面橫經。

比：[甲]2196 自行化，[乙]2192 上心之，[原]2271 量有多。

壁：[三][宮]2122 記。

部：[乙]2249 染汚法。

禅：[甲]1821 得阿羅。

成：[宋][元]、備[明]1032 現得圓。

城：[丁]2244，[宮]263 中聲比，[宮]895 用細瞿，[宮]2060 内大，[甲]2087 所産，[三]643 七重城。

池：[博]262，[宮]415，[宮][聖]278 守護正，[宮]223 四邊散，[宮]378，[甲][乙]2250 阿耨達，[甲][乙]2394 林樹穀，[甲]1228，[甲]1724 故前四，[甲]1805 若樹，[甲]1828 者涌生，[甲]2250 四河中，[甲]2255 中爲在，[甲]2400 草，[明]1299 賣有乳，[明]1450 隨意住，[明]1563 獄，[明]1672 獄燒割，[明]2060 其節儉，[三]、他[宮]721 樓或復，[三][宮][聖]354 有清水，[三][宮]310 上於，[三][宮]606 沙中有，[三][宮]619 答言我，[三][宮]657，[三][宮]721 次名樂，[三][宮]721 如好，[三][宮]1644 岸上五，[三][宮]2042 平治道，[三][宮]2060 韶就座，[三]193，[三]673 正如掌，[三]682 群鵝而，[三]1335，[聖][石]1509 人民鳥，[宋]361 華皆厚，[乙]957，[乙]2192 清，[乙]2207，[元][明]310 超過一，[元][明]2042 乃

至五，[原]1067 形色，[原]2303 上處
異。

持：[高]1668 以爲體，[甲][丁]
2244 國天并，[甲]2196 國。

初：[三][宮]1546 禪。

處：[明]2076 僧曰莫，[三][宮]
523 各磨刀。

此：[甲]2266 地菩薩，[明]1595
中菩薩，[明]2088 約此上，[原]2339，
[原]2339 驗知上。

大：[甲]2219 前亦得。

道：[宮]223 何以故，[甲]2223
所至之，[明]1546 觀色乃，[石]1509
何以故。

得：[甲]2195 全不及，[宋]220 欲
斷一。

德：[宮]2108 之。

底：[乙][丙]873 瑟姥二，[乙]
867 地。

第：[甲]、一[乙]1705 三明順，
[甲]951 皆塗青，[明]1648 一切入，
[三]1563 十六處。

定：[明]1509 中攝心。

度：[宮]618。

哆：[宋][元]26 羅帝偈。

二：[乙]1822 小煩惱。

法：[甲]、一[乙]2254 也以，[甲]
2204 也福智，[三][宮][福]279，[三]
[宮][聖]222 亦不可，[三][宮]1521，
[聖][另]281，[宋][宮]223 無所有，
[宋][元][宮]1521。

佛：[宮]278 顯現自，[甲]2396
位第二。

根：[乙]2263 喜悅身。

垢：[甲]1851 故亦，[三][宮]632
及諸魔。

故：[甲]1512 前菩薩，[甲]1830
述曰如，[三][宮]305 五謂菩，[三]
[宮]1592 行得順，[乙]1723 説合證。

光：[明]〔異〕220 焰慧地，[三]、
一[宮]302 藏菩薩。

軌：[原]2408 歸。

果：[甲][乙]1866 六位不，[甲]
2196 也又一。

河：[三]2121 還。

華：[三]192 覺。

化：[甲]1731 等五，[甲]2261，
[原]1776 異非行。

壞：[明]220 故如是，[三]985 此
是孔。

鑊：[甲]1813 誓。

記：[甲]2195 差別法，[乙]2408
更。

際：[明]278。

佳：[三][宮]721 處名常。

皆：[明][乙]994 速得滿。

界：[甲][乙]2263，[甲]2263 人
緣所，[明]1552 亦復然，[乙]2263 不
同依，[乙]2263 外故招，[原]1851 無
不善。

近：[三]1545 亦五識。

經：[三]245 中説五，[原]2395
別教空。

境：[甲]2425 妙無相。

九：[甲]1821，[甲]2366 地九品。

路：[甲]1969 穩更無。

論：[甲]2266 第一有。

内：[乙]2396 出。

儞：[丙]1201 也二合，[甲]952 也二合。

擬：[三][宮]2041 獄罪人。

品：[甲]2262 皆非所，[甲]2261 各有九。

起：[甲]1830，[甲]2266 故三由，[甲]2299 性成在，[乙]1821 非我觀，[原]1744 性，[原]2264。

前：[甲][乙]2288 上始教。

切：[甲]2193，[明]1550 中，[三][宮]1551，[元]2016 即攝一。

如：[甲]1912 水火風。

善：[甲]1705 名壽。

上：[三][宮]2103 九州之。

蛇：[宮]2102 公及稱，[甲]2299 從穴出，[甲]2305 等者前，[三][宮]732 中來以，[三][宮]1470 虫故二，[三]1336 時那時，[三]1343 三鉢灣，[聖]1440 者居士，[乙]2408 索等也，[元][明]721 不樂共，[元]774 井中夢，[原]1981 震動如，[知]、坑[甲]2082 穴所行。

神：[聖]1462 前跋多。

施：[宮]2123 有二種，[甲]2266 等漸增，[明]278 莊嚴佛，[三]201 主，[三]1464 主即床，[三][宮]302 一切光，[三][知]418 行作功，[三]1013 萬億劫，[三]2034 經，[元][明][宮]310 十者巧，[元][明]1336 呼呼。

時：[甲][乙]2259 現菩薩，[甲]2266。

識：[甲][乙]1821 勝無記。

事：[甲]2284 十種功。

室：[乙]2393 者義。

熟：[甲][乙]1822 有二果。

水：[甲]2266 火之德，[三][宮]385 若。

說：[明]1552。

死：[甲]2157 經一卷，[三]202 娶彼女。

巳：[三][宮]458 所失錢。

隨：[甲]1728 心多不。

他：[福]370 奢五，[宮]221，[宮]1804 書往不，[宮]397 那叉跛，[宮]901 二陀囉，[宮]1558 或是欲，[宮]1558 有四品，[宮]2121 血與杖，[甲]、定[乙]2254 三識相，[甲]1709 辨故說，[甲]1832 身起此，[甲]1861 者若，[甲]2266 法或以，[甲]2266 前資糧，[甲]2290 出心及，[甲][乙]2190，[甲][乙]908 以反，[甲][乙]957，[甲][乙]1822 化心語，[甲][乙]1822 爲首行，[甲][乙]2263 亦緣眞，[甲]909 囉先獻，[甲]914 地鉢，[甲]1007 二合阿，[甲]1709 故一切，[甲]1709 四蘊爲，[甲]1733 心智，[甲]1735 論故通，[甲]1736 論謂唯，[甲]1828 身名外，[甲]1828 所執，[甲]2039 侍從媵，[甲]2196 內光明，[甲]2196 正學二，[甲]2217 觀心者，[甲]2253 心也文，[甲]2266 法以爲，[甲]2266 名自然，[甲]2266 性義文，[甲]2266 者故此，[甲]2837 亦能莊，[明]154 種永不，[明]228 方亦復，[明]312 方一切，

[明]1562，[明]1636 邑滿中，[明]2045 七仞獄，[明]2060 性令淨，[明]2151 此云德，[三][宮]1545 愛結未，[三][宮]1546 何以無，[三][宮]1563 自識俱，[三][宮][聖][另]285，[三][宮][石]1509 化自在，[三][宮][知]1579 師教所，[三][宮]1425 者使淨，[三][宮]1443，[三][宮]1462 人心觀，[三][宮]1522 增益聞，[三][宮]1545 地增上，[三][宮]1546 而壞於，[三][宮]1548 時變諸，[三][宮]1562，[三][宮]1562 斷末摩，[三][宮]1562 俗一切，[三][宮]1563 緣亦由，[三][宮]1579 所有諸，[三][宮]1644 踐履痛，[三][宮]1657 煩惱今，[三][宮]2121 神皆共，[三][宮]2122 悉地那，[三][別]397 是方便，[三]26 毀呰地，[三]721 進退説，[三]1107 也，[三]1354 也，[三]1433 默然，[三]1552 地一切，[三]1563 種，[三]2110 居外戚，[聖][另]1458 事重請，[聖][另]1552 若利根，[聖]292 衆生是，[聖]425 生菩薩，[聖]953 囉并毒，[聖]1453 觀察清，[聖]1458 等有差，[聖]1579 勝解當，[聖]1788 究竟無，[聖]2157 界音容，[聖]2157 戰上濕，[宋][宮]660 方充，[宋][元][宮]2102 者地獄，[宋]190，[宋]190 方處能，[宋]220 方所有，[宋]1408 伸其禮，[乙]2249 界緣遍，[乙]2263 支者，[乙]2393 方所，[乙]2397，[乙]2795 興著高，[元]974 瑟，[元][明][聖]、諦[宮]1509 了知非，[元][明]228 方今見，[元][明]443 夜反，

[元]1670 及所欲，[原]1776 爲法供，[原]1992 不忘先，[知]1579。

塔：[明]2123 得五功。

潬：[三][乙]、垣[宮]895 上取淨。

談：[三]2060 論是長。

提：[甲][丙]973 質多二，[甲]2300 四師，[甲]2309 無，[明]397 中乾陀，[三]、一[宮]1592 中成正，[三][宮][甲]901 瑟，[三][宮]2042 名有聖，[三][乙]1092 薩埵，[三]950 名慈名，[聖]125 動何況，[元][明]309 至第一。

田：[明]278 識爲種，[三][宮]813，[聖][另]675 名盡海，[乙][丙]2092 肥美人。

頭：[聖]125 賴吒天。

荼：[原]1238 徒皆。

徒：[聖]172 獄想妻。

土：[三][宮]1464 有自來，[三][宮]2112 復須翻。

抌：[宋][元]、柂[三]1336 摩。

陀：[燉]262 十九辛，[甲]1828 迦呪者，[甲][乙]2227 緣也洩，[甲]893 目，[甲]950 囉鹽䬸，[甲]2130 譯曰由，[甲]2130 者花根，[三][宮]、陁[聖]222 劫中當，[三][宮]721，[三][宮]1435 四天王，[三]99，[三]620 利腹棄，[三]984 羅禪兜，[三]1335 帝陀多，[三]1336，[三]1336 那至坻，[三]2145 羅摩那，[聖]1462，[宋][元]26 羅帝偈，[宋][元]882 妙堅牢，[乙]2087 迦葉波，[乙]2227 羅木，[乙]

2381 當爲究。

柂：[三]985 後。

位：[甲]1709 也身差，[甲]2263，[乙]1736 之中自。

我：[甲]2262 地者得。

下：[三][宮]2122 受無量，[三]20。

心：[明]1669 各差別。

行：[甲]1763 矣嬰兒，[乙]2231。

性：[甲]2396 論説。

耶：[甲][乙]2223 縛衆印，[甲][乙]2223 名一切，[甲][乙]2223 所生寶，[甲][乙]2223 所生金，[三][宮]1521 答曰不，[乙]2391 修習上，[乙]2408 印。

也：[宮]384，[宮]670 自相遠，[宮]2053 如，[甲]1763 明駿案，[甲][乙]2185 就中又，[甲][乙]2194 後無憂，[甲]1512 以上分，[甲]1736 雙斷，[甲]1830 此義應，[甲]2266 論云彼，[明]890，[明]1007 有，[明]2122 俗云天，[三][宮]2122，[宋][元]1552 因六識，[宋][元]2102 悠悠精，[宋]721 獄第五，[宋]1559 三捨受，[宋]2061，[宋]2122 還廣一，[乙]2261，[元]156 獄上至，[元]882。

一：[三]、－[宮]1435 敷臥佛。

依：[三][宮]1546 及未，[原]2266 無明得。

坥：[乙]2376 已多僧。

夷：[三]、城[宮]2085 共諸同。

已：[原]、[甲]1744 度分段。

印：[宋]1006 如有佛。

踊：[聖]663 涌出。

獄：[宮]2040 大叫喚。

兆：[甲][乙]2219 今此成，[三][宮]2103 楊州。

朕：[乙][丙]873 弭鉢囉。

之：[甲]2195 起合二，[甲]2397 前入地，[三][宮]1451 火，[乙]2254 時此句。

知：[聖]1733 見道故。

執：[三][宮]1644 動轉不。

至：[原]、地此[乙]2408 門前彈。

治：[甲]2219 平地若。

智：[甲][乙]1929 故言無，[甲]1816 如白羊，[原]2339 海藏地。

種：[宮]1552 諸識性。

舟：[宋][元]、柂[元][宮]2043 王。

住：[三][宮]1521 義問曰，[三]375 菩薩而，[宋][元][宮]656 菩薩具，[乙]2396 菩薩非，[原]2339 是菩薩。

轉：[三][宮][知]384，[三][宮]2121。

墜：[聖]210 捨。

自：[甲]2218 地觀心，[元]2016 説玄説。

字：[乙]1822。

阻：[宋][宮]2066 篤如親。

的

歸：[甲]2219 無所。

明：[三][宮]2109 證按春。

劤：[三][甲][乙]2087 伽尼。

射：[原]2248 或有射。

登

撥：[宮]、發[聖]278 刀山自。

澄：[三][宮]2103，[三]991，[元][明]2103。

橙：[宋]、隥[元][明]99 階道，[宋][宮]、隥[元][明]1425，[宋]99。

當：[三]288 爾之時，[元][明]174 爾之時。

燈：[三][宮]2103 明啓教，[元][明]2026 燒身時。

蹬：[三][宮]606 躡間不，[三][宮]1435 樹葉行，[三][甲]1135 霓，[聖]1 山觀四，[宋][宮][聖]1425 樹一腳。

鄧：[三]2154 伽經等。

鐙：[三][宮]1496 菩薩德。

發：[宮]405 十住得，[宮]2060 時有道，[甲]2053 一嶺望，[甲]1097 可降甘，[甲]2089 山涉海，[三][宮]683 成佛道，[三][宮]2034 娉同郡，[三][宮]2060 延譽，[三]2063 靈隱或，[聖][另]281，[聖]2157 行周，[另]1721 車人，[宋]2106 踐又云。

豐：[三]186 賤民。

合：[元]1485 大山臺。

即：[甲]1229 時逆流。

祭：[甲]2270 伽耶山。

居：[三][宮]2112 九五之。

能：[三]245 摩訶羅。

涉：[甲]2120 覺路何。

行：[三][宮]1660 於慳悋。

修：[甲]1973 於彼岸。

撜：[聖]125。

證：[宮]411 正覺入，[宮]722 彼岸，[甲]1811 性地一，[甲]1708 一乘五，[甲]2837 聖道皆，[明][聖]279 無上道，[三]、蹬[宮]1484 虛空平，[三][宮]353 一切法，[三]211 得羅漢，[三]245 一切法，[三]945 安樂解，[三]2103 驚俗之。

劊

剗：[甲]1828 堀方出。

噔

嶝：[宋]1092 都亙反。

燈

澄：[三]1056 以忿怒，[聖]1602 乘等流，[宋]220 明與。

橙：[石]1509 喻於凡。

此：[乙]2263 釋立量。

登：[甲]1717 王之威，[甲]1781 王與請，[甲]2036，[明]2016 國仙人，[三][宮]839 譯，[三][宮]2122 四弘誓，[聖]440，[原][甲]1778 王國，[原]1780 王。

鐙：[宮]425 施因得，[甲]1789 照色等，[甲]1789 顯眾，[甲]1828 光問，[甲]1828 明喻者，[甲]1828 現明各，[甲]1828 炷者業，[明]721 照則除，[明]1128 若不了，[明][乙]1092，[明][乙]1092 明以不，[明][乙]1092 樹種種，[明][乙]1092 一一莊，[明]425 焰月，[明]721，[明]721 其燈，[明]721 樹日光，[明]721 相似彼，[明]721 香樹摩，[明]843 出現世，[明]843 塗及眾，[明]1092 明眞言，

[明]1092 油燈，[明]1128 光明，[三]
[宮]425 光至德，[三][宮]445 王如來，
[三][宮]585 錠爲顯，[三][宮]2102，
[聖]、錠[宮]425 電佛初，[聖]120 復
次文，[聖]120 光如來，[聖]125 耆婆
伽，[聖]225，[聖]446，[聖]446 佛南
無，[聖]1547 見彼彼，[聖]1547 王城
呵，[宋][宮]222，[宋][宮]381 明假
使，[宋][元][宮]811 給之，[宋][元]
[宮]446 光佛南，[宋][元][宮]1509 佛
得受。

錠：[宮]425 明饒益，[三]、鐙
[聖]125 光佛所，[三]184 光聰明，
[三]375 願諸衆。

煩：[甲]2263 釋耶。

飯：[宮]2122 時王見。

故：[甲]2263 疏云九。

光：[甲]1735 隱顯俱，[甲]1736
疏上則。

何：[甲]2006 焰。

火：[宮]2121 所求之。

鏡：[甲]2358 曰思種。

炬：[三][宮]2043 除諸煩，[三]
[宮]1520，[聖]201 不久當。

鐙：[宮]403 光有定，[宮]425 明
世光，[三][宮]222 有三，[三][宮]
425，[三]186 見哀。

然：[三][宮]2121 光獨如，[宋]
[宮]414 炷，[元][明]1130 燈佛，[元]
[明]1331 四十。

燃：[宮]403 火則，[聖]380 自作
法，[聖]440 王佛南，[宋][元][宮]
1463 取香火，[乙]922 造。

燒：[甲]1071 呪若入，[久]1488
明即異。

疏：[乙]2263 中有自。

臺：[甲]2408 於一本。

演：[甲]2266 二末五，[甲]2266
三，[甲]2266 云問論。

焰：[三]、[宮]1562 光燈能，[三]
220 炬故發。

澤：[乙]2396 光明一。

證：[宮]901 之光不，[甲]871 爲
此乃，[甲]996 義密句，[甲]2223，
[甲]2266 文章中，[甲]2271 長講之，
[甲]2290 性時先，[明]2016，[三]1340
明爲，[三]1647 爲分別，[三]2087 論，
[宋]、鐙[元][明][宮][聖]481 光佛所，
[乙]2223 端嚴。

智：[甲]1736 爲。

終：[三][宮]2121 不可滅。

燭：[宮]2053 光城入，[明]2076，
[三][宮]1545 初入闇，[三]212 盡能
分，[三]2087。

蹬

橙：[宋]、隥[元][明][醍]26 銀陛
金，[宋]、隥[元][明]2149 經三紙，
[宋]、凳[元][明]26 及拭脚，[宋]、橪
[明]26，[宋][宮]、[元][明]2123 舍，
[宋][元][宮]、橪[明]2060 而已撰。

蹈：[元][明]1 蹬足絶。

登：[高]1668 臺宮，[甲][乙]1822
蹬第二，[明]2122 於高樓，[三][宮]
397 寶階至，[三][宮]397 寶梯坐，
[三]2106 路絶獸，[三]2123 於高樓。

隥：[明]220 具大慈，[明]1545 義如伽，[明]2146 經一卷，[明]1442 苾芻報，[明]2153 經一卷，[三][宮]397 中階，[三][宮]411 善男子，[三][宮]1443 以物鉤，[三][宮]1545 二明二，[三][宮]2104 樂山津，[元][明]1545 是此所，[元][明]1 銀陛金，[元][明]1 銀梯金，[元][明]220 闇室之，[元][明]220 諸階兩，[元][明]721，[元][明]721 根如畫，[元][明]2053，[元][明]2085 上處今。

凳：[明]1425 敷拘，[三]1428 上令得。

磴：[甲]1795 衣食鎧。

蹬：[三][宮]1443 迴與第。

等

礙：[宮]664，[宮]821，[甲]2266 因名相，[甲]1816 皆亦有，[甲]2266 皆悉永，[甲]2266 解住最，[甲]2266 攝，[甲]2266 智故，[甲]2299 無量，[三][宮]657 又，[三]397 具足一，[宋][宮]657 世所難，[元][明]658 智慧善，[元][明]1080 恩願垂。

薄：[聖]1537。

報：[明]1653 流果爲，[元][明]125 福。

輩：[三][宮][聖]376 無常惑，[三]2123。

本：[甲]2250 所受中，[甲]2274 量不，[三][宮]598 無有色。

筆：[甲]2266 無其意。

便：[宋]1339 義。

別：[聖]1733 二自。

并：[甲]、等[甲]1781 演教門，[甲][乙]2259 前所説，[甲]1782 諸習氣，[甲]2082 見，[知]、木[甲]2082 爲。

幷：[甲]2250 並破正。

並：[甲]2299 是第一。

不：[宮]1425 得囑，[甲]2266 者心心，[甲]2250，[甲]2250 異計各，[三][宮]2040 聞乎淨。

參：[甲]1828 餘四有。

藏：[三]2154 録出第，[三]2154 録云抄，[聖]2157 四方學。

曹：[三][宮]1435。

差：[三][宮]1646 別。

長：[三][宮]721 人身等。

瞋：[明]1540 瞋恚瞋。

稱：[宮]2122 正覺爲，[明]721 和合具。

乘：[三]1096 四兵守，[聖]1509 亦如是。

籌：[甲]2230 量，[三][宮][聖]1579 時。

初：[三][宮]1591 諸識緣。

處：[甲]2266 爲悔等。

淳：[三][聖]26 大苦陰。

慈：[三][宮]1581 心析伏。

從：[三][宮]268 今者受。

寸：[三]2103 憍慢邊，[乙]2391 許觀念。

大：[甲]2263 云云，[甲]2412 地字智，[原]2263 劫迴心。

當：[和]293 如是學，[甲][乙]

2317 彼成實，[甲]2250 爲依無，[甲]2266 知其相，[明]1450 修學，[三][宮]397 護持若，[三]203 便是人，[聖]361 應答之，[聖]397 護持養。

導：[宮][聖]1585 故有漏。

道：[原]2202 門初中。

得：[宮][甲]1912 亦具無，[宮]374 名爲解，[甲]1736 有僧故，[甲]1736 意經意，[甲]2266 故若菩，[明]、一[甲]997 聞已精，[明]1464 作，[三][宮][聖]1425，[三][宮][聖]1543 受行頭，[三][宮]263 聽聞所，[三][宮]397 菩提時，[三][宮]1425 爲迦葉，[三][宮]1509 六波羅，[三]26 聞已便，[三]291 具足眞，[聖]268 諸世界，[乙]1254 若不堪。

德：[乙]1796 即妙慧。

地：[甲]2263 豈以第，[三]375 諸鬼王。

弟：[三][宮]1421 見無威，[三][宮]1428 亦欲從，[三]154 子存待。

帝：[宮]397 神。

第：[宮]1549 越次取，[宮]1912 三，[宮][甲]1805 一指餘，[宮]310 一義諦，[甲]1735 十行爲，[甲]1763 四禪中，[甲]1821 者論主，[甲]1832 四云且，[甲][乙]1816 九善法，[甲][乙]1821 勝故及，[甲]1717 一空行，[甲]1724 三證，[甲]1733 一布施，[甲]1736 三執我，[甲]1816 四蓋中，[甲]1828 四，[甲]1830 即初此，[甲]2261 五八說，[甲]2324 因義受，[甲]2339 七門圓，[明]1545 無間此，[明]13 爲

十，[明]1559 不有雖，[明]1562 起芽，[三][宮]285 四等奉，[三][宮]721，[三][宮]1545 一契經，[三][宮]1562，[三][宮]1563，[三]1566 二得如，[聖]1543 智空處，[聖]1421 剃隱處，[聖]1546 智次第，[聖]1562 三行唯，[聖]1562 行相與，[聖]2157 同本永，[聖]2157 撰見續，[宋][元][宮]1604 四諦二，[乙]1736 乃至已，[乙]1822 答也，[元]2016 無外質，[知]1579 爲三一。

諦：[三][宮]1647 有生。

篤：[聖]425 行執持。

對：[乙]2263 二行頌。

耳：[三]1564 諸根爲。

爾：[甲][乙]1816 或説佛，[甲][乙]2263 或，[甲][乙]2263 如何，[甲]1782 滅無定，[甲]2263 何忽定，[甲]2263 耶，[甲]2263 耶次付，[甲]2434 者是辨，[乙]2263 耶。

二：[甲]2299 藏與起，[甲]2300 欲顯佛。

法：[甲]2263 除前三，[三][宮]1581 云何爲，[三][宮]1611。

方：[聖][甲]1733 下總結。

非：[甲]2250 説或。

服：[三][宮]1425 若寶器。

浮：[三]1331 陀鬼神。

復：[三][宮]276 咸共。

各：[三]125 各無夫。

共：[三][宮][甲]901 同。

故：[甲][乙][丙]1866 非因也，[甲]1736 從聖行，[甲]2263 云云，

[聖]310 成就總。

廣：[三][宮][知]1581 施衆生，[三][乙][丙]1076 大乘。

果：[甲]、果[乙]1821 辨，[甲]2195 有，[甲]2263 緣，[乙]2227 如所言，[乙]2263 故皆順，[乙]2263 故云云，[乙]2263 皆有一。

號：[三][宮]310 一切智。

花：[甲]950 樹夢上，[甲]1709 嚴三十，[甲]2337 藏説十。

華：[甲][乙]1816 當知此，[甲]1816 外三業，[甲]2339 乃至猶，[三][宮]657 作如是，[聖]158 般涅槃。

灰：[三][宮]1458 施帶繫。

恚：[宋]1013 意不偏。

或：[甲]912 並如別。

及：[明]997 諸大衆，[元][明]、－[宋]、等及[宮]374 諸天。

偈：[宮]1703 論取其。

加：[甲][乙]2385。

皆：[宮]2058 蒙饒益，[三][宮]1608 滅有。

今：[甲]2195 根熱正，[三][宮][博]262 勤精進。

盡：[三][宮]1509。

莖：[甲]2217 條葉。

經：[甲]2396 開權顯，[甲]2901 當，[聖]2157 同本房。

淨：[三][宮]415 善逝者。

就：[甲]1828 者智斷。

舉：[甲]2339 彼義然，[原]1782 施贊曰。

俱：[三][宮]1431 食應當。

聚：[三][宮]456 積用成。

空：[乙]1796 處當置，[乙]2394 處當置。

苦：[甲]1816 謂，[三][宮]765，[乙]1821 隔。

來：[宮]401 來本亦，[甲]1736 者即第。

劣：[甲]1733 法求覓。

輪：[三][宮]671。

羅：[甲]2412 爲三形。

彌：[三]2145 亦在聽。

名：[原]1816 現法涅。

膜：[三]2123 何者是。

摩：[三]682。

末：[甲]2266 考化。

木：[甲]2219 人爲是，[乙]2408 也。

男：[宋]2034 前後並。

能：[宮]1558 隨應當，[甲]1733，[明]401 於諸法，[三][宮]671 見。

弄：[甲]2183。

菩：[甲]2266 至恐，[聖]1562 前二爲。

普：[甲]2261 生物解，[明][甲]997 無諸異。

奇：[三]201。

前：[甲]1735 非是，[乙]2408 八葉。

求：[甲]1828 過。

趣：[原]1863 身從前。

人：[甲]1733 説於權，[三]991 不能擾。

如：[甲]1742 虛空一，[三]821

掌百千。

若：[甲]970 輩說，[三][宮]813 虛空界，[乙]1098 摩尼寶，[原]1851 就隱顯。

三：[原]1764 明其善。

色：[甲]2266 五識隨。

殺：[宮]2122 名爲殺。

善：[甲]1512 有爲萬，[甲]1932，[石]1509 功德風，[宋][宮]397 法。

上：[甲]2400 觀等者。

身：[甲]2434 乃，[三][宮]1611，[三]193 爲佛故，[宋][元][宮]1563 持令善，[乙]2397 天台金，[元]1522 眞如法，[原]1861 最極希。

神：[三]192。

生：[甲]1851 二常還，[甲]1983 迴心生，[三][宮]397 之道能。

勝：[甲]1733 者進修，[三][宮]1648 生慢從。

聖：[甲]2337 者此釋。

尸：[甲]1828 者泰云。

十：[明]220 舉目。

使：[三]220 起，[元][明][宮]374。

士：[甲][乙]2207 也新譯。

示：[甲]1816 故佛，[甲]1816 有何同，[甲]2290，[甲]2299 勸證三，[乙]1772 問豪光，[乙]2397 中云四。

世：[原]1851 諦之中。

事：[甲]2408，[三][宮]1523 故問，[三][宮][聖]1552，[三][宮]1598 力等爲，[三][聖]291 勸助以，[聖]397 如失志，[乙]2261 者瑜。

是：[甲]1813 並是菩，[甲]2270

可燒可，[明]223 三昧須，[聖]1509 地分除，[元]1579 名爲諸。

釋：[甲]2266 釋從十。

守：[宮]400 高下想，[宮]901，[三]1015 護，[三][宮]1536 防能遍，[三]1013 護人民，[原]1205 護者爲。

壽：[宮]2112 上壽百，[元]220 利利他。

說：[宮]1555 識爲身，[甲][乙]2250。

四：[甲][知]1785 分致生。

寺：[宮]1559 重所餘，[宮]1594 流若出，[宮]1810 緣不及，[宮]2060 接出計，[宮]2123，[甲]2068 請爲三，[甲]2068 召汝，[甲]2266 故文，[甲]2362 我有，[明]2154 同本見，[三][宮]1443 中問言，[三][宮]2043 一切衆，[三][宮]2060 是也自，[三]125 所告一，[三]2060 當流血，[聖]2157 出者同，[聖]2157 二部獻，[宋]2053，[宋]2061 此寺趙，[元]244 入曼拏，[元][明]2059 是，[元][明]2122 始圖畫。

算：[明]1299 即角。

笋：[甲]1731 事一人。

所：[甲][乙]1821 起思感，[甲][乙]2254 應文惠，[甲][乙]2263 計法自，[甲]1828 緣境門，[甲]2195 說各別，[甲]2287 十二別，[三][宮]588，[三][宮]790 作惡豈，[三][宮]1562 斷但，[乙]2263 立同正，[乙]1822 處，[乙]2263 除，[原]2262 引彼離。

體：[三][宮]2121 不久亦。

天：[乙]2390 三十一。

同：[甲]2219 也已離，[三][宮]1435 量，[三][甲][乙][丙]930 虛空即，[乙]2263 故不相。

土：[甲]1724，[甲]1724 類是實，[甲]2217 云云故，[乙]1822 和合故，[原]1851 此亦同。

王：[甲]893 與諸眷。

爲：[甲]1741 法界故，[三]1525 染。

未：[甲]2217 爲若干，[甲]2299 受三歸，[三][宮]1546 得此法。

味：[乙]2263 作佛事。

謂：[明]322 四一曰，[三]196，[知]598 爲八菩。

我：[宮]278，[宋]246 本願承。

無：[甲][乙]1709 等覺因，[甲]1909 今日既。

下：[甲]1816 解發起，[甲]2434 字即觀。

相：[甲]1851 云何釋，[元][明]352 引恒以。

香：[甲]950 更洗令。

想：[甲]1701 則有頂，[三][宮][聖]1579 立宗言。

像：[甲][乙]2396 貌於十。

小：[甲]2250 是我我，[甲]2336 爲一數。

心：[甲]2263 多一意，[甲]2263 皆不定。

行：[宮]310 故思念，[甲]2907 願常無，[原]2408 第二。

性：[甲]2371。

學：[三][宮][聖]1552 說五羅。

尋：[宮]811 順法律，[甲]1828 故七分，[甲]2036，[甲]2266 未，[三][宮]2104 妄述昇，[三]682 從定起，[三]1440 盡是先。

芽：[明]1545 說名同。

言：[甲]2263 爲先。

養：[聖]1460。

藥：[甲][乙]2250 分功用。

也：[甲]2273 余欣基，[乙]2218 順世八。

業：[宮]310 微妙事，[宮]1646 報，[甲]、等[甲]1821 此剎那，[甲]1830 者，[甲][乙]1821 不說輕，[甲][乙]1822 由二善，[甲][乙]2393 修行菩，[甲]1733 故云解，[甲]1834 於識所，[甲]1851 行有能，[甲]2250，[甲]2261 者因明，[甲]2266 文，[甲]2266 文義演，[甲]2266 轉受變，[甲]2323 色大與，[三][宮]1563 三，[三][宮]1646，[三][宮]410 心常念，[三][宮]721 以何因，[三][宮]1545 是能退，[三][宮]1562 此唯損，[三][宮]1571 有情數，[三][宮]1646 受果報，[三][宮]1647，[三][宮]1651 苦如是，[三]55 行有惡，[三]397 具足，[三]1545 心得有，[三]1562 爲得等，[三]1647 云何不，[聖]1602 作不應，[聖]1595 所起災，[乙]1816 又第八，[元][明]425 勞諸味，[知]1581。

儀：[甲]1926 人不。

亦：[甲]1835 由法行，[甲]1705 明有云，[甲]1735 無有，[甲]1863，[三][宮][聖]272 彼世界，[三]220 不

聞當，[乙]2249 容別緣。

　益：[丙]2163 者又云。

　義：[三][宮]1509 戲論已，[乙]2263 不成。

　飲：[聖]、飰[甲]983 供養聖。

　印：[甲]2401 置之如，[乙]2394 二首皆。

　應：[三][宮][聖]397 見我力，[宋]1562 有瞋等。

　猶：[三][宮]749 如馬常。

　有：[三]、等何有何等[宮]1435 何急共，[三]、第[宮]1537。

　於：[甲][乙]1822 說名爲，[元][明]1341 今者亦。

　餘：[明]1482 比丘應。

　歟：[甲]2195 說受敎。

　與：[元][明]、無[宮]221，[原]1781 貧。

　芋：[甲]2255 經彌勒。

　緣：[甲]1736 者。

　樂：[甲]2223 故諸佛。

　云：[甲]2317 文義皆，[聖]1788 能此初。

　造：[甲]1705 法。

　章：[甲]2323 之助義。

　者：[甲]1828 先亦有，[甲][乙]1822 不能，[甲]1736 然論先，[甲]1823 名爲心，[甲]1828 備云此，[甲]1828 總，[甲]2249 八對心，[甲]2266 除薩迦，[明]434 何從而，[明]1440 亦名染，[三][宮]1478 爲十，[三][宮]1545 如理所，[三][宮]318 見色色，[三][宮]671 爲非法，[三][宮]672 爲

六云，[三][宮]1520 爲八種，[三][宮]1545，[三]201 不能得，[聖]1763 初一事，[原]1863 不應道。

　眞：[甲]2371 覺間第，[三]436 菩提。

　正：[甲]2250 爲釋寶，[三][宮][聖][另]281 生貴之，[三][宮][聖]376 覺因汝，[三][宮]1602 住不亂，[聖]125 見等。

　之：[甲]1848 相成淳，[甲][乙]1866 善巧故，[三]202 類失於，[聖]1721 人我今，[乙]2434 凡夫人。

　支：[甲]2266。

　知：[宋]1660 身口意。

　至：[甲]2269 成佛釋。

　中：[博]262，[甲]1733 說三收，[甲][乙]1822 別生識，[甲][乙]1866 當知此，[甲]1705 名句句，[甲]1736 求爲是，[乙]1723 說初劫，[乙]1830 等。

　種：[甲]2003 是拍手。

　衆：[甲][乙]867，[三][宮]263，[三][宮]397 猶於我，[三][宮]481 各從坐，[三]1332，[元]2122 安。

　諸：[甲]1834 論師皆，[三][宮]222 比丘，[三][宮]657 色有二。

　著：[甲]2261 者即論，[三][宮]425 度。

　專：[甲]2266 心能善。

　轉：[甲]2402 等諸大。

　子：[宮]2123 處與，[甲]2195 次第列，[甲]2266 同居異，[三][宮]2122，[三][聖]26 厭已歎，[乙]2263 善

窮其。

字：[甲]2410 三觀，[甲][乙]2390 第四輪，[甲][乙]2393 十二，[乙]2390 亦然又。

宗：[甲]2271 耶進云。

尊：[宮]414，[甲][乙]1822 者即應，[甲][乙]2390 次釋迦，[甲]857，[甲]2227 故云而，[三]90 道具足，[三][宮]263 佛道爲，[三]77 道與涅，[聖]466 因何而，[宋]、時[明]318 則具十，[乙]1709 者此陀，[乙]2222 是也説，[乙]2390 次云先，[乙]2394，[乙]2394 於此樹，[原]1764 三凡夫，[原]1822 第六七。

遵：[三]26 行求法。

隥

橙：[甲]1921 耳一闚，[甲]2157 經錫杖，[三]201 名稱之，[宋][宮]1488 津濟，[宋][宮]2122 名稱之，[宋][聖]26 後二三，[宋][元]2155 錫杖經，[宋]26 或十二，[宋]156 繩索杖。

登：[三][宮]1435 入如是。

蹬：[宮]744 度江，[宮]1435 道故王，[甲]2087 傾蹊徑，[三][宮]1435 道佛言，[另]1451 而取此，[宋][元]、燈[宮]1545 二炬，[宋][元][宮]、凳[明]1536 上座從，[宋][元][宮]1435 二者支，[宋][元][宮]1545 如臺觀。

凳：[明]2122 舍，[三]、蹬[宮]1536 從。

嶝

橙：[聖]1442 見者歡。

際：[三]203 母墮。

隆：[甲]2087 越沙磧。

梯：[三][宮]1435 道故無。

凳

橙：[三][宮]2122 上行香。

鄧

橙：[宋]192 令人上。

登：[三][宮]1546 伽女見，[三]2153 女經一。

燈：[明]1351 尊王如。

嶝

橙：[宮]1443。

磴

蹬：[聖]1788 以昇天，[乙]2397 若大品。

瞪

矕：[元][明]60，[元][明]616 不了即。

鐙

鉢：[三]1682 左引瑟。

澄：[三][宮]2122。

燈：[明]下同 434 如來至，[三][宮]425 明威神，[三][宮]425 氏其，[三][宮]445 如來南，[三][宮]2102 王入室，[三][宮]下同 434 其國有，[元][明]445 如來南。

鎧：[三][宮]324 錠散衆。

氐

並：[宋]、並氏[元][明]2149 羌蠻
夷。

瓶：[元][明]1070 攝婆羅。

舐：[宮]402 言氐宿。

魯：[宋]、民[元][明][宮]2102 夷
作。

民：[三][宮]2103 夷信向。

氏：[甲]2128 丁禮反，[甲]2128
羌上邸，[甲]2128 聲也氏，[宋]、民
[宮]2102 夷難化。

低

白：[宮]2122 陋出自。

坻：[宮]374 舍比丘，[三]、坦
[聖]375，[三]、坵[聖]375 婆嵐彌，
[三][宮]1425 姊聞世，[三]212 長者，
[三]375 舍比丘。

底：[明]2053 羅，[三][宮]632 陀
隣尼。

俯：[宮]1425，[三][宮]384 仰各
坐。

父：[聖]643 羅謹勤。

極：[三]190 梨伽，[聖]268 脊，
[聖]397 句法相，[宋]190 書。

儘：[甲]1921 是其寬。

倨：[宮]1648 蓋繞塔。

伲：[原]1744 羅婆夷。

僻：[三][宮]2122 持刀之。

祇：[明]1341 城其釋。

佉：[宋]、往[元][明]204 頭面
禮。

室：[原]1160 二南無。

提：[明]2040 沙比丘。

位：[甲][乙]2317 受性，[甲]1007
而坐即，[甲]1918，[甲]2227 義，[甲]
2434 頭乃至，[三][宮]2122 言之弗，
[三][聖]953 靡無。

伍：[甲]2053 羅。

俉：[甲]1921 昂造聘。

侄：[元][明]1 曲臨海。

泜：[三]2121 三昧文。

胝：[甲]975 魔衆攝，[甲]2243 一
分爲，[三]1005 那庾多，[乙]2391 次
稱囀，[乙]2391 左右兩。

祗：[宮]1998 揖等閑。

住：[三][宮][西]665 答。

瓶

低：[三]1337 反下同。

坻：[宋][元]、坁[明]1015 羅。

舐：[宋][元][宮]2122 羊共婢。

羝：[三][宮]1425 羊當道。

羯：[明]261 十八誐。

隄

提：[明]2053 封貝葉，[明]1604
封慼三，[明]2108 封海外，[元][明]
2103 封貝葉，[元][明]2103 封海。

限：[甲]2128 也埤蒼。

堤

隄：[甲]2119 封貝葉，[三][宮]
2103 之，[三]2122 封周統，[聖][另]
1458 水將入，[元][明]310 岸馬瑙。

坻：[三][宮]、坦[聖]1549 長者
供。

内：[三][宮]2045 王子前。

薩：[三][宮]426 願力莊。

坦：[甲]1828 然無妨。

提：[宮]721 彌鯢魚，[甲]901 五
醯醯，[明][宮]2053 封單于，[明][宮]
2060 封貝葉，[明]397 國付囑，[明]
1644 堅固永，[明]2053 封而作，[明]
2110 封龍庭，[明]2145 經義疏，[三]
212 集説，[三][宮]、坻[另]1428 舍
比，[三][宮][久]397 堤國此，[三][宮]
[聖][另]1428 舍比，[三][宮]394 醯山
耆，[三][宮]410 耶山六，[三][宮]410
耶山牟，[三][宮]721 羅迦樹，[三]
[宮]721 彌羅鳥，[三][宮]721 彌沙
黑，[三][宮]1428 王遣使，[三][宮]
1644，[三]26 王城爲，[三]2145 經義
疏，[聖]1763 塘以，[宋][宮]721 彌
魚，[宋][明][宮]721 彌鯢羅，[宋][元]
[宮]397 首，[宋][元][宮]721 彌，[元]
[明][聖]421 沙如來。

榙：[宋][元]2066 婆唐。

滴

海：[乙]蘖本同之 872 數量今。

漇：[甲]2730 可覆水。

適：[三][宮]1472 莫故，[三]185
滅一復，[三]190 此大海。

渧：[甲]1775 如車軸，[甲]1783，
[甲]1851 水嘗之，[甲]2337 即稱周，
[明]2076 來問當，[三]1340 水水沫，
[三][宮][甲]2053 秋露以，[三][宮]

632，[三]1340 精水和，[聖]210 雖微
漸，[聖]625 盡海水，[聖]663 無有
能，[宋][元]1340 豈能損。

摘：[宋]1670 滅。

滯：[原]1851。

鞮

鞞：[甲]2130 提醯譯。

提：[宋]1343 離。

頭：[元][明]309 賴吒將。

狄

拔：[三]1336。

伏：[聖]2157 各自相，[宋][宮]、
狄[元][明]370。

秋：[三][宮][甲][乙]901 去音例。

陜：[宋][元][宮]262 劣不信。

迪

迪：[明]2154 共梵僧。

抽：[三][宮]2122 其幽宗。

迦：[甲]2207 道順道。

籴

糶：[明]2060 米作糜。

荻

萩：[甲]2130 大智論。

笛

竽：[三][宮]338 笙。

滌

除：[三][宮]666 令清淨，[三]

[宮]748 惡汁常。

條：[甲][乙][丁]2244 雨，[聖]1788 攝持生，[宋]1092 垢穢清，[乙]2394 菩提心，[元]1579 身心安。

析：[三][宮]2122 煩呈妙。

洗：[三][宮]2060 僧衆四。

修：[丙]2381 除罪障。

嫡

適：[三][宮]1428 者聽二，[三][宮]1432 者聽二，[三][宮]2122 妻嫡，[三]152 分民正，[三]152 妻嫡，[三]152 爲國儒，[聖]291 子。

翟

瞿：[聖]1723 賈人往，[元][明]1341 波。

敵

幣：[宋][宮]2053 不亡其。

敞：[元]、廠[明]689 一一寶。

對：[甲][乙]880 不可得。

故：[甲]1804 全夫者。

顧：[原]2271 已六十。

過：[乙]2263 耶。

毀：[原]2271 他至豈。

敬：[宋][元]2122 如調達。

離：[甲][乙]2328 而。

魔：[三]397。

敲：[宮]1799 對各立，[甲]1027 惡風雲。

適：[三][宮][聖]224，[元][明][乙]1092。

豎：[甲]2290 者存六。

歈：[聖]99 望調伏。

擇：[甲]893 即誦部。

賊：[聖]663 競來侵，[石]1509 得出二。

摘：[聖]125。

藋

藋：[三][宮]2059 菜依然。

鏑

的：[三][宮]2122 有鏑，[三]153 卿不知。

坻

邸：[三][宮]1507 以是國。

邸

礩：[三][宮]下同 2121 七子爲。

底：[三]2063 山寺道，[三]2063 山寺，[宋][宮]2122 見彼，[宋][元]190 上諸香，[宋]190 見。

府：[三][宮]2104 四事供。

祁：[三][宮]741 家有五，[宋][明][宮]、祈[元]2121 化七子，[宋][元][宮]2121 七子爲。

胝：[元][明]100 子阿。

坻

氏：[三]下同 387 比頭坻。

低：[三][聖]375 耶姓阿。

堤：[三]193 防，[元][明]397 塘地既。

邸：[三][宮]2040。

抵：[宮]374 彌魚身，[宮]1505，[三][宮]2034 王經一，[宋][元]1343 遮羅竭，[宋]1331 字德明。

底：[三][宮]1462 取，[元][明]206 刹爲大。

帝：[聖]397 烏闍嚴。

多：[三]1343 目呋波。

極：[三]201 耶，[聖]397 毘。

坭：[宮]397 曼。

祇：[三]1336 闍。

坁：[宮]458 羅末白。

提：[三][宮]1552 塘漏近，[聖]397。

垣：[宮]1521 華故名，[甲]2130 譯曰智。

抵

柄：[元][明][宮]624 諸菩薩。

氐：[三]1301 阿周啼。

低：[宮]374 觸其額，[聖][另]790 突。

坻：[甲]2207 惡，[三][宮][聖]626 吒沙。

底：[三]2088 乃縱火。

柢：[宋][元][宮]、祇[明]443 市支，[宋]984 無能。

牴：[甲]2129 戲者使。

砥：[和]261 掌門第。

觝：[三][宮]638 突畜生，[三][宮]2122 不肯與，[元][明]397 突故持，[元][明]403 突常抱，[元][明]403 突戒心。

詆：[三][宮]2060 訶龍，[三][宮]2060 訶於時。

短：[宮]729。

疾：[三]154 患。

拒：[三][宮]2122 耶若能。

控：[甲]2826 滯不閑。

扺：[原]、拉[甲]1816 共財。

祇：[三][宮]2122 瑩質光，[元][明][甲]、祗[宮]2053 大國之。

坁：[聖]375 彌魚身。

推：[宋]、稚[元][明]2154 法一卷。

胝：[三]100 子阿闍。

祗：[三][宮]2102 其實影。

指：[三][宮]2060 掌符會，[三][宮]2102 掌空談，[三][宮]2109 掌盱衡，[三][宮]2122，[三][宮]2123 掌迷途，[宋][宮]2060 掌。

椎：[乙]2157 法一卷。

呧

此：[甲]2186 時好量。

呧：[元][明]1336。

護：[元][明]、哇[聖]26。

哇：[三]1336 耽尼利。

底

怛：[三][甲]972 哩。

地：[甲]1225 底哩，[明]293 香，[三][甲]1038 摩底，[三]156 八功德。

的：[明]1988 道理麼。

氐：[明]2122 下屎囊。

低：[三][宮][甲]901 驃一，[宋]186，[乙]2227 頭。

羝：[三][宮][甲]901 瑟吒二。

邸：[明]1451 店興，[三][宮]2123 見彼，[三]193 莫不懷。

坻：[三]1097 曷囉闍。

抵：[甲]2001，[甲]2194 同也今，[三]6 則，[宋][元][宮]、明註曰底流通作抵 2102。

底：[三][宮][敦]450 羅大將。

帝：[明][丁]1199 哩二合，[明]159 母五百，[明]1199 二合儞，[明]1480 不速疾，[三][甲]1024 阿彌多，[乙]1069 里呬里。

靚：[乙]、底鴨[乙]867 底瑟。

度：[甲]982 河，[三]985 嘔羯吒。

拒：[聖]627 文字。

麼：[甲][乙][丁]2244，[甲][乙]1037 摩訶麼，[甲]2135，[三]999 咎婆娑，[宋][明]1170 也二合，[乙]1796 嵐垢也。

眉：[甲][乙]2385 浪文首。

弭：[三]1147 嘛二十。

摩：[甲]、麼[乙]1269 吒，[原]1111 所希。

尼：[甲]1030 十一悉。

泥：[原]2395 斯仙人。

儞：[三][宮][西]665 阿毘師，[三]989 曳二合。

毘：[原]1201 沙囉三。

頗：[乙]2309 迦。

乞：[甲]、底乞[丙][丁]866 瑟那。

舌：[原]1089 不滿千。

盛：[甲]2035 光未廣，[聖][另]281 藏學神。

氏：[明][甲]1094 多耶莎，[三][甲]2125 國並著。

粟：[三]、瘦[宮]2123 爲。

提：[甲][乙]2263，[明][和]261 遊戲神，[三]2137，[原]、提[甲][乙]1796 等亦令。

下：[宮][甲]1998 太忙生，[三][宮]1425 清汁正，[聖]1509 舉身戰。

崖：[三][宮]、圻[聖]425 是。

夜：[甲][乙]894，[三]984 個吒國，[三]1069 也二合，[三]1211 儗喇，[聖]1458 迦，[宋][元][宮]2122 都儞反。

依：[三][宮][聖]224 詭言若。

逸：[甲][乙]914 底哩。

應：[甲]1816 名善法。

疷：[三][宮]2122 都儞。

泜：[三][宮]2122 奢婆羅。

柢

桓：[甲]、極[乙]2296。

祇：[三][宮]2123 之除萬。

氏：[明]2087 歲月雖。

祇：[甲]2036 擬輕重。

牴

羝：[三]193，[宋][宮]2122 殺折辱。

抵：[明][甲]1177 債此人，[三][宮]2122 突。

觝：[三][乙]1076 觸持誦。

柾：[元][明]2122 人言。

砥

祇：[元][明]2060 躬弗懈。
掌：[三][宮]457 樹木皆。

觚

觸：[宋][宮]337 突之心，[宋]337 突之心。
低：[宋]、抵[元][明]1 突者寧。
抵：[三][宮]2122 而不償，[三][宮]544，[三][宮]721 捍，[三][宮]809 突是，[三]211 對奮名。
底：[三]2145 持經一。
牴：[甲]2128 亦通非，[三][宮]2122 觸心中。
砥：[宋]203 觸婢如。

觝

牴：[三]、低[宮]1435。
該：[宮]2053 訶曲女。

楴

褅：[明]2131。

弟

地：[明]、第[甲]1033。
低：[乙]2228 此云成。
底：[甲][乙]2228 是次，[甲]2130 譯曰淨，[甲]2229 弟。
帝：[甲]2036 後大司，[三][宮]2105 子爵位。
娣：[宮]2121 又亦姝，[三][宮]

[甲]2053 季之緣，[三][宮]556 欲相隨，[三]6 還。
第：[丙]862 虐塗香，[宮][聖]397 八人一，[宮]397 經於多，[宮]657 子及餘，[宮]2085 子遊行，[甲]1778 子共食，[甲]1778 子豈得，[甲]1033 悉馱跛，[甲]1708 證無生，[甲]1718 二父求，[甲]1830 子如師，[甲]1912 子，[甲]2129 矣反鄭，[明]316 四之一，[明]1583 即起禮，[明]269 亦當作，[明]316 十五，[明]316 四之二，[明]316 四之六，[明]316 四之七，[明]316 四之三，[明]618 子末田，[明]869 子儀彼，[明]2102 子歸向，[三]1127 娑摩沒，[三][宮]1563 八智觀，[三][宮]2060 耶佛馱，[三][宮]2122 摩訶三，[三][宮][甲]901 十九訶，[三][宮][聖]、等[知]1579 二圓滿，[三][宮]310 三伊去，[三][宮]310 賒筏底，[三][宮]1435，[三][宮]1545 四天王，[三][宮]1563 四定得，[三][宮]2060 耶此云，[三][宮]2104 兩字，[三][宮]2122 二子顯，[三][宮]下同 671 葛弟波，[三][甲]下同 989 母弟，[三][乙]1092 字門解，[三]99 七子而，[三]220 反鉢，[三]1008 娑嚩二，[三]1257 引吽，[三]1283 目契捺，[三]1354 三目，[三]1354 僧，[三]1398 八酥嚕，[三]1415 引毘藥，[三]1549，[三]2088 立本起，[三]2149，[聖]1451 苾芻，[聖]397 言汝等，[另]1428 子得胡，[石]1509 又多知，[宋]2146 布施望，[元][明]1415 引毘藥，[元]317 子和，[元]

2043 子五人，[元]2063 獨與母，[元]2122 子今皆。

苐：[三][宮]2112 甘。

茅：[原]2130 持律者。

女：[三][宮]2060 接踵傳。

隨：[乙]1796 子財力。

啼：[甲][乙]、第[丙]1098 夜引耶。

悌：[三][宮]1425 尊。

天：[元][明]1340 子功德。

童：[三][宮]2121 子曰實。

兄：[宋][元][宮]2040 調達出。

者：[三]682 子。

尊：[甲]2261 者第三。

怟

坻：[三][宮]443 裔。

帝

常：[宮]425 石根，[宮]425 王氏，[宮]445 幢如來，[宮]813 基耶今，[宮]2034，[宮]2060 心增感，[甲]2255 爲二，[甲][乙]1816 王但持，[明]2145 所謂略，[三][宮]2104 殺盜口，[三][宮]309 與，[三][宮]2060 部大唐，[三][宮]2060 於義理，[聖]272 釋王，[宋]5 起上殿，[乙]2092 給步挽，[乙]2381 以開五。

忉：[明]416 利天王。

地：[明]1507。

瓶：[三][宮][甲]901 六，[三]985 頞窒步。

坻：[明]310，[元][明]387 遮羅坻。

底：[三][宮]443 裔，[宋][元][宮]1480 知因業。

諦：[宮]2028 者不信，[甲][乙]1832 理無別，[甲][乙]1929 義推可，[甲]908 摩訶囉，[甲]1315 哩，[甲]1799 於廣州，[甲]1832 三藏有，[明]721 釋見是，[明]954 薩頗，[明]1161 十四阿，[三][宮][聖]383，[三][宮]2034 出者同，[三]251，[三]374 王尸毘，[三]945 於廣州，[三]1012 旃貳爲，[三]1336 摩多摩，[三]1355 聽阿，[宋][元]1092 神啇，[乙]922 娑頗二，[原]2339 等故云。

覩：[甲][乙]2228 義云世。

多：[甲][乙]1069 毘庾二，[乙]867 帝。

復：[三][宮]2122 釋身接。

后：[乙]1736 爲立孝。

皇：[三]2149 躬申頂。

或：[甲]2036 乃云但。

計：[三][宮]665 劫摩。

勒：[明][宮]2122 隸耶夜。

利：[三]1331 婆彌。

那：[三][甲]1332 三烏。

南：[甲]1335 釋閻羅。

年：[甲]2035 中大通，[明]2103 堯則翼。

氏：[三]2088 都下舊。

市：[三][聖]397 十一憂。

事：[三][宮]2121 火。

受：[甲]1268 之即有。

提：[高]1668 闍那那，[宮][聖]

1462 耶山名，[明]397，[明]422 毘梨耶，[三][宮]422 波羅蜜，[三][宮]422 波羅蜜。

啼：[甲]2128 反論文，[明]1358 帝闍伽，[三]397 十三阿，[三]991 囉，[三]1341 伽尼侈，[乙]1796 上哩曳。

渧：[明]405 反休磨，[三][宮]443 尸都四。

王：[三][宮]263 戰鬪降，[三][宮]2034 十四年，[宋]156 釋言，[宋][元][宮]1670 釋第。

希：[宮]657，[三]1336 利希利，[聖]2157 建元元，[乙]1816 故。

言：[明]721 釋言天。

印：[甲]1816 而耽定。

吒：[原]1160 烏都吒。

主：[三][宮]2053 驅晉陽。

宗：[甲]2037 明帝。

第

百：[甲][乙]2259 二十七，[乙]2250 四十七。

不：[明]721 六所。

才：[甲]1782 不斷念。

禪：[三][宮]1435 三第。

常：[三]1588 二月及。

出：[甲]2068 二。

初：[甲]1735 一總顯，[甲]1708 四十六，[乙]1822。

此：[甲]2300 四義例，[三][聖]125 二法復。

地：[明]1552 三禪欲。

等：[宮]721 一因緣，[宮]810 一

行其，[宮]1435 三，[宮]1545 今當說，[宮]1552 五人謂，[宮]1552 一義決，[宮]1559 四句，[甲]2266，[甲][乙]1821 二定，[甲][乙]1822 二因也，[甲][乙]1822 三形，[甲]893 皆須加，[甲]1007 二中法，[甲]1709 一菩薩，[甲]1724 一，[甲]1736 五義不，[甲]1750 一義中，[甲]1866 二七日，[甲]2266 八識，[甲]2266 六雖與，[甲]2266 七云如，[甲]2266 文演秘，[甲]2266 五十九，[甲]2270 五及德，[明]411 六法能，[明]1421 五賊名，[明]1579 極逾越，[明]1598 又此説，[明]2016 三身何，[三]1560 故，[三][宮]1563 故，[三][宮]285 一周遍，[三][宮]1545 四靜慮，[三][宮]1546 四，[三][宮]1553 二無，[三][宮]1559 二七釋，[三][宮]1562 五根及，[三][宮]1809 七位突，[三]157 二衆生，[三]1564 一實者，[三]2122 三千世，[聖]2157 二經同，[宋][元][宮]397 一義爲，[乙]2261 七五受，[乙]2192 四親近，[乙]2391 百八十，[元][明]721 一勝所，[元][明]1546 二句者，[元][明]2154 三出，[原]2220 也然者。

弟：[宮]1452 二，[宮]1459 一雙佛，[宮]2121 九經，[宮]2122 二約其，[宮]2122 一，[甲]2339 令續，[甲][乙]2254 遮經其，[甲]874 噁，[甲]1763 子如，[甲]1775 所以重，[明][甲]1176 曩，[明]278 一子名，[三]220 子於一，[三][宮]422 耶那般，[三][宮]1545 子故佛，[三][宮]

[聖][另]1543 子先滅，[三][宮]443 三，[三][宮]730 難陀飲，[三][宮]1521 子成就，[三][宮]1563 子眾一，[三][宮]2040 子以第，[三][宮]2041 各有二，[三][宮]2053 鑠論舊，[三][宮]2104 也爲弟，[三][宮]2122 反下同，[三][宮]2122 內，[三][宮]2122 性好畋，[三][宮]2122 子千二，[三]150 子聞可，[三]984 唐紙反，[三]1007 子呪，[三]2060 則不得，[三]2110 懸幡蓋，[聖]606 三人言，[聖]1539 五，[宋][宮]2060 及之行，[宋][元][宮][聖]1579 子於時，[宋][元][宮]1521 一恭敬，[宋][元][宮]1545 三入時，[宋][元][宮]2122 四子期，[宋][元]1303 引嚩日，[宋]2122，[乙]2218 子明此，[乙]1008 娑嚩二，[元][明]2016 子若於，[元]2122 二第三，[元]2122 二十一。

帝：[明]、弟[丙]954 娑馱耶。

定：[甲][乙]1736 性二乘。

分：[原]2317 差別是。

佛：[聖]2157 二出與。

復：[聖]1509 答曰菩。

古：[甲]2261 一百餘。

後：[甲]1736 三事由，[原]2271 二句中。

互：[甲]2399 舉一端。

既：[乙]2263 苦諦所。

節：[宮]901 三節上，[宋][元][宮]1810 四句莫，[乙]1822 一也言。

經：[三]2153 八卷。

考：[甲]2204 反勒也。

來：[甲][乙]2404 也牙。

論：[乙]2219 五二十。

茅：[甲]2130，[甲]2130 一。

夢：[甲]2266 七。

篇：[甲]2299 七八之。

平：[甲][乙]2390 其印當。

其：[甲]2434，[三][甲]1003 二金剛，[三]209 二人言。

前：[甲]2339 而來義，[甲][乙]2250 三是故，[甲][乙]2263 六識第，[乙]1822 三。

如：[宮]1522。

入：[明][宮]286。

若：[三][宮]1425 一比。

身：[甲]2339 十地爲，[甲]2339 三阿僧。

十：[甲]1828 二艱難。

事：[宮]716 緣攀緣，[宮]1509 三，[甲][乙][丙][丁][戊]2187 二從世。

疏：[乙]1736 五遠爲。

剃：[博]262 七涅隸。

爲：[宮]227 一何以。

未：[乙]2261 二解世。

下：[甲][乙]1821 九解脫，[三]1532 說彼法。

行：[三][宮][聖]1425 乞食到。

序：[三][宮]656 復有速。

學：[元][明]614 無覺無。

牙：[原]2408 十六印。

芽：[甲]2317 等故者。

一：[三][宮]2034 十一卷。

亦：[甲]2266 一剎。

義：[甲]2266 歷之名，[甲]2266 一義故，[明]1547 一義故，[原]2266 六識六。

於：[甲][乙]1822 四句可，[甲]1782 十地，[聖]221 四禪不。

云：[甲]2266 六轉聲，[乙]2215 五云真。

之：[博]262 一，[宮]2121，[甲]、第二二終[乙]2092 二，[甲]、第四四終[乙]2092 四，[甲]1969 五，[甲]1721，[甲]1721 五，[甲]1969 四，[聖]224 二十二，[聖]224 一，[聖]643，[另]1522 一。

中：[甲]1816 十二離，[甲]2814 有義無。

種：[甲]2305 生乃至。

節：[甲]2386 又加持。

俤

帝：[三]下同 1336 修目俤。

商

滴：[三][宮]2122 其多少。

商：[三][甲][乙]1100 企。

謫：[甲]2036 確群議。

揥

摝：[元][明]2103 加復忿。

褅：[三]2145 婆三人。

褅：[三]2145。

棣

肆：[三][宮]2122 州刺。

睇

第：[甲]1000。

朦：[宮]1459。

涕：[宋][元]1057 馭婆訶。

遞

遍：[宮]310 聞諸梵，[甲]2217 相讚。

代：[三][宮]1463 代相續。

遷：[宮]2103 屬廣廡，[宋][元][宮]、遙[明]2060 於高巒，[乙]895 飢渴所。

迭：[甲]2787 相將護，[三][宮]721 相向走，[三][宮]1531 共依止，[三][宮]1588 相殺害，[三][宮]1640 共因生，[三][宮]2122 相，[三]1532 共，[三]2063 講聲高，[宋][元][宮][聖]、送[明]1425 相覆過。

遝：[甲]2399。

互：[甲]1830 爲緣相，[甲]2266 爲因故，[甲]2290 相不。

遰：[甲]2266 相續生。

遞：[甲]1717。

遜：[乙][丙]2092 連接高。

輒：[三][宮]2053 生淩觸。

褅

揥：[三][宮]1505 跋達。

掃：[三]154 比耶令。

襆：[三][宮]2108 照日夢。

提：[明]1543 婆誦此，[三]58 婆達兜。

蔕

蔕：[宋][元][宮]2053 疇昔神。

帶：[明]2103 青房眷。

蔕：[三]190 置於日。

多：[聖]397 那。

菓：[甲][乙]1822 又近名。

締

絺：[三]125 羅國珍。

提：[宋][明][甲]1077。

諦

謗：[宮]1522 差別一，[甲][乙]1821 爲所，[甲]2266 因果文，[甲]2266 者生故，[三][宮]1553 苦見苦，[元][明]1546 便生疑，[元]1579 實餘皆。

辯：[三][宮]310 廣大智，[三]375 論故得。

部：[甲]2266 文樞要，[甲]2434 者，[三][宮][聖]1585 此中有，[三][聖]1585 迷諦親。

禪：[宮]397 菩提智，[甲][乙]1822 樂根故。

裓：[三]1356 八。

初：[甲][乙]1822 作法非，[甲]1921 識名色，[甲]1921 斯，[乙]1822 理若依。

除：[甲]1839 此已外。

帶：[甲]2266 已相。

道：[甲][乙]1821 厭生死，[三][宮]2121 慧眼得，[乙]2263 下煩惱。

地：[甲]1735 寶等十，[明]2016

又傳法，[三][宮]1551 亦如是。

等：[三][聖]201 觀身相。

帝：[丙]866 王即以，[甲][乙]2390，[甲]1238 聽奉上，[甲]1260 娑嚩，[甲]1700 翻等然，[甲]1796 殊羅施，[甲]2897 之法，[明][丙]931 三訖哩，[明][丙]954 娑嚩，[明][乙]996 三藐三，[明]259 引三藐，[明]1234 野二合，[明]2154 隨相論，[三][宮]1425 僧與我，[三][宮]665，[三][宮]665 三曼哆，[三][宮]1435，[三][宮]2060 欲傳翻，[三][宮]2103 遺如涕，[三]264 汝等及，[三]2125 則駕，[聖]1462 故故名，[聖]292 説若干，[另]1442 已頂，[另]1721 次半行，[元][明]1339。

端：[宋]1 婆黎細。

對：[甲]2299 緣施。

法：[原]2299 輪時亦。

訪：[甲]2266 前。

觀：[甲]2217 爲極故，[三][宮]1509 中空觀。

歸：[甲]2266 者非也，[甲]2299 眞性含，[宋][宮]638 道如木。

果：[甲]1821 攝故非。

許：[甲]、體[乙]2263 假，[甲][乙]2263 轉別事。

集：[乙]2263 前二集。

計：[三]193 觀縛令，[聖]211 念人命。

净：[甲][乙]2317 因果故。

淨：[甲]1708 斷煩惱，[甲]1710 空，[三]、諍[宮]481 所以者，[三]1616 何以故，[原]1771 行性迦。

境：[甲]1912 緣之與，[甲]2253
可。

論：[宮]1558 故住故，[甲]、靜
[乙]2254 可限欲，[甲]1816 本，[甲]
2255，[甲]2261 能令所，[甲]2271 謂，
[甲]2299 耶答以，[甲]2299 之要論。

門：[乙]2263 說染淨。

千：[甲]2371 也其。

讓：[甲]1839。

設：[明]1547 交易故，[三][宮]
1547。

師：[甲][乙][丙]2381，[宋]1562
斷迷餘。

實：[甲]1929 諸菩薩，[三]278，
[乙]2362 不謬不。

識：[甲]952 觀鼻端，[甲]2397
義以，[三][宮]2123 者皆來，[聖]1562
思求無，[聖]1788 餘六道，[另]1543
所。

釋：[宮][聖]318 聽受大。

說：[宮]1425 視入家，[甲]2299
然望不，[宋]1545 未已見。

俗：[甲][乙]2309 有爲，[甲]2317
勝義四，[宋][宮]223，[原]1861 第一
義，[原][甲]1851 淨智及。

渧：[宮]1912 者字應，[原]2414
和合識。

蹄：[甲][乙]2296 亦爭跡。

體：[甲]2219 者瑜伽，[甲]2317
也所安，[甲][乙]1822 念住及，[甲]
[乙]2434 者瑜伽，[甲]2217 是能依，
[甲]2217 因果乃。

聽：[宮]341 觀如是。

謂：[聖]1547 有上分，[聖]350 亡
命亡。

相：[甲]2262 非但。

庠：[宋][元][宮]、詳[明]471。

詳：[宮]461 功德戒，[甲]1765
理當即，[三][宮]309 眾生之，[三]
[宮]398 發言和，[乙]2249 光師以，
[元][明]153 如須彌。

行：[甲]1925 下有八。

性：[原][甲]1825 病破因。

訓：[明]2060 旨。

意：[三]101 見到諦。

義：[三]375 故無無。

譯：[三]2066 門初霑，[聖]2157
新附此，[聖]2157 亦云曡。

議：[三]、198。

緣：[甲]2266 釋聲者。

障：[甲]2266 勝解定，[原]2196
由彼。

靜：[甲][乙]2263 云云，[甲]1828
即是律，[三][宮]393 出足於，[聖]
1602 法爾，[宋]220 清淨故，[乙]2397
人三五，[原]2410。

證：[甲]2434 得勝義，[聖]1440
而得具。

智：[甲]1733 雙照而，[明]1537
若於如。

滯：[甲]1781 故稱爲。

種：[甲]1705 如是之，[甲]2299
爲宗二。

諸：[甲]2249 念住云，[甲]1783

觀一念，[甲]2337 法雖空，[三][宮][聖]1595 惑成覺，[三][宮]616 煩惱名，[宋][宮]675 相説爲。

蟪

帶：[三][宮]2109 鷗，[元][明]2103 自謂。

瘨

癡：[甲]、癲[乙]1822 癎病。

顛：[三][宮]1428 狂二形，[三][宮]1548 狂病痔。

蹎

顛：[三][宮]1563 墜惡趣，[三][宮]1579 僵在地。

顛

瞋：[宮]721 倒見故。

倒：[三]193，[宋]1564 倒者復。

偵：[宋][元]375 倒，[宋][元]375 倒常錯，[宋][元]375 倒竪則，[宋][元]375 倒所謂，[宋][元]375 倒心言，[宋][元]375 倒以思，[宋][元]375 倒以爲，[宋][元]375 狂乾枯，[宋][元]375 墜，[宋][元]下同 375 倒説法，[宋][元]下同 375 倒無常，[宋][元]下同 375 倒言有，[宋][元]下同 375 倒亦名，[元]375。

瘨：[三]、瞋[宮]1525，[三][宮]1525 狂。

蹎：[明]1545 蹶爲世，[三][宮]2123 蹶，[元][明]2121。

巔：[三][宮]394，[三][宮]1456，

[三]193。

癲：[三]32，[三][宮][聖]1602 狂愚夫，[三][宮]1428，[三][宮]1458 狂意亂，[三][宮]1660 狂鬼持，[三]172 狂聾盲，[三]397 狂，[三]397 時欲界，[聖]157 狂放逸，[宋][元][宮]1428 狂病汝，[元][明]212，[元][明][宮]295 癇羸瘦，[元][明]158 錯亂失，[元][明]187 狂醉亂，[元][明]721，[元][明]1331 狂鬼有，[元][明]1342 若從日。

翲：[三]1596 倒隱密。

癲：[甲]1806 狂病行。

領：[元][明]152。

頭：[三][宮]1451 有二鳩，[三]125 執石擲。

義：[明]1517 倒義成。

願：[甲]1828 乃至上，[甲]1828 者勸，[三][宮][知]266 號曰爲，[三][宮]1579 倒智四。

諸：[宮]374 倒言諸。

戀：[三][宮]425 邪行以。

戀：[三][宮]401 得世。

巓

顛：[甲]1781 深井必，[三][宮]1425 哆梨漿。

頂：[三][宮]743 山爲不，[聖]224 以忉利。

嶺：[三]192 崩。

頭：[三][宮]553 去地七。

巖：[三][宮]1650 崖傍有。

巖：[三]201 捨棄於。

癲

　　蹎：[三]2145 蹎焉來。

　　顚：[明]1559 狂此，[明]1094 癲或患，[明]1559 亂，[三][宮]1459 狂與心，[三][宮][甲]901 或似狂，[三][宮][聖]1425，[三][宮][聖]1425 狂熱病，[三][宮][聖]1428，[三][宮][聖]1579 狂心亂，[三][宮]434 狂其有，[三][宮]606 國十八，[三][宮]672 狂是故，[三][宮]1421，[三][宮]1421 狂，[三][宮]1425 狂熱，[三][宮]1428 病發臥，[三][宮]1428 狂百句，[三][宮]1428 狂不錯，[三][宮]1428 狂心亂，[三][宮]1432，[三][宮]1432 狂二，[三][宮]1435 狂病長，[三][宮]1451 狀即便，[三][宮]1458 狂，[三][宮]1458 狂人施，[三][宮]1461 狂別住，[三][宮]1462 狂，[三][宮]1548 狂病生，[三][宮]1559 於心心，[三][宮]1579 狂，[三][宮]1579 狂故現，[三][宮]1810 狂二道，[三][乙]1092 癲之病，[三]190 狂何故，[另]1428 狂如是，[宋][元][宮]1562 癲等。

　　顛：[三][宮]1435 癇，[三][宮]1443 狂流移。

　　癎：[宮]901 等病呪，[宮]1424 狂病癱，[三]1080 癲風病，[宋][宮]901 病者呪。

典

　　册：[三][宮]2066 貞明固。

　　法：[宮]263，[三][宮][聖][另]285 故無所，[三][宮]481，[三][宮]481 以用將，[三][宮]810 不入心，[三][宮]810 出家爲。

　　軌：[三][宮]2104 追賢達。

　　教：[三][宮]2034 宣。

　　經：[甲]1000，[三][宮]263，[三][宮]263 者吾，[乙]2207 常也，[元][明]664 是經能，[元][明]664 則爲已。

　　舊：[三]2087 言謂之。

　　郞：[宋]402 便生福。

　　論：[乙][丙]2092 道。

　　夢：[元][明]190 依經據。

　　摸：[三][宮][聖]425 書著竹。

　　內：[甲]2266 籍中俱。

　　曲：[甲]1701 分二初，[甲]1721 情順時，[甲]2128 說云遠，[甲]2207 氏妻附，[三][宮][甲]901 頭，[三][宮]2060 教三冬，[三][宮]2102 誨彌增，[三][宮]2121 典沸屎，[原][甲]1781 皆立三。

　　司：[乙]1709 僧中統。

　　索：[三][宮]2059 子氏多。

　　田：[三][宮]749。

　　殄：[宋][元]1341 反暉。

　　無：[元][明]817 所行門。

　　興：[甲]2039 光大王，[三][宮]820 大道不，[元]2060 宗師周。

　　要：[三][宮][聖]627 得柔，[三][宮]638 常務分，[三]2145 什亦高，[知]266 一。

　　異：[宋][元][宮]2103 道流第。

　　由：[甲]1816 深願生，[甲]1828 執止舉。

　　與：[宮]2103 道名通，[宮]2104，

[宮]2108 彈曰夫，[甲]2068 十八大，[甲]2130 富羅那，[三]155 閻浮提，[宋][元][宮]、興[明]1463 正法是，[元]2108 戒衞倉。

預：[甲]1828 下身生。

者：[三][宮][聖]376 犯戒違，[三][宮]266 即當如，[宋][元][宮]263。

眞：[原]、曲[甲]、眞[乙]1821 說眼能。

旨：[乙]1909 是四自。

點

纏：[甲]2255。

玷：[甲][乙]1909 汚心常，[甲]1700 翻譯，[明]1421 辱彼比，[明]2122 累之愆，[明]2122 辱師，[三][宮]323 缺此諸，[三]272 穢。

過：[甲]2006 茶推木。

嘉：[乙]2309 福速出。

立：[原]、受[原]、塵[甲]1863 等俱鏡。

墨：[三]1462 也以此，[原]975 於大佛。

默：[宮][甲]1805 戒譏言，[宮]1805 用意平，[甲]2035，[甲]1804 然誰不，[甲]2053 穢宮宇，[甲]2217 示點，[甲]2298 羅漢作，[三]2059 汝南周，[三]2060 彭城劉，[聖][另]1459，[另]1435，[宋][宮]2060 常乞食，[乙]2218 文如此。

然：[乙]2408 云云師。

燒：[明]2076 瓦成金。

帖：[宋][宮]、帖[元]、貼[明]1435 及納衣。

點：[宮]2123 慧人離，[甲]1816 慧不，[甲]2128 畫一種，[甲]2250 切，[明]2131 慧煩惱，[三]22 心念無，[宋][元]208 慧，[原]1771 之者。

儽：[甲]951 金剛菩。

伊：[乙]1736 合云昔。

與：[甲]2266 見非見。

沾：[宮]1463 亦名爲，[甲]1715 取爲喻，[三][宮]403 汚世世，[三][宮]403 汚所以，[宋][宮][聖]385 汚不爲，[宋][宮][聖]425 汚是持，[宋][宮]309。

占：[甲]2408。

照：[甲]1918 不，[甲]2255 餘也，[乙]2250 物成金。

智：[三]192 慧。

轉：[原]2412 成佛也。

佃

田：[三]、低[宮]443 反悌，[三]190 熟已後，[三]222 家以囊，[三]1301 作犁種，[三]2121 家灰。

甸

句：[宮]2108 攝御機。

坫

店：[三][宮]1421 坫物，[三][宮]1421 請，[三][宮]1421 人乞鉢。

坮：[宮]1425 霑第一。

店

坫：[聖]1425 舍遙見。

坫：[聖]26 肆斷受。

居：[三][宮][聖]1459 門扇，[三][宮]1435 上樓閣，[三][宮]1462 戶并扇，[宋][宮]、居[元][明]1457 須。

估：[三][宮]2085 及。

酤：[三][宮]1435 諸比丘。

杏：[甲]853 對生大。

玷

點：[三][宮]225 無求無，[三][宮]1553 污心無，[三][宮]2103 難磨駟，[三][聖]279。

默：[宮]2112 歎。

治：[聖]2157 也。

届

居：[宮]1451，[另]1442 鑰或遣，[宋][元]1428 若堅牢。

印：[三]1442。

淀

澱：[三][宮]2121 出門棄，[元][明][甲][乙]901 末一石。

奠

草：[明]2122 鍼灸名。

費：[甲]1717 聲聞後。

賈：[聖]2157。

貿：[聖]2157 楹之。

闐：[甲]1733 本所欠。

員：[甲][乙]2207。

尊：[宮]2060 食具恭，[宋]、草[明]2145 鍼灸名。

電

黿：[三][宮]883 復能請，[三][甲]951 霹靂難，[三][甲]1229 印以左，[三]192 猛盛火，[三]193，[三]202 霹靂諸，[原]2270 時比，[原]2339 與青黃。

雷：[宮]443 燈幢王，[和]293 光雲所，[明]1636 飛空虛，[三][宮]2060 旋遶道，[三][聖]157 亦五濁，[三]11 轉摧，[三]152 擊鳥墮，[三]984 龍王，[三]1341 相況復，[聖]157 二名火，[宋]101 俱多含，[宋][元]1464 霹靂光，[乙]2211 驚永蟄，[乙]2244 光種種，[元]2061 隆棟壯，[元][明]817 忽現，[元][明]950 降雨枝，[元][明]993 鬢龍王。

轡：[三][宮]2103 手提法。

瓶：[甲]2274 等異因。

填：[三][宮]645 摩尼珠。

霆：[甲]2255 小鳥則。

雪：[聖]210 晝夜流。

雲：[聖]279 光赤真，[宋][元]23 現應人。

震：[三]384 烈不。

鈿

劍：[甲]1111，[甲]1202 於寶石。

釗：[甲]2128 也屑非。

填：[明]293 不思議，[三][宮]721 以爲其，[三]24 猶如金，[宋][宮]721

地處多，[宋][宮]721 莊嚴熏。

　　瑱：[三][宮]294 欄。

　　銅：[甲]1075 師子座。

殿

　　寶：[三]682 與瓶衣。

　　壁：[三][宮][聖]514 戶彫文。

　　處：[甲]1742 忽然廣。

　　德：[三][聖]271。

　　電：[三]291。

　　鏡：[明]721 壁中見。

　　餕：[三]2060 負默不。

　　散：[宋][元]2110 中尚書。

　　堂：[乙][丙][戊][己]2092 尼房五。

　　閣：[三]2088 國也都，[三]2151國，[三]2151 國人以。

　　屋：[三]2063。

　　殷：[元][明]2060 雷。

　　宅：[知]1785。

墊

　　又：[甲][乙]2219。

　　蟄：[宮]2111 之憂鑠，[明]1000下是大，[宋][宮]2122 百神愆。

澱

　　淀：[三]、靛[宮]1425 青石青。

　　醫：[另]1435 隨咽咽。

　　滓：[三][宮]1425 乃至飲。

簟

　　草：[三]152 覆之各。

　　簞：[甲]974 迷鉢囉。

刁

　　刀：[明][聖]663 周遍求。

凋

　　彫：[甲]2087 光鮮無，[明]1644風雨不，[三][宮]310 悴枝條，[三][宮]523 落非，[三][宮]1690 落，[三][宮]2040 落王當，[三][宮]2058 毀時衆，[三][宮]2059 衰獻，[三][宮]2060，[三][宮]2102，[三][宮]2122 岱山磐，[三][宮]2122 毀糞穢，[三][宮]2122 一切風，[三][聖]125 落萎，[三][聖]190 悴枯竭，[三]125，[三]212 落無有，[三]1300 落秋食，[三]1644，[聖]125，[宋]152 殘服天，[宋]152 殘群小，[宋]152 喪，[宋]152 喪吾老，[宋]384 落。

　　洞：[甲]2036 簫小者。

彫

　　凋：[明]2060 散，[三][宮]2060 零泉林，[三][宮]2060 散，[三][宮]2060死寺內，[三][宮]2060 未，[三][宮]2103 翠柯摧，[三][宮]2103 毀，[三][宮]2103 盡家國，[三][宮]2103 撅以茲，[三]187 茂盛，[三]245 喪，[三]374 落狀似，[三]375 落狀似，[三]2149 落全部，[元][明]152 毀受禍。

　　貂：[元][明]2103 金。

　　雕：[明]125 文，[三][宮]2122 形，[三]1 文刻鏤，[三]152 文刻鏤，[三]2122 華。

　　調：[元][明]125 難成然。

周：[甲]2128 聲也下。

貂

豹：[宋][元][宮]、貌[明]2103 焜煌華。

雕

彫：[甲]1042 噂日羅，[宋][元][宮]694 刻栴檀。

鵰：[甲]2128 紫緑色。

離：[宮]721 鷲烏鵄。

雖：[明]7 飾。

歎：[三]16 之二者。

鵰

雕：[三]186 飾。

弔

吊：[甲]2128 反今江。

弗：[甲]2128 通俗文。

予：[甲][乙]2207 魏文帝，[甲]2129 反説文，[聖]2157 影前，[聖]2157 贈聖眷。

吊

弔：[甲]2290 吉。

迎：[三][宮]2053 慰法師。

掉

搏：[聖]953 驚怖悶。

悼：[久]761 心以能，[明]1599 起是名，[三]1336 自卑慚，[聖][另]1541 放逸云，[聖]675 動心疑，[聖]1462 心可動，[宋][宮]1548 煩惱使，[宋][明][宮][聖]1579 俱行。

調：[宮]1550 者掉，[明]1 戲心不，[三][宮]1463 纒悔纒，[三][宮][另]1428 動，[三][宮]1646 憍慢無，[三][別]397 動等是，[三]1 戲蓋疑，[三]1 戲蓋疑，[聖][另]1428 動亦不，[聖]26 悔斷疑，[聖]100 悔，[石]1509 慢無明，[宋][宮]397 慢諸無，[宋][明]1 戲蓋疑，[宋]1 戲蓋疑，[宋]26 悔斷疑。

鉀：[宮]1548 嚴身險。

桃：[聖]190 動猶如，[聖]1421 鼻復有，[聖]1421 臂入白，[聖]1441 手掉，[另]1435 臂入家，[石]1509，[石]1509 戲心中，[石]1509 行。

挑：[宮]1422 臂入白，[宮][聖]1425 臂，[三][宮]1472 臂手三，[聖]1423 臂入白，[聖]1421 臂入白，[另][石]1509 悔疑聽，[石]1509 得阿羅，[石]1509 悔蓋者，[宋][宮]、桃[另]1435 臂諸賢，[宋][宮][另]1435 手臂行。

恌：[宮]、桃[聖]223，[聖]223 悔疑聽，[聖]223 悔疑須。

跳：[宮]1478 兩，[三]、挑[宮][聖]1436 入白衣，[宋][宮]、挑[聖]1437 臂入白。

淫：[三]、婬[宮]1525 戒遠離。

旃：[聖]26 亂持戒。

輾：[三]、轘[宮]1428 之或有。

棹：[三][宮]1545，[元]1537 悔蓋纒。

轉：[宋]2122 悔一蓋。

攉：[宮][聖][另]1435。

釣

釣：[乙]2408 結者。

鉤：[甲]2087 倡優魁，[甲]2366，[三][宮]1462 上慎莫，[三][宮]2103 網取彼，[三][宮]2122 口出之，[乙]2087 奇之，[原]2001 月半後。

均：[甲]1973 衡之任。

鈞：[宋]2122。

約：[宋]2103 不綱詩。

調

凝：[元][明]769 未語預。

安：[三][宮]721 故身體。

禪：[乙]1736 習融。

稠：[宮][聖]284 菩薩等，[三]26 亂匆匆。

詞：[宮]541 其弟曰，[甲][乙]2309 悉隨心，[甲]1782 也文各，[明]1563 伏善能，[宋][宮]2122 以，[乙]2194 象即慈，[乙]2309 也語具。

悼：[另]1543 纏。

洞：[元][明]2154 佛經一。

彫：[三][宮]2060。

雕：[三][宮]2122 飾脂粉。

掉：[明][聖][另]1543，[明]397 慢能證，[三][宮][另]1453 身相摩，[三][宮]267 心但爲，[三][宮]410，[三][宮]1428 悔疑亦，[三][宮]1543，[三][宮]1646 放逸是，[三][宮]1646 憍，[三][聖]311，[三]397 慢行修，[三]1550 不，[三]1648，[聖][另]1463 斷

如此，[聖][另]1543 盡與戲，[聖][另]1543 戲阿那，[另]1543 不，[另]1543 五，[元]1 戲，[元][明][知]26 悔及疑，[元][明]26 貢高爲，[元][明]26 悔内實，[元][明]397 戲一切，[元][明][聖]223 悔，[元][明]26，[元][明]26 貢高斷，[元][明]26 貢高而，[元][明]26 悔，[元][明]26 悔彼於，[元][明]26 悔斷疑，[元][明]26 悔我於，[元][明]26 悔心穢，[元][明]26 亂不極，[元][明]26 亂憍，[元][明]70 戲羞恥，[元][明]100 悔及疑，[元][明]125 貪欲是，[元][明]125 戲蓋，[元][明]212 戲意斯，[元][明]223 慢無明，[元][明]309 之病慳，[元][明]1509。

洞：[三][宮]2103 達諸軍。

發：[三]157 善欲心。

伏：[三][宮]534 諸剛強。

訶：[宮]2034 王經一。

迴：[元][明]658 外道諸。

淨：[宮]2060。

課：[宋][明][宮]2122 充其朝。

坤：[乙]2391 擲金剛。

糧：[三]2122 乃經三。

料：[三]2106 乃經三。

漏：[三][宮]1546 因果故。

求：[三][宮][聖]1425 方。

然：[宮][聖]425 伏是曰。

柔：[三][宮]657 和令身。

設：[三][宮]426 無生相，[元][明]415 奉獻世。

誦：[甲]1268 之時若，[聖]11266 和毘那，[聖]1547 達以惡。

提：[明]374 婆達所，[三][聖]375
婆達多，[三]374 婆達示，[三]375 婆
達，[元][明]374 婆。

迢：[甲]952 調誦。

謂：[宮]425 其心，[宮]566 女，
[宮]1598 伏有情，[甲]1735 化功德，
[甲]2128 也謂相，[甲]1735 隨所化，
[甲]2128 也説文，[甲]2193，[甲]2266
化，[三]220 善無畏，[三][宮]1579 善
謂若，[三][宮][聖]271 眾生其，[三]
[宮]403 七覺意，[三][宮]1548 希望
世，[三]1191 伏，[三]2060 曰，[宋]
[宮]639 正直謂，[宋]633 伏得羅，
[宋]1015 定僧掲，[乙]1736 御師者，
[元]2122 度吾領。

訓：[宮]1673 馴策勒，[三]310
釋語極，[元][明][宮]310 化眾生。

言：[甲]2207 之輔之。

禳：[三][宮]374 語刀刀。

淵：[三]、[宮]2059 並一。

韻：[三][宮]2060 賓主相。

證：[甲][乙][丙]1098 伏身心。

周：[三][乙]1092 治。

賙：[宋][宮]2060 用給於。

諸：[宮]224，[明]212 爲人尊，
[三]1482 從弟子。

跌

迭：[宋][宮]2122。

昳：[元][明][宮]328 時與大。

胅：[另]1428 倒地鉢。

趺：[宮]1998，[宮]1451 里舍那，
[甲]2128 即過也，[三][宮]2122 臂節

筋，[三][宮]2122 上下入，[三]201 利
不，[乙]2394 哩竭。

迭

遞：[丙]2777 應利彼，[宮]671
共積聚，[宮]1592 共決定，[宮]1592
共隨順，[宮]下同 671 共不相，[明]
1340 相告知，[三]、失[聖]1427 相，
[三][宮]671 共，[三][宮]749 互相，
[三][宮]834 相交繞，[三][宮]272 共
作無，[三][宮]272 相加害，[三][宮]
272 相連接，[三][宮]341 互，[三][宮]
354 相執手，[三][宮]380 相言訟，
[三][宮]386 相，[三][宮]423 相食噉，
[三][宮]675 共推覓，[三][宮]675 相
因生，[三][宮]721，[三][宮]721 共，
[三][宮]721 共受樂，[三][宮]721 互
相害，[三][宮]1425 用一人，[三][宮]
1460 互説僧，[三][宮]1592 互作客，
[三][宮]1611 共不，[三][宮]2122 相，
[三][宮]下同 721，[三][宮]下同 721
互歌舞，[三][宮]下同 721 相誑，[三]
[宮]下同 721 相心，[三][宮]下同 833
相瞻視，[三][宮]下同 1592 互作因，
[三]99 相破，[三]721 相食噉，[三]
1340，[三]1340 共防守，[三]1344 相
謂言，[三]1427 相覆過，[聖]190 相
殺害，[宋][元]、空[宮]2121 相讚嘆，
[元][明]721 相妨礙，[元][明]下同 671
爲父母，[元][明]下同 721 互相喚。

共：[三][宮]397 相劫奪。

互：[三][宮]1425 相藏過。

迷：[明]671 共相分，[三][宮]820

惑貪婬。

若：[三][宮]721 遠處者。

失：[三][宮]1565 相攝故。

送：[甲]2035 窮文之，[明]1425 相覆過。

隨：[三][宮]721 相附近。

逸：[甲]2053 多唐言，[甲]2053 多王之，[甲]2270 多唐言，[宋][乙]2087 多王之。

造：[甲]1512 相形奪，[甲]1724 書今離，[甲]1851 相扶佐，[甲]2339 相見故。

怢

快：[甲][乙]2259 苦根未。

埕

蛭：[宮]2103 之小比，[宋][元][宮]2122 之小比。

嚏

喫：[宮]818 於乳而。

嚏：[明]2016 願思，[明]1451 噴時大，[明]1451 噴之聲，[元][明]1428 諸比丘。

嚏：[元][明]201 時瞿。

摖

澄：[甲]2255 心清淨。

牒：[甲]1705 前品中。

褋：[明]2131 截摖葉。

疊：[聖][另]1463 僧伽梨。

搆：[原]2317。

攝：[三][宮]1435 袈裟著。

勢：[宋][元][宮]、褻[明]、疊[聖]1463 敷具及。

條：[原]2317 亦似幻。

葉：[三][宮]2121 未死之。

蝥

婬：[三][聖]294 他摸利。

絰

地：[三][宮][聖]397 夜他一。

伏：[宋][元]、婬[明]1336 呎一婆。

經：[宮]397 唧余歌，[甲]1848 依匠合，[三]2146 雜事一，[宋]1162 栗砧頍。

婬：[三][宮]397 夜他一，[三]下同 1336 他漚究。

牒

版：[甲][乙]2207 今黃紙。

彼：[乙]1736 釋云自。

辨：[甲]1816 上來所，[甲]1830 說一切，[乙]1821。

摽：[元][明]2066 想念。

標：[甲]1698，[甲]下同 1735 釋結今。

除：[甲]1786 文示義。

此：[乙]1821 通。

摖：[明]1435 著衣囊，[元][明]100 衣以敷。

褋：[三][宮]1466 不淨補。

諜：[明]2145 如故大，[三]2087

誠無與。

裻：[三][宮]1462 衣裳授，[元][明]2040 僧。

疊：[三][宮]1452 名而守，[元][明]613 僧伽梨。

煩：[甲][乙]1822 釋。

將：[乙]2263 既言於。

結：[甲][乙]1821 前，[甲][乙]1821 前問起，[乙]1821 前問起。

録：[原]1858 如。

明：[聖]1723 所疑事。

譬：[甲]2196 六通達。

僕：[宋]211 國中有。

勝：[甲][乙]1822 釋也。

師：[乙]1821。

釋：[甲]1821 難復釋。

疏：[甲]2273 文軌師。

頌：[甲]1821 前問起，[乙]1821 前問起。

條：[宮]2122 親屬頭，[甲][乙]2194 初載傳，[甲]2328 成佛也，[三]384 敷金棺，[乙]1736 列前之，[乙]2249 別云造。

帖：[甲]2253 頗狼藉。

脱：[甲]2218 五字是。

褻：[元][明]1，[元][明]1 僧伽梨，[元][明]2121 僧伽梨。

葉：[明]279 靈文亦。

儀：[三][宮]1810。

餘：[内]2286 本論文，[内]2286 之本論。

緣：[甲][乙]1822 説皆無。

約：[乙]1821 轉計破。

徵：[甲]1735 釋初中。

喋

喋：[甲]1712。

候：[原]、條[甲]2299 第四句。

裻：[元][明]1 而敷吾。

裸

揲：[三][宮]1460 新者上。

裸：[宮]1808 葉衣若。

㯓：[宋][元]1808 葉衣持。

蹀

縶：[聖]211 躡而欲。

諜

喋：[元][明][乙]1092 捷利慈。

牒：[三]、講[宮]2060 降狎言，[三][宮]2060 有所遺，[元][明]2122 周陳。

謀：[三]205 計即。

條：[甲]2068 即披讀。

裻

牒：[三][宮]1425 即布是，[宋]156 被枕初。

縶：[宮]1808 舉之入，[甲][乙][丙]1073 不得截。

疊

揲：[三][宮]、牒[聖]1428，[三][宮]1443 多有營，[三][宮]1463 衣時當，[三][宮]下同 1443 以充座，[三]1441 罍多羅，[宋]、裻[元][明]26 優哆。

襟：[宮][另]1428 彼須蓋，[明]2122 又有兩，[三][宮][聖]1428 僧伽梨，[三][宮]1421，[三][宮]1433 事作法，[三][宮]1435 著本處，[三][聖]190 以鋪草，[聖]1421 此衣持，[宋][元]201 在一處。

裸：[宋][元][宮]、襟[明]1428 僧伽梨。

褺：[三][宮]1462 肩上或，[宋][元][宮]、[明]、襟[聖]1428 授與跋，[宋][元][宮]、氎[明][甲]901 若淨絹，[元][明]26，[元][明]2040 爲四。

氎：[三]2145 不燃顏，[乙]2393 或餘繒。

動：[宮]2121 咸思惟。

甀：[三][宮]1442 甄匠處，[三][宮]1458 甄而作，[三][宮]2060 石爲高，[三][宮]2060 以爲樓，[三]2087 以，[三]2088，[三]2088 以崇固，[元]901 合娑羅。

累：[三][宮]2103 土從淺。

槃：[三][宮]2122 般那處。

上：[甲]2128 也經中。

礜：[甲]2128 也説文。

楪：[明][乙]994 珍果八，[三][乙]1008 食然四。

夷：[三]1 奉。

宜：[三]1451 使正方。

甀：[甲]1911 則有十。

氎

絹：[三]1058 得圖畫。

吔

吔：[三]1336 摩蹬祇。

丁

長：[三]100 大驍勇。

疔：[元][明]1006 病瘇病。

釘：[三][甲]901 埋怨人，[三]1 四名飢。

干：[甲]1805 計反噴。

寧：[甲]2039。

下：[宮][甲]1805 嗟其愚，[甲]2128 反蒼頡，[甲]2128 反或從，[三][宮]433 尾紫金，[三][聖]190 面叫喚。

紙：[甲][乙]2219，[甲][乙]2219 什曰無，[甲][乙]2219 釋意處，[甲][乙]2219 引十地，[甲][乙]2219 云毘紐，[甲]2219 云令得，[甲]2219 云起諸。

疔

丁：[三][聖]1579 上氣疹。

耵

結：[三][宮]1548 膿血津，[三][宮]1548 聤膿血。

釘

打：[宮]901 著病人，[三][另]1442 杙深四，[三]311 鐵，[三]1005 龍頭上，[另]1721 之著棟。

丁：[宮]1435 之雨從，[甲][乙][丙]1184 之，[三][宮][另]1435 鉢，

[三][宮]1428 若朱泥，[聖]1452 刺何故，[聖]1452 徐徐疎，[宋][元][宮][聖][另]1442 釘或於，[宋][元][宮]1451 釘之，[原]1179 香。

鈴：[乙]2092 合有五。

栓：[宮]721 釘其口。

釿：[三][宮][聖]1437 頭著泥。

針：[乙]981 障起方，[乙]2408 狀。

頂

幢：[甲]1092 菩薩。

巔：[三][宮]2121 山爲不。

頓：[宮]309。

煩：[甲]、項[乙]2250 鳥謂此，[甲]2250 出諸經。

佛：[乙]2408 謂。

界：[甲]871 瑜伽略。

經：[乙]2396 十六大。

頸：[宮]2103 戴奉持，[三][宮]397，[乙]1821 又以龍。

敬：[三]231 禮眞淨。

頸：[三]、項[聖]125 骨，[三][聖]26 山南。

領：[甲]2271 反秀也。

輪：[甲]950 王大奇。

面：[三]1397 禮敬諸，[聖]157 禮足作。

明：[甲]2412 輪王。

傾：[宮]263 戴瞻。

頃：[三][宮]1550 若，[三][宮]2060 受誥命，[三]2145 著阿。

拳：[乙]2393 散外散。

褕：[甲]1816 不求教。

山：[三]642 於此三。

上：[三][宮]606 觀。

愼：[甲]2348 律師受。

順：[甲]1816 生王等，[甲]1921 法位人，[聖]223 三昧。

頭：[宮]2034 經，[甲][乙]852 而在黑，[甲][乙]2207 時人遂，[甲]2196 波旬見，[甲]2245 上有圓，[甲]2322 肉，[明]2076 十，[三][宮]1545 令彼於，[三][宮][甲]901 戴花冠，[三][宮]1435 是名爲，[三][甲]1085 上右轉，[三]192，[三]1428 種若是，[聖][石]1509 上三十，[聖]613 上入從，[宋]1339 作如是，[乙]2391 後次額，[元]424 禮恭敬，[元][明]1509 骨與身，[原]1293 巾其色。

位：[甲][乙]2394 印五百。

現：[三]99 禮。

項：[宮]901，[甲]、頭[乙]1775 上少許，[甲][丙]1141 背亦，[甲][乙]2390 二耳頂，[甲][乙]2391 額乃頸，[甲]1134 前頂，[甲]1728 有聲退，[甲]1924 下居兜，[甲]2084，[甲]2196 本云一，[甲]2261 並見道，[甲]2261 正體後，[甲]2385 也如本，[甲]2402 形如丁，[甲]2402 有束帛，[明][丙]954 舌心也，[明][宮]721 下入舌，[明]613 堅強至，[明]1681 莊嚴穆，[明]2110 後八臂，[明]2153 王經一，[三]、頭[宮]1425 若齊，[三][宮][聖]278 智首解，[三][宮][聖]397 乾闥婆，[三][宮]522 有圓光，[三][宮]606 上

勿妄，[三][宮]673 背輪光，[三][宮]721 髑髏如，[三][宮]721 上令人，[三][宮]721 以善業，[三][宮]1425 上從兩，[三][宮]1442 上更畜，[三][宮]1624 等別形，[三][宮]1659 脊臂肘，[三][宮]2040，[三][宮]2121，[三][宮]2121 有光，[三][宮]2122 繫，[三][宮]2122 有日月，[三][聖]190 上大火，[三]866 上加本，[三]866 上兩邊，[三]991 及以手，[三]1152 上而作，[三]1335 上得如，[三]1341 令就衣，[三]1341 正本云，[聖]、頭[聖]26 手捉，[另]613 上爾時，[宋][宮]2060 上紫，[宋][元]2153 經永元，[宋]1340 髆者是，[乙][丙]876 額前及，[乙]1069 以右手，[乙]2157 彼國以，[元][明][甲]901 背有光，[元][明]643，[元][明]992 龍王深，[原]1072 下著諸，[原]1864 受大法。

須：[甲][丙]、項[乙]2089 岸山發，[甲][乙]2391 金剛掌，[甲]893 方一肘，[甲]1723 上烏，[明]721 禮世尊，[三]950 行此，[宋][宮]1509 摩訶迦，[原]2339 直依一。

鬚：[明]316 髮被法。

眼：[甲]853 印。

原：[宋]、元[宮]585 相身。

願：[元][明]375 智信心。

縱：[三]1 廣四萬。

鼎

衡：[元][明]2103 偏高。

縣：[三][宮]2060 鼻山釋。

昇：[甲]1988 革廢址。

矴

可：[甲]1805 疏云若。

砢：[甲]2120 諸雜石。

定

安：[明]1562 足謂欲，[三][宮]1604 而不見，[乙]2390 拳按腰。

八：[乙]2228 相好能。

寶：[甲]1733 從。

本：[甲]2266 地散。

必：[宮]1486 當墮極。

不：[三][宮]1546 應說有。

測：[乙]2249 且可載。

察：[甲]2274 之宗非。

禪：[明][甲]1175 羽置於，[三][宮]1521 得三種，[乙]2263 以上例，[知]598 彼。

成：[甲][乙]1822 故不，[甲]2263 由此有，[甲]2266 恐，[甲]2274 及，[聖]1763 反覆致。

處：[宮]2043，[甲]2367 也今，[甲]2778 知，[聖]1 淨修。

從：[三][宮]221 解，[三][宮]2102 意生形，[三][宮]2103 制度爲。

促：[宋]5 絕生死。

答：[原]1828 自下正。

道：[甲][乙]1822 用，[甲]2262 三十。

得：[甲]1816 成滿住，[三][宮]481 意根。

地：[甲]2262，[甲][乙]1822，

[甲][乙]2263 也瑜伽，[甲]2263 感總報，[甲]2266 有義此，[三][宮][聖]221。

等：[元][明]2122 極惡何。

淀：[甲]2299 之一云。

錠：[甲][乙]1866 光頗，[明]193 光佛時，[三][宮]479 光佛我，[三][宮][聖][石]1509 光佛授，[三][宮][聖]425 光佛是，[三][宮]263 光世尊，[三][宮]401 光佛而，[三][宮]425 光佛所，[三][宮]477 光諸佛，[三][宮]585 光如來，[三][宮]635 光佛世，[三][宮]638 光如來，[三][宮]1507 光我時，[三][宮]2121 光如來，[三]154 光佛是，[三]186 光佛授，[三]186 光受爲，[三]193 光，[三]210 明不返，[三]361 光如來，[聖]211 見身形，[宋][元][宮]425 光，[宋][元][宮]425 光，[元][明]212 明。

逗：[三][宮]2122 留如。

斷：[甲][乙]1822 於未斷，[甲]1828 慧思別，[三][宮]1591 而有方。

耳：[明]2154 又按梁。

發：[元][明]1339 問何者。

乏：[宮]1521 定屬。

法：[三][宮][聖]639 不久見。

改：[甲]2339 是有有。

敢：[甲]1736 言爲無。

宮：[宮]656 故種種。

共：[甲]2273 以爲過，[甲]2274 也次云。

故：[三][宮]1545 者謂能。

光：[乙]2254 云或等。

恒：[乙]2328 云云，[原]、定是是定[甲]1780 是故常。

後：[明]2087 從定起。

慧：[甲]2266 普於所，[三][宮]1548 根是名，[乙][丙]1201 鞘中。

寂：[三][宮]656 起復有，[三][宮]1549 無漏不，[三]154 然其心。

家：[甲]1828 緣四成，[元][明]2103 陳五禮。

見：[甲]1836 貪等煩。

建：[甲]1873 本。

經：[三]2145。

竟：[甲]1722 成佛則，[聖]223 爲不畢。

淨：[甲]2288 慧即理，[三][宮]310。

靜：[宮]659 功德受，[明][乙]、淨[丙]1076 意當於，[聖]99 少慧於，[原]1851 見。

究：[乙]2296 竟即以。

具：[宋]、見[元][明][宮]616 色云何。

決：[甲]2266 除捨。

絕：[宮]1581 之相非。

空：[宮]1912 慧二力，[甲]、空觀[乙]2254 文，[甲][乙]1822 前，[甲]1709 也廣作，[甲]1921，[甲]1921 發無漏，[甲]1921 力即中，[甲]2214 也故經，[甲]2255 是爲大，[甲]2300 實即不，[甲]2317 俱思上，[甲]2759 也成就，[明][宮]374 非善非，[明]1505 問是，[三][宮]374 是無法，[三][宮]656 欲以斗，[三][宮]1428 處亦如，

[三][宮]1484 門，[三][宮]1509 無常相，[三][宮]1548 六出界，[三][宮]1559 差別生，[三][宮]1611 不得一，[三]606 色痛，[三]888 滅盡定，[聖]、－[石]1509 空相，[聖]1509 佛十力，[聖]1509 五神通，[聖]1509 有非但，[聖]1509 有衆生，[聖]1548 方便，[聖]1763 相見因，[聖]2157 三年出，[另]1721 相，[另]1721 也以不，[宋]、加[元][明]1424 之現前，[宋]、實[宮]821 在是數，[宋][元]、之[宮]2060 業不測，[宋][元]2104 論也，[乙]2211 觀五，[乙]2215，[乙]2215 故云云，[乙]2263 以上惑，[乙]2309 故，[乙]2812 宗故，[元][明]2016 體似有，[元][明]2016 無，[元]80 入無所，[原][甲]1851 望彼，[知]418 佛告陀。

立：[甲]2263 佛法者，[乙]2157。

林：[三]2110 寺并州。

論：[甲]1863 者如寶。

名：[乙]2249 故入無，[乙]2309 明增。

命：[明]316。

能：[甲]2036 奪俾從。

寧：[乙]1822 有彼猶。

豈：[原]2271 不是違。

謙：[三]2146 譯。

情：[甲]2266 執評詮。

然：[宮]263 無有諸。

肉：[甲]1781 身菩薩，[三][宮]2121 墮手中。

入：[甲]1821 又。

散：[三]1509 是名。

色：[原][乙]1775 相若見。

善：[乙]1822 中六謂。

捨：[宮]664。

甚：[聖]200 飢渴不。

生：[甲]1724 二發心，[甲]1821 遠離虛，[甲]2195 人，[甲]2261 吉凶，[明]2123 四時報。

聲：[甲]2274 境。

施：[甲][乙]1822 如是説。

食：[元][明]844 復得最。

寔：[甲]2261 生化之，[明]2110 義具，[聖]189 事火佛，[聖]2157 繁所誦。

實：[甲]1834，[甲]2195 是高名，[甲]2281 法能和，[甲]2281 量有作，[甲][乙]1821 義於有，[甲][乙]1822 前後，[甲][乙]2261 非若我，[甲][乙]2328 相不可，[甲]1709 故有無，[甲]1828 不可得，[甲]2261 相應故，[甲]2266 不然薩，[甲]2281 難會通，[甲]2305 性名爲，[甲]2309 有八十，[明]220 非草木，[乙]、－[乙]2396，[乙]2249 可定共，[原]、[甲]1744 義若，[原]2262 變，[原]2208 況彼二。

識：[宮]1509 凍冰中，[三][宮][聖]305 諸法進。

是：[宮]1552 品第，[甲]、足[甲]1816 故能顯，[甲]2196 緣此理，[甲][乙]1072 印誦眞，[甲][乙]1821，[甲][乙]1822 共證婆，[甲]1735 論詮於，[甲]1782 二地分，[甲]1821 云何初，[甲]2254，[甲]2266，[甲]2266 何以故，[甲]2266 四聖諦，[甲]2266 心等

文，[甲]2266 行勢力，[甲]2271 實有
許，[甲]2274 無能立，[明]1669 常住
大，[三][宮][聖]225 脱，[三]1548 初
四色，[聖]1763 無法而，[宋][宮]1571
若住相，[宋]1559 非別類，[乙]2261
通引任，[乙]2254 無邪名，[乙]2263
可法身，[元]、之[明]225 福多無，[元]
[明]245 時班足，[元]1579 趣，[元]
2016 實法但。

室：[宋]1559 至得離，[宋][元]
1546 微細相。

受：[甲]1816 受異熟，[甲]2196
生善此，[明][甲]1177 力而，[三][宮]
425 以，[三][宮]1525 戒説又，[三]
[宮]1552 即以此，[三][宮]1558 及無
想，[三][宮]1559 定爲報，[三]413，
[聖][另]285，[聖]663 供養恭，[乙]
[丙]1866，[元][明]186 以爲第，[元]
[明]658 持無，[原]、[甲]1744 根起
者。

疋：[甲]2128 糅雜也。
思：[甲]2263 之。
死：[元][明][宮]1562 心。
四：[宋][元]26 如意足。
宿：[甲]2266 業力感，[三][宮]
[聖]292 正。
雖：[乙]2777 不得不。
所：[甲][乙]2263 判似違。
天：[甲]1705 功德定。
同：[甲]1821 先舊，[乙]2249 也
但於。
完：[知]2082 密。
宛：[甲]2250 故所以。

無：[甲]1851 常苦樂，[原]1780
空也以。
心：[三][宮]1648 是謂内，[聖]
1441 增上慧。
虚：[甲]1069 心合掌。
宣：[甲]2167，[甲]2167 公卿士，
[三]2103 意謹白。
穴：[宮]1647 名乃至。
言：[甲]2204 住定中，[甲]2271
但十八，[甲][乙]1822 二同善，[甲]
[乙]1822 聲，[甲][乙]1822 無表雖，
[甲]2192 其實不，[甲]2195 不輕近，
[甲]2195 七萬二，[甲]2249 得緣麟，
[甲]2262 以何理，[甲]2263 無常，
[甲]2266 過者問，[甲]2271 名無空，
[甲]2271 有，[甲]2305 彼，[甲]2400
心上左，[聖]1544 學見現，[乙]1821
無表雖，[乙]2263 斷三四，[乙]2370
有成佛，[原]1744 人天或，[原]1842
所別亦，[原]2231 此蘇悉，[原]2297
行人知。
夜：[三][宮]2121 入火光。
意：[三][宮]425 度，[原]1829 顯
由殺。
應：[元][明]1602 不可得。
有：[宋]1564 性不。
欲：[原]1695 謂起大。
悦：[另]1428 解脱三。
云：[甲]2263 無漏以。
災：[宮]1562 遭火水。
造：[甲]2339 爲能造。
宅：[三][宮]1548 欲，[三][宮]
2102 於善必，[聖]310 寂定爲，[聖]

1723 生惑不，[乙]2244 而起欲。

綻：[甲]2400 印住等。

者：[三][宮]397 是則名，[元][明]1339 上無。

眞：[元][明]839。

鎮：[明]2076 州善崔。

正：[宮]2008 對慈與，[三]1339 法，[三]2153 諸部毘。

之：[宮]278 智趣不，[宮]443 轉如來，[宮]622 清淨就，[宮]1548 憶念不，[甲]2128 幡以寶，[甲]2157，[甲][乙]1822 也論，[甲][乙]1822 願，[甲][乙]1929 力用也，[甲][乙]1929 人當好，[甲][乙]2394 當知此，[甲]1744 所以，[甲]1775 則情隨，[甲]2253 中意識，[甲]2271，[甲]2281 但疏云，[三]190 故寧放，[三]2145 興盡然，[三][宮]398 所行道，[三][宮][聖]292 道場興，[三][宮][聖]292 心不亂，[三][宮][聖]1585 麁動想，[三][宮]399 志性和，[三][宮]414，[三][宮]606 難傾，[三][宮]627 慧乎濡，[三][宮]1546 復次禪，[三][宮]1550 所攝，[三][宮]2059 爲用大，[三][宮]2060 靜遊無，[三][宮]2103 妖戎國，[三][宮]2122 有然傅，[三][宮]2123 常唯，[三]26 喜，[三]374 相何以，[三]1331 無疑澡，[三]2110 寺並式，[三]2123，[三]2151 衆趣，[聖]234 法如海，[聖]125 法諸法，[聖]210，[聖]1421 爲當因，[聖]1509 相五波，[聖]1562 非擇滅，[聖]1763 罪相成，[元][明]156 實消息，[元][明]658 者知已，

[原]1141，[原]1776 所纏縛，[原]1776 爲空於。

至：[聖]1723 法身，[乙]2309 自乘不。

重：[甲]1736 明重現。

住：[三][宮]1548 中境界。

轉：[三][宮][聖]1602 利根者。

字：[宮][聖][石]1509，[甲]1782 文字，[甲]2261 心等亦，[甲]2400 印觀下，[乙]2261 三諸行。

宗：[甲]2184 決疑三，[甲]1805 之境局，[甲]2261 果色不，[甲]2266 通名所，[甲]2274 故後即，[原]2270 因具初。

足：[宮]1562 無雜極，[宮]665 或是貝，[宮]1804 前十數，[甲][乙]1929 五種善，[甲]1724 慧力莊，[甲]1775 以誨未，[甲]1781 於是世，[甲]1921 用制其，[甲]2232 慧觀於，[甲]2261 故，[甲]2263 義也，[甲]2290 精進已，[甲]2299 云云，[明]425，[明]1450，[三][宮]、之[知]384，[三][宮]1546 是斷是，[三][宮]683 力童幼，[三][宮]2060 故其，[三]100 樂於閑，[三]155 得勝王，[聖]1512 之境斷，[聖]1548 不滿可，[另]765 受法施，[宋][宮]721 復生異，[宋][元]1585 無慧諸，[宋]156 不可思，[宋]1484 復，[乙][丙]873，[乙]2261 後説爲，[原]1309 名但向。

坐：[乙]1796 起遶已。

成：[甲]2274 過五十，[甲]2274 過者備，[甲]2274 過之義，[甲]2274

三無體，[甲]2281 及與相。

訂

計：[甲]2035 反不通。

飣

釘：[宋][元]211 餁即時。

碻

礙：[三]、矴[宮]1435 上有寶。

鋌

鑛：[元][明]、鐵[宮]232 先加。

錠

燈：[三]、證[宮]425 善思義，[三][宮]425 明王，[三][聖]211，[三]212 滅愛冥。

定：[宮][甲][乙][戊]1958 光如來，[甲]1736 光顯現，[明]627 光而問，[明]2040 光授記，[明]2103 光如來，[三][宮]1462 光佛受，[三][宮][石]1509，[三][宮]278 光佛所，[三][宮]425 光佛初，[三][宮]1521 光等，[三][宮]1646 光等無，[三][宮]2041 光佛曰，[三]152 光，[三]152 光佛，[三]152 光佛是，[三]152 光佛授，[三]210 見身形，[三]1011 光，[聖]381 光如來，[宋][元][宮]425 光佛來，[元][明]310 光佛，[元][明]585 設值斯。

鋌：[三][甲]1039 金必不。

發：[明]278 光金。

庭：[元][明]153 燎我當，[元][明]398 燎，[元][明]585 燎離。

挺：[甲]1792 燭等故，[甲]1792 燭者炤。

綻：[三][宮]2060 七夜恬。

冬

東：[甲]897 龍華。

寒：[三][宮]2060 夏栖息。

久：[聖]1437 時一。

屬：[三][宮]2060 衣服單。

若：[元][明]901 月無華。

東

北：[甲]973 門，[三][宮]397 方海中，[三][聖]834 沒北踊，[乙]2157 涼三藏。

本：[甲]1921 土者也。

秉：[宋]2122 漸所以。

並：[三][宮]2066 契幽心。

曹：[三]2154 魏三藏。

車：[甲]2128 反蒼頡，[甲]2035 平人杜，[甲]2415，[三]1425 庫園林。

陳：[明]2103 其義云，[明]2122 通須臾，[三]2059 通須臾，[三]2154 錄及續。

冬：[明]1334 皆悉等。

都：[三][宮]2122 陽銅像。

更：[甲]2192 方下第。

後：[三]2153 魏興和。

惠：[宮]2060 被未有。

柬：[甲]2129 聲説文。

揀：[聖]1462 已往詣。

來：[宮]2103 三十，[甲]1512 方阿，[甲]1782 在會坐，[聖]1 西隨風，

[聖]324，[聖]2157 都佛授。

連：[三]2088 達神州。

麥：[元][明]1334 門。

南：[宮]901 面北頭，[明]1257 北方安，[三][甲][乙]2087 行二百，[元][明]2088 七里澗。

柬：[丙]2092 有白象，[甲]、車[乙][丙]2134，[甲]2128 川有闒，[甲]2128 反，[三][宮]2122 富陽縣，[元]2016 來即一。

揀：[元][明]2043 大舶天。

宋：[三]2059 大明中。

未：[三]152 始智將。

西：[甲]1735 五六里，[甲]951 當又整，[甲]2087 西五百，[甲]2396，[明]552 晉錄，[三][宮][甲]901 面像面，[三][宮]440 北方遠，[三]78 晉，[三]157 北方去，[三]2153 晉孝武，[乙]1736 谷佛陀。

樂：[聖]1549。

洲：[宋][元]1560 半半減。

朱：[乙][丙]2092 華門亦。

專：[原][甲]1796 作之時。

凍

棟：[三][宮]2034 改元。

董

董：[宋][宮]2060 純與部。

勳：[聖][另]285。

薰：[甲]1718 身應入，[宋][宮]2060 狐庶無。

諫

陳：[聖]1427 僧伽婆。

教：[三][宮]1425。

說：[聖]1425。

問：[三][宮]1425 長老闒，[聖]1425 故不止。

語：[宮][聖]1425 自受苦，[三][宮]1425 汝長老。

諍：[明][宮]532 及罵詈。

洞

調：[甲]2339 達空無，[三][宮]2122 開六欲。

固：[三][宮]2104 二儀垂。

涸：[乙]2120 鄉福。

炯：[三]、同[聖]26 然俱熾，[三]洞然同然[聖]26 然俱熾。

焵：[三][宮]1579 然遍諸。

據：[三]2149 三學之。

通：[聖]475 達。

同：[宮]2102 徹致使，[甲]2095 水迴別，[三]187 見一切，[三][宮]2102 萬機心，[三]1331 慈心相，[聖]2157 明三。

炯：[甲][乙]1214 然如劫，[三][宮]456 然百億，[三][宮]1545 然風吹，[三][宮]1563 燃，[三][宮]2121 燒青煙，[宋][宮]414 然如是，[宋][元]202 然之惡。

網：[甲]2400 達光明。

藻：[三]2145 鏡釋典。

周：[甲]2081 明，[三][宮]2102 內外。

恫

洞：[三][宮]2059 然誦聲。

凍

寒：[元][明]1425 戰相爾。

動

初：[甲][乙]2397 云那莫，[乙]1816 念境故，[原]2262 起文。

觸：[甲]2249 也兩方。

洞：[原]1184 然焰輝。

風：[三][宮][聖][另]1543 地一入。

復：[明]312 還復。

鼓：[甲]1705。

故：[甲]1736 念即乖。

懽：[三][宮]398 悦若聞。

毀：[三][宮]1523 他故是。

減：[三][宮]1581 彼四種。

劫：[甲]1736 時實無。

勁：[明]2103 風。

劇：[明]1428 爾時比。

覺：[甲]1851 心後心。

勞：[甲]1846。

離：[三][宮]1523 病因前。

流：[三][宮][甲]2053 音金花。

漏：[三]213 道。

亂：[明][乙]994 也。

茂：[三][乙]1092 盛若散。

能：[三]99 亂繫心，[三]292 堪任載。

起：[三][宮]743 持心當。

勤：[甲]1829 故餘三，[甲][乙][丙]2394 苦至終，[甲]1784 習空中，[甲]1924 顯現虛，[甲]2017 念佛誦，[甲]2266 等適悦，[甲]2339 行名，[明]2016 思慮不，[明]400 搖期，[明]2060 及至蜀，[三][宮][知]266 苦患，[乙]2393 作，[元]640 所，[原]1859 老云用，[原]2196 皆爲物，[原]2723 行但其。

勦：[宮][聖]1509 以手足，[甲]1921 營衆事。

輕：[甲]893 重乃至。

請：[乙]2408 也佛。

勸：[甲]、動[甲]1782 現威儀，[甲]1816 觀慧亦，[三][聖][宮]234 無去，[三]266 衆生及，[聖][甲]1733 起況彼。

却：[原]2339 命根等。

染：[元][明][聖]310 能爲衆。

若：[乙]1092 現三相。

失：[三]1545 無願三。

始：[三]1582 精進一。

同：[甲]2339 從五種。

慟：[宮]1605 心爲，[甲][乙]2261 城空中，[甲]2036 絶水漿，[明]193，[三][宮]665 聲悽感，[三][宮]1541 不依寂，[三][宮]2060 兩宮吊，[元][明]188 王聞太。

物：[聖]1425 彼物偸。

陷：[三]1331 若諸方。

相：[三]76 難可籌。

熏：[宮]1552 於身不，[三][宮]1546 不淨觀，[元][明]158 人天隨，[元][明]721 心歡喜。

勳：[宮]687 諸天明，[甲]1709 眠三界，[甲]2128 也，[三][宮]263 無，[三]205 唯舍，[聖]1509 有戲，[宋][元]448。

搖：[乙]1069 聞從。

運：[甲]2012 念即乖，[原]1851 觀法本。

振：[宋][元][宮]、震[明]1509。

震：[聖]271。

之：[宮]2085 汗流所，[明]1119 爲磬奉。

種：[宮]618 物三百，[甲]2792 觸輕觸，[明]293 作過勞，[明]613 時見一，[三][宮][聖]310 震動，[三][宮][聖]1552 故說無，[三]291 聖，[三]2111 植殊途，[聖]222，[聖]606，[宋][宮]681，[元]125。

重：[三][宮]1545 故非隨，[三][宮]1425 器物亦，[三][宮]2122 或，[聖]354 若復難，[原]2130 第十卷。

軸：[甲]2879 三千大。

助：[甲]2266 故詳曰。

轉：[甲]1799 風力無，[甲]1742 者法性，[甲]2263 故，[三][宮]221 於諸禪，[三][宮]586 何謂菩，[三][宮]1435 淨人語，[三]23 風四者，[聖]1582，[宋]99，[元][明][聖]224 佛言是。

勤：[乙]2408 行等。

楝

板：[宮]1435 所依處。

秤：[甲]1851 閣上樹。

橡：[三]、掾[宮]1435。

楝：[宋][元][宮][乙]901 葉一呪。

揀：[甲]2266 前二思，[甲][宮]1799 小名大，[甲]2039 擇，[甲]2129 也下多，[明]2131 其大過。

簡：[三][宮][聖][另]310 擇得無，[聖]2157 一勝處，[原]958 可爾反。

煉：[明]2110。

練：[甲][丙]、縛[乙]973 葉擣取，[甲][乙]981 乃至，[宋][宮]、楝[元][明][甲]901 樹皮是，[宋]1103 木葉火。

疎：[原]2266 遠身莊。

棟：[三]1007 者爲或。

椿：[三]、桐[宮]1462 不得。

湩

乳：[三][宮]518。

潼：[明]152 乎對曰，[三][宮]2034 譬喻經，[三]152 交流曰，[三]2153 譬喻經，[宋]2153 譬喻經。

種：[三]、橦[宮]671。

駉

駉：[元][明]2102 未塞乎。

都

鄙：[明]2145 不備飾。

部：[宮]2123，[三]2154 數與前，[聖]2157 二十件，[乙]2397 會壇唯。

常：[明]245 如幻居。

城：[三][宮]2034 譯。

次：[三][宮]1488 及怨家。

堵：[三]2060，[宋]152 絕慳貪。

睹：[明][乙]1110 弭滿跢。

覩：[丙]1184 二合，[宮]279 不可思，[宮]263 皆觀，[宮]1684 二合戴，[宮]2087 貨邏國，[甲]1828 史多天，[甲]2084 如來遂，[甲][丙][丁]1141 史陀天，[甲][丙]2397 史天宮，[甲][乙][丙][丁]1141 史陀天，[甲][乙]872 史天宮，[甲][乙]981 嚕二合，[甲][乙]1796 得也扇，[甲][乙]2390 二合帝，[甲]861 娑嚩婆，[甲]952 瑟扼沙，[甲]1030 嚕都，[甲]1112 二合茗，[甲]1174 二合寐，[甲]1304 曩，[甲]1512 榮位情，[甲]1782 羅綿勝，[甲]1782 史多天，[甲]2135 路麼，[甲]2196 果以徵，[甲]2266 史多天，[甲]2400 努迷摩，[甲]2434 無有義，[明][丙]、吐[甲][乙]1214，[明][丙]954 瑟尼二，[明][丙]1277 嚕二合，[明][宮]397 不能見，[三]737，[三][宮]1594 諸大菩，[三][宮][知]598 一切，[三][宮]263 不可得，[三][宮]281 入人根，[三][宮]310 無增，[三][宮]627 諸經法，[三][宮]665 刺死，[三][宮]1425 二名舍，[三][宮]1451 史多，[三][宮]1459 波，[三][宮]2053 史多宮，[三][宮]2102 於，[三][宮]2122 設，[三][甲]1038 三十八，[三][乙]865 使，[三][乙]2087 貨邏國，[三]152 然拜表，[三]193 普世衆，[三]201 悉無，[三]401 不可得，[三]865 咩婆，[三]1014 我，[三]1058 嚧二合，[聖]125 不起想，[聖]425 使永盡，[宋]374 不見人，[乙]867 都，[乙]912 徒麼野，[乙]1269 底一迦，[乙]2263 諸大菩，[乙]2362 史乃至，[乙]2391 婆放光，[乙]2391 婆率，[乙]2391 因，[乙]2394 竟洗手，[乙]2396 率天上，[乙]2397 見五前，[元][明][聖]224 是三處，[原]1776 之尊敬，[原]2248 婆此云，[原]1818 瑞經處。

多：[明]201 無異。

敢：[甲]2309 無，[三][宮]1546 忘失故。

即：[三][宮]1577 是同一。

教：[宮]309 自虛寂，[甲]1782 三理四。

皆：[三][宮]1581 空是，[聖]200 在唯願。

劫：[甲]1268 有所損。

俱：[原]1858 無得無。

郡：[甲]1287 是夜叉，[甲]2039 王食邑，[三][宮]2059 陣人早，[三][宮]2060 後入洛。

苦：[明][宮]1673 滅。

聊：[明][宮]703 不迴顧。

那：[三][宮]721 鬼知殺，[三][甲]1039 摩那。

祁：[宋]200。

起：[甲][乙]1822 無功德，[乙]1816 不能斷。

却：[甲]2266 隨眠離，[甲]2217，[宋]206 復往龍。

實：[另]1509 空不生。

陽：[三]2149 譯。

耶：[宮]322 爲苦如，[甲]901 六莎。

郁：[甲]2128 伽，[元][明]614 餓反提。

者：[宋][元]、唯[明]516 一。

州：[三][宮]2060，[三]2153 譯。

兜

鼻：[三]1336 帝一鳥，[三]1336 奢夜叉。

都：[甲][乙]1866 率，[甲]1709 率下乃。

篼：[三]2060。

多：[三]125。

兒：[明]2121 本經，[三]2153 本經月。

匼：[三]2123 餧之熟。

梵：[明]2145 沙經一。

光：[聖]190 水牛。

究：[元]1435 羅絎。

炮：[三]1336 沙陀絁。

遮：[宮]671 讓蘇弗。

篼

兜：[宋]115 之熟視。

抖

斗：[三][宮]1559 波物，[宋][宮]1425 撒筐一，[宋][元][宮]1507 撒塵土。

科：[宮]2122。

枡：[聖]26 撒去塵，[聖]1428。

頭：[乙][丙]2777。

陡

斗：[宋][元]2061 高清泉。

蚪

虬：[甲][乙]1736 初立以。

斜

斗：[宮]639 秤欺誑，[三][宮]2102 米敎出，[三][宮]2121，[三][宮]2123，[三]984 母，[三]1058，[三]1301 不當復，[三]1332 水煮取，[乙][丙]1246 柄前。

斟：[宋]、斜[元][明]190 於然燈。

升：[三][宮]2122 塊口中，[三]2125 二斜，[聖]639，[元][明]203 米炊作。

斗

柄：[三]99 傘蓋金。

舛：[三][宮][甲]2044 米兼課，[三]1336 先從頭。

科：[三][宮]、升[另]1451 枡梁棟。

蚪：[三]643 形流出。

斜：[三][甲]951 白，[三][甲]951 各於瓮，[三]1425 六升中，[三]1532 秤，[宋][元][宮]721 欺誑於，[宋][元]1 秤欺誑，[元][明]658 欺誑於。

合：[三]2122 並無何。

斛：[元][明]1314 各施一。

許：[甲]2263，[乙]2254 得之不。

井：[三][宮]2103 米不進，[三][宮]2122 說生天。

牛：[原]1308。

升：[東]643 瓶閣浮，[宮]901 然燈處，[宮]2122 米賊前，[宮][聖]1428 米作食，[宮]901 者滿盛，[宮]2085，[宮]2103 故世謂，[宮]2103 世號米，[宮]2121 瓶其，[宮]2121 作飯，[宮]2123 與他，[和]、舛[知]786 比丘誦，[甲][乙]2194 極赤色，[甲]1333 者二口，[甲]1828 稱等無，[甲]2073 背負而，[明][宮]2123 舊人身，[三]、[宮]2122，[三][宮]2123 當今一，[三][宮][聖]1443 之處云，[三][宮][另]1435 一斗，[三][宮]619 許漸漸，[三][宮]1435 器以供，[三][宮]1536 僞斛函，[三][宮]1537 僞，[三][宮]1546 種後所，[三][宮]1808 三斗，[三][宮]1810 小者一，[三][宮]2040 金貿一，[三][宮]2053 每，[三][宮]2053 餘法師，[三][宮]2060 背負而，[三][宮]2060 擯榔豆，[三][宮]2060 斛與世，[三][宮]2121 而食一，[三][宮]2121 金貿一，[三][宮]2122，[三][宮]2122 不知所，[三][宮]2122 還常，[三][宮]2122 量折損，[三][宮]2122 米，[三][宮]2122 米精一，[三][宮]2122 弄，[三][宮]2122 用之無，[三][宮]2122 與汝坐，[三][甲][乙]2087 光明時，[三][甲][乙]2087 靈鑒，[三][甲][乙]2087 昔者世，[三][甲]1229 盛銅器，[三][甲]下同1228 置泉，[三]1 浮樓輪，[三]20 秤，[三]190，[三]193 斛滿，[三]196 斛懸殊，[三]205 語婦曰，[三]643 口但出，[三]1202 五升從，[三]1336

泍莎呵，[三]1435 一比丘，[三]1464 分人馬，[三]2088 絕既無，[三]2103 即遣行，[三]2121 分半奉，[聖][另]1443 立其券，[聖][另]1458 秤欺誑，[聖]99 繳蓋至，[聖]99 爲一阿，[聖]224 半斗，[聖]361 量盡也，[聖]376 星月盡，[聖]1425，[聖]1428 耶即如，[另]1428，[石]1509 入，[石]1509 者索欲，[宋][宮]2103 俗，[宋][元][宮]、外[明]1536 僞秤僞，[宋][元][宮]2122 米道不，[宋][元]152，[乙]2087 穀以饋，[乙]2879 謂之盜，[元][明][宮]1559 於中立，[元][明]986，[元][明]1336 水一掌。

十：[宮]2059 米，[甲]2128 也，[甲]2128 在欒兩。

外：[甲]、升[乙]2087 餘雜色，[知]384 宿朋友。

一：[三]152 升也道。

汁：[宮]1618 樓此言，[三]212 骨沈在。

陟：[明]2076 暗誰當。

豆

荳：[丙]973 蔻白芥，[明]1257 粥獻部，[明]2125 蔻糅以，[三]1441 等擲諸，[宋][元][宮]824 麥種種，[宋][元][宮]1462 爲初乃，[宋]26 斷受生，[宋]374 麻子粟，[宋]1092 小豆，[元]1092 蒸餅乾。

闍：[元][明]471 那掘多。

度：[三][宮]402 摩。

亘：[三][宮]385 修天首，[聖]

1763 然不改。

侯：[丙]2003 切張弓。

叵：[三][宮]2122 蛇騰空。

麥：[原]1307 有。

豈：[明]1549 而不説，[宋][元]202 當用散。

丘：[宮]397 多邏斯。

頭：[宮][石]1509 天眼第，[石]1509 色界四。

荳

豆：[明][甲][乙]1276 荳礙破，[三][宮][聖]1536 寇或餘。

逗

豆：[三]2145 遮婆羅，[元][明]377 語力。

讀：[明]262 我還爲，[聖][石]1509 若自失，[宋]395 以上著。

惑：[明]2123 於，[三]190 於我我。

投：[聖]225 取時持，[宋][元][宮]269 相得太。

益：[甲]1733 前。

遊：[明]2059 江。

追：[宮]1911 緣大小。

梪

短：[甲]2299 耶答今。

脰

頭：[三][宮]607 頸，[三]2110 陷腦之。

鬪

道：[明]2149 場寺出。

閑：[三]329 靖零落。

鬭

闡：[宋]1036 戰怖解。

道：[甲]2073 場禪師，[明]2154 場禪師，[明]2154 場寺共，[乙]2157，[乙]2157 場寺共。

斫：[聖]823 諍如是。

闍：[三]205 問其所。

斝：[甲][乙]1822 應亦是。

共：[三][宮]1425。

拒：[甲]1921 競蓋乃。

開：[甲]874 而豎次。

鬧：[明]26 論食。

鬮：[丙]1076 得勝或，[三][宮]1425 爲福事，[三][宮]2102，[三][宮]2103 衆生。

勝：[三][宮]443 戰如來。

聞：[三][宮]270 諸鳥，[三][宮]2045 喚呼不，[三]2110 也但是，[另]1435 諍相言，[宋][宮]、門[元]、道[明]2059 場禪師，[元]125。

戰：[宮]272 者有福，[三][宮]1546 世尊以。

最：[明]1636。

竇

竇：[宋][宮]、浣[元][明]624。

浣：[元][明]624 已四諦。

瀆：[宮]1435，[宮]1435 伏竇。

實：[甲]1766 建德盧，[三][宮]

458，[聖][另]1442 若起牆。

台：[甲]2348 州，[戊][己]2089 州開元。

續：[三]945 迹是義。

穴：[三][宮]1451 令水外。

督

都：[三]2110 錄使者。

皆：[甲][知]1785 進深行。

淑：[三][宮]2121 在法説。

香：[聖]2157 梁難敵。

闍

闍：[宮]397 五莎，[宮]2121 勇健多，[甲][乙]2087 林伽藍，[甲][乙]2391 文闍句，[甲]1733 那，[明]386 多迦，[明]440 梨尼光，[明]81 梨和尚，[明]384 羅翅舍，[明]721 皆爲老，[明]1094 延底藥，[明]1341，[明]2121 維之薪，[明]2151 世王經，[三][宮]1545 月白半，[三][宮]2121 婆陀羅，[三][甲]901 三，[三][甲]1167 嚙誐娑，[宋][元][宮]2121 世王經，[宋][元]2088 林寺，[宋]721 智羅花，[元][明]1546 樓虫行。

暗：[三][宮]1462 婆，[三][聖]190 手執韣，[三][聖]190 亦破裂，[宋]、闇[元][明][甲]2087。

閉：[三]992 遮上遮。

波：[聖]231 那大悲。

禪：[乙]2397 那門分。

閡：[甲][乙]2390 儀軌也。

闘：[三][宮]397 嘍奢摩，[元]

[明]1336 羅咩呿。

闆：[甲]2087 耶焉，[聖]397 次名迦。

闥：[宮]2033 反底。

間：[宮]665 莫迦，[明]2153 那崛多。

闍：[宋]1283 梨。

蘭：[明]2154 那崛多。

離：[明]1336 三十九。

耆：[宮]2059 世王寶，[宋][元]945 尼曳二。

蛇：[三]1331 訶利陀，[三]1331 奴龍王，[三]1331 尸棄，[三]1331 陀龍王。

舍：[乙]2190 崛。

舍：[聖]663 崛山。

闍：[三][宮]280 洹那，[三][宮]397 邏朋伽，[三]984，[三]1335 婆闍唎。

聞：[甲]1733，[甲]1763 世之心，[明]1336 他跋揵，[聖]1421 波提比。

閣：[三][宮][聖]284 摩期菩，[三][宮]408 婆三勿，[三][宮]2122 鞞阿，[三]993 三刪珠，[聖]1509 南方名，[宋]1547 那二伽，[元][明]407 婆呧七，[元][聖]225 浮住法。

耶：[三][宮]1464 維之與，[三][宮]2122 維舍利，[宋][元][宮]1435 維之。

閱：[宮]2030。

者：[甲]1335。

著：[元][明]2149 世王經。

毐

愛：[三]212 固刺也。

虫：[甲]1069 蟲等加。

惡：[甲]2067 塵，[三]374 刺周遍，[乙]1909 八難之。

服：[三][宮]263 藥除者。

害：[明]1442 汝銷亡。

恚：[三][宮]610 奸，[三][宮]721，[三][宮]1428 報耶當，[三][宮]1648 蛇彼十，[三][宮]2121 意願我，[三]361 心欲得，[三]1331 而今不，[元][明][宮]614 無量常，[元][明]192 蛇咒力，[元][明]310 由斯罪，[元][明]742 橫加忍。

火：[三][宮]1421 出三界。

禍：[宮]606。

見：[宮]221 毒箭令。

結：[三]153 爲現世。

每：[宋]1488 虫能爲。

盆：[三][宮]585 害與外。

妻：[宮][甲]1805 也俱舍，[甲]1805 者化教。

去：[甲]2266 此二種。

壽：[聖]210 人行虐，[宋]489 亦趣命。

素：[宋]1057 長佉三。

特：[宮]、持[聖]1646 枝必。

童：[甲]2160 女經一。

塗：[甲]1969 八難衆。

脫：[三]1130。

王：[三][宮]721。

羨：[宮]2029 事不應。

藥：[甲]2299 無定唯。

疫：[三]203 氣多殺。

意：[宋]721 不異善。

蚖：[三][宮]1443 蛇惡物。

中：[宮]895 於外之。

竺：[三]2103 也浮。

濁：[元][明]278。

浼

寶：[三][宮]721 皆悉是，[三][宮]2121 入登樓。

讀：[三][宮]2104 所常習。

濁：[石]1509 臭穢處。

瀆：[甲][乙]1822 則有果。

獨

觸：[宮]1648，[宮]266 處，[甲]1775 明身之，[明][甲]1177 身不合，[三][宮]329 小乘而，[三][宮]760 色爲苦，[三][宮]1646 能知香，[三]1584 者從諸，[三]2110，[三]2149 處丘塹，[聖]1579 一未得，[聖]1421 不得令，[宋][元]1546 能聞聲。

得：[甲]2299，[原]1700 言於大，[原]2317 名異解。

都：[聖]200 不得食。

毒：[聖]361 恚。

福：[宮]310 光顯。

狗：[甲]1828 生狐中。

惑：[甲]1969 造者其。

偈：[甲]1785 空是也，[甲]1816，[聖]1509 行，[另]1463 處安居。

可：[甲]1736 言具四。

空：[乙]2263 感要由。

猛：[三]193 劇乎，[宋][宮]606 行然無，[知]384 特出。

上：[明]220 有人亦，[三]196 升忉利。

識：[三][宮]1548 處定力。

獨：[宋][元]、蜀[宮]721 短命則。

特：[甲]2218 尊猶如，[甲]2263 除第八。

晚：[三][宮]2060 秀爲。

唯：[三]375 修慈。

謂：[乙]2396 界外而。

務：[三][宮]1546 勤行精。

悉：[三]192 來。

耀：[甲]1860 韜光虚。

移：[甲]2006。

猶：[宮]310 不得成，[宮]314 在空閑，[宮]460 身無侶，[宮]895 能，[甲]1512 諸，[甲]1965 有二種，[甲]2219 如極微，[甲]2261 未，[甲]2270 如一，[甲]2270 違自，[甲]2299 是樂，[明]212，[三][宮]1442 棄我等，[三][宮]1549 自思惟，[三][宮]2123 住水，[三][聖]125 不見，[三]193 爲普衆，[聖]190 度身不，[聖]397，[聖]643 不聞如，[聖]1509 受苦行，[聖]1562 識不然，[石]1509 稱般若，[宋][宮]397 行無身，[乙]2376 學者之，[乙]2408 以爵爵，[原]2381 作此言。

遊：[三]194 一閑靜。

獄：[三]125 自空。

緣：[甲][乙]2249 覺第十，[甲][乙]2263 覺，[甲]2195 覺化生，[三][宮]468 覺及得，[宋][元]220 覺經法，[乙]2249 覺雖滅，[元]945 覺身而。

緣：[甲][乙]2263。

諸：[三][宮]721 法具足。

燭：[宮]659 自無侶。

濁：[宮]1521 説其餘，[甲]2399 拔己身，[明]2154 證品第。

自：[三][宮]743。

瀆

寶：[三][宮]553 中入登。

黷：[宮]2078。

犢

檀：[甲]2130 亦云姓。

牘：[三][丙]954 引，[宋]22 塞，[宋]25 齒箭迦。

攢：[三][宮]1545 子。

濁：[宋][明][宮]443 如來南。

牘

犢：[三][乙]1200 子母。

髑

獨：[知]384 髏以爲。

體：[宮]721 髏次燒。

讀

稱：[三]、讀[宮]657 誦問答。

出：[甲]1920 大千經。

犢：[三][宮]1462 譬經千。

諷：[甲]2068 誦爲，[三][宮]381 誦如法。

該：[元][明]2059 覽經論。

護：[乙]2394 作別壇。

講：[甲][乙]2070 金剛經，[明]663 誦之處，[三][宮]399 逮所興，[三]245。

經：[甲][乙]1929 說法必。

請：[三][宮]1451 誦授經，[宋][明]2122 者罕識。

詩：[宮]1549 頌不，[三]2059 書。

識：[宮]1884 之爲問。

釋：[甲]2281 云云自。

受：[宮]221 當習當。

說：[宮]221 者當學，[三]435 爲他人，[宋][宮]1509 般若如，[乙]2249 二十心。

誦：[內]1076 大乘經，[甲]893 虔誠，[甲]1929，[甲]2879 此經一，[明]310 研，[三][宮]263 解說得，[三][宮]1421 佛經，[三][宮]1425 經應白，[三][宮]1435 呪術是，[三][甲]1135 此經終，[三]1200 摩訶衍，[三]1331 是經典，[三]1331 尊經修，[三]2059 書詠詩，[三]2125 者心悦，[三]2149 法華經，[三]2154 經日得，[聖]1435 經聲是，[聖]1509 摩訶衍，[宋]26 經，[乙]2426 悟迷方，[元][明]2122 法華經，[元][明]2122 詩書徒。

談：[甲]2254 故名妄，[原]2339 一切。

續：[甲][乙]2317 如來永，[甲][乙]2249 善乎，[甲]2270 故云因，[三][宮][聖]1579 謂見。

讚：[敦]262 誦解義，[敦]1960 誦衆經，[宮][聖]1435 誦，[宮]1509 不誦不，[宮]2103 誦經貪，[己]1958 誦得堅，[甲]2035 佛法七，[甲][乙]2309 咸謂能，[甲]952 誦授持，[甲]1755 誦摩訶，[甲]1821 咸謂弘，[甲]2223 誦經論，[明]220 誦甚深，[明]1636 誦聽其，[三][宮]761 誦書寫，[三][宮][敦]450 誦，[三][宮]263 代喜所，[三][宮]657 誦說是，[三][宮]814 說此經，[三][宮]1458 誦外書，[三][宮]1462 誦性自，[三][宮]1505 佛則二，[三][宮]1509 誦正憶，[三][宮]1521 諸經書，[三][宮]2102 仰歎非，[三][宮]2122 止白馬，[三][甲]1253 誦者彼，[三]156 誦，[三]190 無有異，[三]1058，[三]2125 誦既，[聖]、讀[聖]1733 内外典，[聖]157 誦毘陀，[聖]223 誦爲他，[聖]411 誦教他，[聖]1435 經不得，[聖]1452 婆羅門，[聖]1509，[聖]2042 誦阿難，[聖]2157 一切經，[另]1435 誦經法，[另]1509 乃至修，[宋][宮]1509 經文如，[宋][宮]1509 誦說正，[宋][宮]2121 大乘經，[宋][元][宮]1559 誦時二，[宋][元]220 誦精勤，[元][明][宮]397 誦之復，[元][明]310 佛文詞，[元]1451 佛經一。

諸：[明]2034 經法主。

讟

檳：[明]2102 每申近。

黷

點：[三][宮][聖]1442 時親密。

讘：[明]2122 我教舌，[三]2110 黨見在。

譶

覿：[三][宮]2102 忽重，[三]2154 我先人。

堵

覩：[明]1562 波諸善，[三][宮][聖][另]1442 波所，[另]1442 波種種，[西]665 波物四，[西]665 波。

坡：[甲]2207 致迦其。

睹

都：[三][宮]2122。

堵：[甲]1969 波一。

覩：[宮]263 見億百，[明][甲][乙]856 娑嚩二，[三][宮]2122 彼愚者，[三][宮]2122 瑞彌繁，[三][乙]950 輪王去。

賭：[甲]859 覩。

對：[三][宮]2103 金容耳。

覩

等：[甲]2775 都洛陽。

帝：[甲]2229。

都：[丙]1074 七莎訶，[丙]2087 貨邏國，[宮]288 於諸衆，[宮]425 於今五，[宮]2060 空處仍，[甲]974 使穀，[甲][乙]2223 粉或以，[甲][乙]2390，[甲][乙]2390 波率，[甲][乙]2390 帝，[甲][乙]2391 句而三，[甲][乙]2391 婆內安，[甲]850 二誐底，[甲]850 二娑，[甲]850 悉體，[甲]867 波法界，[甲]997 四十六，[甲]1246 莎嚩訶，[甲]1816 神變説，[甲]1821 史

多天，[甲]1821 者此即，[甲]2053 史，[甲]2087 貨邏國，[甲]2087 舉身投，[甲]2128 反説文，[甲]2261 貨羅愽，[甲]2400 婆放光，[甲]2400 瑟也二，[甲]2402 智幢阿，[明][甲][乙][丙]931 娜婆二，[明][甲]964 嚕形，[明][乙]1277 嚕，[明]490 特嚩惹，[明]1035 揭囉，[三][宮]637 無有處，[三][宮][知]266 無所畏，[三][宮]309 無處所，[三][宮]407 無問處，[三][宮]603 色爲身，[三][宮]665 漫此，[三][宮]2060，[三][甲][乙]901 吒魚，[三][甲]901 死六莎，[三][明]665 仳姪哆，[三][乙][丙]873，[三]152 共爲，[三]193 察十方，[三]311 未曾見，[三]982 四十六，[聖]1579 人性二，[聖]222 光明各，[聖]225 是三處，[聖]231 佛興出，[聖]284 十方人，[聖]1425 不，[聖]1788 佛情欣，[聖]2157 法衆清，[聖]2157 其，[聖]2157 其差謬，[宋][元]901 嚕覩嚕，[乙]912 婆嚩阿，[乙]1796 熱氣如，[乙]2087 邏邑是，[乙]2087 史，[乙]2207 波此譯，[乙]2391 波，[乙]2391 婆漸遍，[乙]2396 史後方，[知]266 眞妙義，[知]266 之其今。

兜：[甲][乙]2328 率天子，[甲][乙]2328 率下閻。

堵：[甲][丙]2397 波法界，[明]870 波階級，[明]1450 波時諸，[三][宮]1443 波物所，[三][宮]1453 城嵐毘，[三][宮]1442 波盛興，[三][宮]1443 波，[三][宮]1443 波或是，[三]

[宮]1443 波像上，[三][宮]1451 波時拘，[三][宮]1451 波時王，[三][宮]1452 波，[三][宮]1452 波圍繞，[三][宮]1452 波物三，[三][宮]1452 波造半，[三][宮]1456 波任作，[三][宮]2060 波即靈，[三][甲][乙]950 波福加，[三][乙]1008 波，[三]1005 波由結，[三]1005 波種種，[聖]2157 波凡十，[元][明][丙][丁]866 波。

睹：[宮]2104 作者之，[三][宮]2121 變馳詣，[三][聖][甲][乙]953 調伏難，[宋]1694 明度明。

賭：[明]2103 千。

杜：[宋]1057 嚕。

頓：[三]982。

多：[明]1217 得羯吒。

復：[宮]263 嗅別諸。

姤：[甲]931，[甲]1120 囀入。

觀：[宮]310 昔未見，[宮]639 之欣喜，[宮]817 欲者則，[己]1958 見一切，[甲]2386 從兩目，[甲][乙]1821 相能知，[甲]1512 其理，[甲]1781 是佛土，[甲]2035 此爲常，[甲]2053 日自云，[明]2154 法衆清，[明][乙]994 疾走，[明]310 佛威神，[明]414 佛其心，[明]656 見諸佛，[明]1450 見提婆，[明]2123 佛相好，[明]2154 也，[三]、視[宮]2121，[三][宮][聖]481 是行云，[三][宮][聖]639 不思議，[三][宮]266 衆更悉，[三][宮]403 於斷滅，[三][宮]415 一切諸，[三][宮]425 見見一，[三][宮]425 無，[三][宮]461 如虛空，[三][宮]606 歡喜雖，[三][宮]606 其跡則，[三][宮]606 三千界，[三][宮]606 身者則，[三][宮]656 如來形，[三][宮]817，[三][宮]1488 之無厭，[三][乙]1092 目人者，[三]66，[三]76，[三]125 世界，[三]152，[三]152 男見其，[三]154 大火吾，[三]189 慈顏又，[三]212 察於變，[三]2110 此足以，[三]2145 陰，[聖]416 見，[宋]、現[元][明]186 見十方，[乙]1822 星漏生，[乙]2207 形敬奉，[乙]2250 聽麟云，[乙]2393 般若亦，[元]2016 無有處，[元][明][宮]374 見端正，[元][明][宮]425 護三世，[元][明]374 法師種，[元][明]2122 色，[原]1796。

規：[甲]1881 此師，[宋]2121 海中魚。

迦：[乙][丙]873 四唵鉢。

見：[宮]656 智慧光，[甲]1742，[三][宮]414 十方佛，[三][宮]810 受者而，[三][宮]810 大乘無，[聖][石]1509 不過數，[聖]200。

教：[三][宮]606 見過去，[聖][另]342 東方江。

觀：[三][宮]398 其曜暉，[三]397 見供養，[宋][元]665 莎訶南。

看：[甲]1782 或塞鼠。

晛：[三][宮]2102 爥龍短。

親：[宮]2103 速禍之，[甲]2128 應劭曰，[明]2103 見驚憙，[聖]2157 自沸，[乙]1876 見生盲。

舍：[甲][乙]1239 嚕二。

視：[甲][丙]2381，[甲]1881 萬法相，[甲]2006，[甲]2087，[甲]2219

然不知，[甲]2434 諸衆生，[明]2060，[三]1339 之者是，[三][宮]394 如何世，[三][宮]589 有爲之，[三][宮]647 得歡喜，[三]152 又爲大，[三]156，[三]190 之心懷，[三]201 者即説，[聖]190 形服相，[聖]514 之者莫，[元][明][宮]374 以是。

曙：[三]2110 鼺鼠以。

吐：[甲]1214 嚧在。

脱：[明]266 一切故。

現：[甲]1735 受用變，[甲]1736 廣説，[明][乙][丙]857 一圓明，[三][宮]278 見如是，[三][宮]279。

樣：[乙]2218 成佛。

有：[元][明]813。

願：[三]186 除，[元][明]210 生死。

矚：[三][宮][甲]2053 金山妙。

都：[甲]2266 其詞義。

賭

睹：[甲]972 二娑嚩，[三][宮]1459 衣等博。

覩：[聖]1421，[聖]1421，[聖]1421 勝負，[宋]、都[宮]2122 餅。

雇：[宋][元][宮]、輸[明]1421 金錢五。

説：[三][宮]671 與汝論。

篤

萬：[元][明]2110 柱國大。

得：[三][宮]433 信佛法，[三][宮]1435 信出家。

督：[宮]1911 衆行義。

高：[甲]2053 進城後。

警：[三][宮]2122 正孝武。

苦：[三]493 無。

筐：[甲]2036 平。

馬：[元]2122 見已有。

罵：[聖]211 責深。

茶：[宋][明][宮]、茶[元]2122 自濟。

爲：[宋][元]2087 學忘疲。

焉：[宮]2060 琮別夜。

至：[三][宮]2122 既而軍，[三][宮]2122 命終所。

杜

度：[甲][乙]2391 婆燒香。

粒：[甲]1816 行顗本。

林：[甲]2167 順撰。

免：[宮]2112 他聞妄。

袪：[宮]2112 希求之。

膳：[乙]1822 那此云。

社：[甲]1007 地印者，[甲][乙]2426 我心自，[甲]1007，[明]848 引，[明]2060，[三][宮][聖][另]1458 多女同，[三][甲][乙]1092 麼迦，[三]984 那里娑，[三]985 訶利膩，[三]985 捺底我，[三]992 嚕杜，[三]1425 在，[三]2125 晡堤是，[宋][宮]2122 薄州云，[宋][宮]2122 僧哀者，[宋][元]2061 陟請出，[宋][元]2153 經一部，[元][明]985 和羅，[元]866 韓，[元]1451 絶怨讎，[元]2103 絶交好。

土：[宋][明][宮]2122 多功德。

息：[三]2063 於慶弔。

相：[宮]2034 預用晋。

抴：[明][甲]1094 洛杜。

杖：[宋]2147 乘婆羅。

柱：[甲]1007 嚕杜。

裝：[原]2196 衣淨。

壯：[宋][宮]2122 異見之，[宋][元][宮]2112 健羨之，[宋][元][宮]2121 漸消。

拙：[甲]1059 嚕香如。

社：[甲]2207 忠吳，[三]985 娑國。

肚

肺：[元][明][聖]310 大腸小。

壯：[三]99 藏如。

妒

妬：[宮]587 三十八。

妬

怠：[宮]609 慢惡心。

覩：[明][甲]1175 二合，[明][甲]1175 引[嚩無。

垢：[宮]357，[宮]721 心功徳，[甲][乙][丙]1184 心三無，[甲]952，[三][宮][聖]397 無有懈，[三][宮]721 惡，[三][宮]754 弊事無，[三][宮]1548 二十種，[三][宮]1549 著不死，[三]311，[三]986 修妬，[三]1582 心瞋，[三]1582 心爲慳。

妬：[丙]862，[博][敦]262 成就諸，[宮][聖]425 他得供，[甲][乙]930 引納婆，[甲]975 引瑟，[甲]1335，[甲]1821 羅綿，[三][丙]1056 引，[三][宮]2122 羅天姓，[三][甲]1056 引粃尾，[聖]1425 者見他，[聖]125 忌愚癡，[聖]278 毘遮，[聖]311 熾盛瞋，[聖]410 慳貪隨，[聖]410 愚癡憍，[聖]639 嫉俱好，[聖]1440，[聖]1451 忌爲當，[聖]1549 受彼，[聖]1585 忌爲性，[聖]1595 等所對，[聖]1595 等障非，[宋]、如[甲]1333，[宋][宮]1542 忌慳，[乙]852 嚩二合，[乙]1211。

姞：[聖]、姤[石]1509 路乃至。

恚：[聖]200 遣人。

嫉：[宮][知]1522 者於資，[三][宮]、姤[聖][另]303，[三][宮]657 諂曲無，[三][宮]721 心其善，[三][聖]375 心常，[三]158 法説，[三]212。

鬘：[三][宮]1464 平旦著。

如：[宮]1505 無恚無，[宮]1605 爲體令，[明]658 之垢如。

沙：[三]993 摩呵何。

始：[三]、殆[宮]2103 卒流川，[聖]、姤[石]1509 路乃至。

婬：[別]397 女上頭。

度

愛：[宮]282 脱十方，[聖]200 尋往度。

拔：[三][宮][聖]1421 我慈愍。

變：[甲]2266 故知非。

藏：[原]2216 性故。

差：[元][宮]374 以是緣。

塵：[甲]2313 等皆，[三]2060 外

得遂。

癡：[乙]1705 等，[原]1833。

處：[甲]1828 七業八，[甲]2299 論引集，[甲]2400 各，[三][宮]385，[三]100，[三]158 隨事聞，[聖]1471 六者雖，[原]2408 相捻。

次：[甲]2408 次四非。

導：[三][宮]638 人。

到：[明]261 彼岸布。

道：[宮]2121 六，[甲][乙][丙]2397 是焰曼。

得：[三]227 者亦離。

德：[甲]1771 小王子。

都：[甲]、覩[丙]973 三。

覩：[宋]1057 重嚧。

杜：[三][宮][聖]1460。

妬：[聖]190，[聖]190 三藐。

渡：[敦]1957 者如是，[宮]639 智慧光，[宮]659 於斷常，[宮]1462 江四罪，[宮]263 彼岸難，[宮]263 生，[宮]309 此岸，[宮]381 諸群，[宮]387 海誰欲，[宮]397 脫苦衆，[宮]564 未度，[宮]627，[宮]659 彼岸，[宮]659 於生死，[宮]659 種種覺，[宮]659 諸衆生，[宮]671 大海水，[宮]744 江維耶，[宮]810 彼岸不，[宮]下同 660 善男子，[和]293 生死海，[甲]1958 汝等出，[甲]2036 江之魏，[甲][乙]1821 深流安，[甲]1811，[甲]2223 是，[甲]2779 過憶食，[別]397 生死大，[明]2076，[明]2076 也師曰，[明]2122 及失還，[明]196，[明]627 不能超，[明]838 他人婆，[明]1474 海中路，[明]

1549 人，[明]2053 河東，[明]2060 止湘宮，[明]2076 江，[明]2122 鞭其頭，[明]2122 水因而，[明]2122 宋釋玄，[三][宮]2122 大海冒，[三][宮][聖]2042 死之大，[三][宮]222 法頂有，[三][宮]278 無量衆，[三][宮]310 彼牛捨，[三][宮]385 阿僧祇，[三][宮]397 四疾河，[三][宮]639 彼岸，[三][宮]639 坑塹者，[三][宮]671 至南岸，[三][宮]673 隨意所，[三][宮]721 諸有流，[三][宮]847 五趣路，[三][宮]1425 尊者今，[三][宮]1428 婆羅河，[三][宮]1436，[三][宮]1462，[三][宮]1462 江若置，[三][宮]1464 婆羅，[三][宮]1484 大海，[三][宮]1509 是故說，[三][宮]1509 一切何，[三][宮]1521 深水得，[三][宮]1545 至彼岸，[三][宮]1546 大海海，[三][宮]1546 河謂兎，[三][宮]1644 但有此，[三][宮]1646 者但住，[三][宮]2042 我過河，[三][宮]2053 大河河，[三][宮]2060 如斯神，[三][宮]2085 新頭，[三][宮]2103 慈航塵，[三][宮]2103 河法雨，[三][宮]2108 道極崇，[三][宮]2121，[三][宮]2121 布施河，[三][宮]2121 次魚復，[三][宮]2121 海半路，[三][宮]2121 河，[三][宮]2121 慎勿載，[三][宮]2121 水至當，[三][宮]2122，[三][宮]2122 乘之而，[三][宮]2122 海，[三][宮]2122 嘉，[三][宮]2122 江夜行，[三][宮]2122 視乃見，[三][宮]2122 伊，[三][宮]2122 衣資什，[三][宮]2122 至彼岸，[三][宮]2122 著彼岸，

[三][宮]2123 之當，[三][宮]2123 著彼岸，[三][甲][乙]2087 殑伽河，[三][聖]1 拘孫，[三][聖]190 彼岸無，[三][聖]190 彼岸須，[三][聖]190 眾人，[三][乙]1076 大，[三]1 水，[三]26 東河眾，[三]99 時先，[三]125 彼，[三]154 至彼岸，[三]157 大海日，[三]171 妃，[三]187 生死大，[三]187 四河持，[三]190 易取其，[三]192 生死大，[三]193 流江恒，[三]202 海難小，[三]202 少水諸，[三]210 河其福，[三]210 五道淵，[三]212 彼岸，[三]984 辟縣官，[三]1525 生死海，[三]1525 智慧大，[三]1544 河度，[三]1644 駛流日，[三]2060 水往狼，[三]2063 始曰西，[三]2088 河至阿，[三]2106 河趣漢，[三]2122 河，[三]2122 江水隱，[三]2123 身重常，[三]2145，[聖]397 大海彼，[聖][另]310 彼岸住，[聖][石]1509 如外道，[聖]99 世間彼，[聖]125 終不果，[聖]211 願身自，[聖]222 於，[聖]278 眾生不，[聖]278 眾生苦，[聖]292 謂須陀，[聖]397 堅固誑，[聖]397 苦海到，[聖]397 忍辱波，[聖]397 生，[聖]397 生死彼，[聖]397 於流轉，[聖]1646 生死更，[聖]1733 功德法，[宋]985 有如，[宋][宮][別]397 彼，[宋][明][宮][別]397 於彼岸，[宋][元][宮]1549 生死流，[宋][元][宮]1544 疑惑邪，[宋][元][宮]2040，[宋][元][宮]2060 詣慧，[宋][元][宮]2123 人民五，[宋][元]1644 鞋履踐，[乙]1723 河河性，[元][明]5 水大濁，

[元][明]212 彼岸，[元][明]649 者筏生，[元][明]1466 不相隨，[知]414 諸眾生。

斷：[甲]2217 也第四。

廢：[丙]2120 災㵾難，[三]23 自，[原]1775 捨慈悲。

反：[三][宮]1462 眾生等。

供：[宮]2008 僧布施。

共：[甲]1848 有一百。

廣：[甲][丙][丁]866 如，[甲]1816 故此中，[甲]1851 不，[甲]2196 利生是，[甲]2219，[甲]2290 中，[甲]2837 如續高，[明]225 爾所應，[明]278 智慧寶，[三][宮][聖]419 理如來，[三][宮]2122 爲，[三]331 集財寶，[聖]125 無量猶，[原]1776 非別不。

過：[三]657 三萬一。

後：[甲]1828 所詮等，[甲]2035 乃化同，[甲]2281，[甲]2299 三，[三]202 遺法在，[三][宮][博][敦]262，[三][宮]2058 形變王，[三]264 起七寶，[乙]2309 故可不，[原]1966 正法五，[原]2248 迦，[原]2339 人過誰。

虎：[三][乙]1092 嚕度。

護：[三]186 諸眾生。

毀：[甲]1512 彼眾生。

會：[三][宮]2060 滿與諸。

慧：[三][宮]399 無極則。

及：[乙]2397 法界眾。

疾：[三][宮]313 成無上。

寂：[三][宮]817 捨諸塵。

教：[宮]653 諸眾生。

解：[三]361 脫痛不，[聖]1549

脫諸不。

盡：[元][明][聖]227 而取相。

竟：[元][明]2106 後日昏。

具：[宮]397 衆。

離：[三][宮]532 三界去，[三][宮]754 生老病，[聖]211。

立：[宮]656 恒沙人，[乙]1796 於大。

歷：[三]194 種種樂。

量：[宮]1888 之妄想，[甲]1841 即爲似，[甲]2270 因故俱。

劣：[三][宮]398 聲聞緣。

鹿：[元]937 摩伽陀。

論：[甲][乙][丙]2778 中觀門，[甲][乙]2219 八十六，[甲]2217 等云云，[甲]2219 第四八，[三][宮]2121。

麼：[甲]1112 嚕度，[三]985 怛里藥。

沒：[三][宮]374 如彼，[三]375 如彼。

滅：[聖][另]310，[聖][另]310 世間金。

摩：[宮]397 摩波利，[別]397 帝利泥，[三]193 竭王行，[三]950 囉。

魔：[三][宮]398 著天大。

年：[甲]2371 程略義。

皮：[宮]2122 由此受。

疲：[甲]2266。

其：[三]2125 宜亦不。

虔：[三][宮]2059 竺法仰，[三]2063 尼入吳。

勤：[原]1898 人元魏。

慶：[宮]310 以訖及，[宮]2060

觀子骨，[甲]1775 所以群，[甲][乙]2392 草等伏，[甲]1512 世故大，[三][宮]2059，[三][宮][聖]1537 彼有情，[三][宮]403 因此功，[三][宮]1507 衆，[聖]627，[聖]2157。

求：[甲][乙]2263 用慧，[甲]2263 之中猛，[甲]2266 者據增，[原]2264 見簡。

權：[宮][聖]225 德化巍。

施：[甲]2266 謂隨喜。

使：[三][宮]743 世間人。

受：[甲]1512 衆，[明]2154 法本于，[明]109 知，[明]278 一切衆，[明]279 如是而，[三][宮][聖]285 聖諦，[三][宮]414 相續捨，[三][宮]636 之是樂，[三][宮]1421 他作，[聖]481 世也是，[聖]1440 岸，[宋]212 彼人等，[原]、[甲]1744 彼岸是。

庶：[宮][聖]292 無極教，[三][宮]2103 生常保，[三]585 人無能。

他：[甲]2412 圓滿義。

炭：[甲]2219 字義也。

戾：[三][宮]2121 何忍見。

土：[宮]2034 三昧經，[宮]2078 會其，[明]2016 三昧經，[明]279 種種衆，[明]2053 已來英，[明]2123，[乙][丙]2778 亦淨，[乙]2376 菩提支，[元][明]2122 三昧經。

脫：[明]292 知見，[明]384，[三]154 知見，[三]291 知見實，[元][明]342 知見品。

爲：[宮]425 世度無。

文：[甲]1929 有人言。

無：[三][宮]403 諸垢善。

席：[元]2061 門。

夜：[宮]2041 樹果餘，[甲]1239，[聖]481 大。

矣：[宋][元][宮]322 殃罪之。

疫：[三][聖]200 病。

意：[甲]2128 也論文。

譯：[三]2059 失旨不。

應：[甲]2299 見聞而，[三][宮]1458，[乙]2396 彼等故。

憂：[聖]1462 量之王。

祐：[聖]211。

與：[三][宮]1425 出家鞭。

載：[元][明]352 一切衆。

則：[三][宮][甲][丙]2087。

瞻：[三][宮]1506 曠野。

展：[甲]2044 世之。

遮：[三]901 那毘。

支：[三]1332。

止：[甲]2207 今案乞。

諸：[三]939。

塵：[甲]1828 我慢種。

足：[甲]1709。

渡

彼：[三]152 岸謂衆。

波：[宮]2121 海船壞。

儮：[宋]1488 頭施橋。

度：[敦]1957 衆生凡，[宮][聖]278 之間忽，[宮][聖]613 生死海，[宮]2040 生死不，[宮]下同 1435 二者，[甲][乙]2393 者未合，[甲]1733 河此岸，[甲]1929 河之，[甲]2053 信渡，[甲]2087 縛蒭河，[甲]2087 河至阿，[甲]2087 殑伽，[甲]2087 令離流，[甲]2312 經唯識，[明][宮]1546 河，[明]460 於曠路，[明]984 諸毒皆，[明]985 有如是，[明]1545 疑惑邪，[明]1545 至彼岸，[明]1644 六大國，[明]1648 諸衆生，[明]2059 險遺身，[明]下同 384 無量阿，[三]100 於駃流，[三]137 流氾無，[三]197 尚不免，[三]397 煩惱海，[三]414 如是如，[三]1340 大海登，[三]1545，[三]1566 佛者，[三]2087 蹇兔，[三][宮]374 煩，[三][宮]397 於四流，[三][宮]665 生死流，[三][宮]674 一切惡，[三][宮]721 者昇船，[三][宮]1443 四瀑流，[三][宮]1545 如此彼，[三][宮]1545 生死唯，[三][宮]1547 河，[三][宮]2102，[三][宮]2103 群，[三][宮][聖][另]1428 醯蘭若，[三][宮][聖][另]1435 不犯六，[三][宮][聖][另]1459 者無愆，[三][宮][聖]410 於彼岸，[三][宮][聖]586 人不倦，[三][宮][聖]1425 是比丘，[三][宮][聖]1425 水非威，[三][宮][聖]1462 海到波，[三][宮][聖]1462 江別住，[三][宮][聖]1462 江乃至，[三][宮][聖]1463 波羅河，[三][宮][聖]1509 水，[三][宮][聖]1537 四，[三][宮][聖]下同 2044 河石亦，[三][宮][另]1435 是船即，[三][宮][另]1458 江河恐，[三][宮][石]1509 二者繞，[三][宮][石]1509 須菩提，[三][宮][西]665 於無涯，[三][宮][知]1579 五暴流，[三]

[宮][知]384 彼岸，[三][宮]263 平等
無，[三][宮]263 生死難，[三][宮]276
生死河，[三][宮]309 十方空，[三]
[宮]310 惡趣海，[三][宮]310 飢渴海，
[三][宮]310 漂流者，[三][宮]374 生
死，[三][宮]374 生死大，[三][宮]374
一切善，[三][宮]380 時有五，[三][宮]
384 群，[三][宮]385 彼岸，[三][宮]
397 令，[三][宮]397 生死海，[三][宮]
414 於大海，[三][宮]415 一，[三][宮]
443 如來南，[三][宮]571 水適到，[三]
[宮]587 人不倦，[三][宮]618 煩惱海，
[三][宮]618 貪欲海，[三][宮]639 四
流，[三][宮]639 眾生故，[三][宮]645
眾生空，[三][宮]649 彼岸道，[三][宮]
649 諸功德，[三][宮]665，[三][宮]
721，[三][宮]721 愛河思，[三][宮]
721 此五道，[三][宮]721 灰河苦，
[三][宮]721 曠野無，[三][宮]721 如
橋若，[三][宮]721 三界海，[三][宮]
721 生死大，[三][宮]721 有海，[三]
[宮]721 有海常，[三][宮]721 者無始，
[三][宮]723 履屣施，[三][宮]1421 傍
耆羅，[三][宮]1421 佛度彼，[三][宮]
1425 河并自，[三][宮]1425 河時師，
[三][宮]1428 河，[三][宮]1428 河用
手，[三][宮]1428 泥水不，[三][宮]
1428 人，[三][宮]1428 如是阿，[三]
[宮]1442 河彼來，[三][宮]1442 苦流
昇，[三][宮]1442 者遙聞，[三][宮]
1462，[三][宮]1462 江復有，[三][宮]
1509 初發心，[三][宮]1521，[三][宮]
1522 煩惱海，[三][宮]1543 水度山，

[三][宮]1545 大河有，[三][宮]1545
河渡，[三][宮]1545 之如契，[三][宮]
1545 至彼岸，[三][宮]1546 若與多，
[三][宮]1547，[三][宮]1547 河如是，
[三][宮]1566 沙河時，[三][宮]1577
眾生生，[三][宮]1646 得世間，[三]
[宮]1646 河一心，[三][宮]2034 化胡
出，[三][宮]2034 群生朕，[三][宮]
2040 恒水，[三][宮]2043，[三][宮]
2058 海必由，[三][宮]2059 比丘在，
[三][宮]2059 恒河復，[三][宮]2059
江先是，[三][宮]2121 處值一，[三]
[宮]2121 海解繫，[三][宮]2121 母永
絶，[三][宮]2122 大海難，[三][宮]
2122 河大林，[三][宮]2122 河擔薪，
[三][宮]2122 河溺死，[三][宮]2122
鸞便往，[三][宮]2122 是七河，[三]
[宮]2122 水，[三][宮]2122 水宜令，
[三][宮]2122 於彼河，[三][宮]2123
百姓二，[三][宮]下同 1421 水食病，
[三][宮]下同 374 如大河，[三][宮]下
同 639 諸因緣，[三][宮]下同 674 三
有廣，[三][宮]下同 1442 大海時，[三]
[宮]下同 1488，[三][宮]下同 1507，
[三][宮]下同 1546 谷渡山，[三][聖]
99 依止，[三][聖]99 得至彼，[三][聖]
125，[三][聖]125 大海之，[三][聖]125
流成無，[三][聖]125 人者終，[三][聖]
125 四流淵，[三][聖]189 於恒河，
[三][聖]190 彼大鹹，[三][聖]190 到
諸法，[三][聖]190 煩惱海，[三][聖]
190 煩惱諸，[三][聖]190 世，[三][聖]
190 於恒河，[三][聖]190 諸苦達，

[三][聖]190 諸商人，[三][聖]190 諸
疑向，[三][聖]200 佛僧過，[三][聖]
210 淵，[三][聖]375 人故名，[三][聖]
1441 得捉餘，[三][聖]1441 水學浮，
[三][聖]1441 水魚含，[三][聖]下同
1441 水船中，[三]1 恒水即，[三]1 我
去彼，[三]1 諸憂畏，[三]4 海，[三]
6 上流水，[三]26，[三]26 或復有，
[三]68 來至，[三]71 水婆羅，[三]86
水去守，[三]99 苦海流，[三]100 大
海而，[三]100 駛流水，[三]100 意，
[三]123 水九者，[三]125 牛至彼，
[三]152 海採寶，[三]152 海歷，[三]
152 漂流人，[三]152 天帝釋，[三]153
大海耶，[三]155 水摩竭，[三]156 渴
愛，[三]184 尼連禪，[三]184 水水
不，[三]185 河，[三]187 大，[三]187
生死海，[三]187 問彼船，[三]187 越
生死，[三]187 者，[三]190，[三]190
煩惱海，[三]190 非祖非，[三]190 恒
伽河，[三]190 以是，[三]190 諸願至，
[三]192 此眾流，[三]192 河無良，
[三]192 著安隱，[三]194 流故有，
[三]194 生死海，[三]196 水，[三]202
渠水而，[三]203 水導者，[三]220 至
大海，[三]263 人往返，[三]374 眾，
[三]375，[三]375 大海爾，[三]375 海
至安，[三]375 即自念，[三]375 其水
漂，[三]375 生死，[三]375 生死大，
[三]375 十二緣，[三]375 水善，[三]
375 五逆津，[三]413 生死海，[三]
414 彼岸亦，[三]414 於四流，[三]
1340 海南岸，[三]1427 處獨渡，[三]

1463 水獨行，[三]1534 生死海，[三]
2088 河都城，[三]2088 橫石斷，[三]
2103 江已來，[三]2106 船人見，[三]
2110 關至開，[三]2145 巨海，[三]
2145 令水渾，[三]2154 河經一，[三]
下同 2106 江住越，[聖][另]1428 渠
或渡，[聖][另]1509 者近岸，[聖]
[石]、渡釋四十九品竟[聖][石]1509，
[聖][石]1509 爲到彼，[聖][石]1509
不得所，[聖][石]1509 何以言，[聖]
125 牛處所，[聖]190 於大煩，[聖]
210 無欲如，[聖]375 能渡，[聖]375
生死河，[聖]397 衆無衆，[聖]1425
船主答，[聖]1425 河或，[聖]1425 應
作是，[聖]1428 坑，[聖]1441，[聖]
1441 水船便，[聖]1463 河有大，[聖]
1464 六群比，[聖]1509 趣佛如，[聖]
1509 應教大，[聖]1723 一切，[聖]
2157 比丘在，[聖]下同 1425 水有異，
[聖]下同 1440，[石]1509 大海水，
[石]1509 皮肉盡，[宋][宮]1670 如有
遠，[宋][明]125 水導者，[宋][明]210
河淵禪，[宋][明]正 125 處知食，[宋]
[元][宮][聖]446 佛南無，[宋][元][宮]
[聖]1425 澇水或，[宋][元][宮]310 海
乘朽，[宋][元][宮]1425 比丘言，[宋]
[元][宮]1459 河時，[宋][元][宮]1459
水，[宋][元][宮]2122 百姓二，[宋]
[元][聖]190 我當云，[宋][元]190 河
彼岸，[宋][元]385，[宋][元]639，[宋]
[元]2088 河從，[宋]374，[宋]374 煩
惱河，[宋]374 於大海，[宋]375 若得
順，[宋]1694 捨是，[宋]2088，[宋]

不同 374 於大海，[元][明][宮][聖]
1428 處，[元][明]271 水，[元][明]375
如大河，[元][明]2121，[元]375 此河，
[知]1579 疑永斷。

　　廣：[明]299 生往詣。

　　濟：[甲]2196 魚名爲，[聖]2157
我慌惚。

　　流：[宮]1432 除常有。

　　去：[三][宮]374 既達彼。

蠡

　　蟲：[乙]2426 國僧人。

耑

　　湍：[三][聖]125，[三]125 近在
不。

剬

　　制：[原]1776 令默文。

端

　　邊：[明]1487 無限不。

　　掔：[三][聖]201。

　　敦：[甲]1782 嚴光淨。

　　鋒：[三][宮]414 旋之而。

　　號：[元][明]558 名曰龍。

　　矯：[宋][宮]2103 而棄廢。

　　竭：[甲]1876 坐正意。

　　立：[宮]606 正心，[元]、－[明]
133 正教便。

　　論：[甲]2266 分別於，[乙]1822
因何引，[乙]2249 成通果，[乙]2263
且有漏，[乙]2296 修行理。

　　橋：[乙]2390 也令二。

　　軟：[三][宮]1470 坐四者。

　　瑞：[丙]2120 普天含，[甲]1721
故生疑，[甲]1700 身正念，[甲]1763
來意非，[甲]1772 如以順，[甲]2128
牛領者，[甲]2217 之事也，[明][甲]
1177 殊勝甚，[明]2151 屬明行，[原]
2196 首五此。

　　揾：[乙]2391 地指開。

　　頭：[明]2076 也不識。

　　張：[宮][聖]383 新淨之。

　　智：[宋][宮]2121 輪轉五。

　　莊：[明]438 嚴處世，[明]997
嚴。

短

　　促：[元][明]396 人命轉。

　　矬：[三][宮][聖]1442 小取彼。

　　燈：[乙]2263 釋等。

　　逗：[三]2102 兵於詰。

　　斷：[宮]1525 等如是，[三][宮]
721 生死相，[三]22 截樹木，[元][明]
100，[元][明]2103 籌之末。

　　活：[三]99 命形體。

　　近：[三][宮]2048 者一言。

　　經：[甲]1731，[三][宮]、[聖]225
入明度。

　　矩：[甲][乙]2778 下明注，[甲]
893，[甲]936 壽大限，[明]2131 法取
細，[三]271 己，[乙]2393 截別取。

　　拒：[三][宮]1478 愆復還。

　　類：[甲][乙]1822 今更造。

　　強：[三][宮]2122 弱相傷。

闕：[三][宮]2121 少皆爲。

無：[宮]1559 促由偸。

習：[宮]2103 可。

噎：[三][宮][聖]801 氣喉中。

疑：[宋][元]、知[明][宮]224 入。

知：[宮]1428 即自念，[宮]2122 者得五，[甲]2263 釋抄之，[三][宮]1562 入出息，[另]1435 鼻某瘻，[宋]1563 壽定業，[宋]170 是爲四，[宋]1810 彼自共，[元]2104 略黃巾。

終：[明]1025 命之業。

俎：[原]1251 命衆生。

段

搏：[聖]613 持施飢。

斷：[甲][乙]1821 六品非，[明]2076 兩頭俱。

對：[乙]1736 義亦第。

髮：[三][宮]720 障蔽昏。

髮：[乙]2244 食之體。

改：[甲]1924 焉可減，[三]2103 西下特。

故：[明]1227 彼七生。

後：[甲]2313 第二十。

既：[甲]1735 分有分。

段：[明]24 及微細，[明]24 水上，[明]1301 此摩竭，[明]1442，[明]1545，[明]1602 食能，[三][宮]1428 衣下，[三][宮]下同 1536 食，[宋][元][宮]353。

假：[宮]1912 故略開，[甲]、暇[甲]2335 初是本，[甲][乙]1832 俱，[甲][乙]2261 立相四，[甲]1828 有七

釋，[甲]2266 無生忍，[甲]2266 與俱舍，[甲]2274，[明]2016 法，[聖]1763 第二明，[乙]1723 喻今說，[原]1780 今明如，[原]2196 用曰人。

鑒：[甲]2299 宗問若。

明：[甲][乙]2263 疑其所。

內：[甲]1816。

槃：[原]1756 陀利若。

釋：[甲]2300 合數以，[甲]2266 頌疏亦。

收：[甲]2261 文不指。

數：[甲][乙]1822 分，[甲][乙]1822 五境即，[聖]1818 種種一，[原]1818 也從。

胎：[元][明]278。

檀：[甲]2408 者可。

位：[甲][乙]2263 同品現，[乙]2263 一者通。

顯：[甲]1799 可知三。

限：[甲]2339 而有終。

相：[三]1339 無有言。

修：[甲]2297 生有漏，[原]1780 道智梵。

疑：[甲]1700 校，[甲]1700 也就初，[甲]1715，[甲]1816 此第一。

以：[甲]1708 生唯一，[甲]2339 陳述小，[乙]1821 觸。

飲：[明]2076 食隨衆。

徵：[乙]1822 此第一。

狀：[甲][乙]1821 觸非極。

鍛

斷：[甲]2017 鍊不成。

是：[明]220 金師燒。

鍐：[甲]1924 氷爲器。

煆：[明]2131 之了然。

鍛：[三][宮]342 師推成。

斷

礙：[元][明]310 辯才轉。

拔：[甲][乙]1866 故但能。

必：[甲][乙]1822 爲因。

別：[甲]2266 習氣不，[甲][乙]1821 故而言，[甲]1705 德。

不：[甲][乙]1822 所證擇。

懺：[三][宮]2041 前獄業。

常：[甲]1705 色則是，[甲]2870 非有漏。

出：[宋][宮]1509 諸天子，[乙]1816 此疑故。

除：[三][宮]657 除渴乏，[三]125 復次比。

到：[三][宮]1547 身證斷。

道：[乙]1822 染。

諦：[三]1579 一切煩。

定：[原][甲][乙]2263。

度：[甲]2217 也謂等。

段：[甲]1701 九斷能，[甲]1706 之衆生。

爾：[甲]1814 除上妙。

發：[宮][聖]1548 界若比。

法：[乙]2261 障得果。

伏：[三][宮][聖]272 煩，[三]1525 所敵，[元][明]678 煩惱非，[原]2194 三界之，[原]2339 其。

佛：[知]1579 受樂説。

縛：[原]1205。

改：[甲][乙]1822 名捨非，[甲][乙]1822 爲正。

故：[三][宮]1546 以一時。

何：[乙]1724 法。

會：[三]2121。

惑：[甲][乙]1822 故見道。

即：[甲]2296 可知矣，[甲]2337 證而於。

集：[明]1541 邪見幾。

幾：[三][宮]1543 智眼根，[聖]1563，[另]1541 或修斷，[另]1543 無明使，[宋][元][宮]1548。

繼：[甲]1911 結者則，[宋]186 前後。

加：[宋][元][聖]279 跌坐是。

見：[甲][乙]1822 不見。

漸：[甲][乙]2261 略等者，[甲]2339 義故云，[三][宮]1545 破戒及。

階：[甲]2367 東塔四。

截：[三]125 耳鼻或。

解：[原]1764 前若根。

觔：[三][宮]2122 吐火所。

救：[甲]1733 殺有二。

決：[甲]2328 一代聖。

絶：[甲]1781 其根於，[甲]2814 故一切，[三][宮]281 四喜，[三][宮]2122 尊者訓，[宋]2059 蘇油。

科：[三]2110 呈府君。

來：[三][宮]1562 繫復説。

類：[甲][乙]1822 雙因永，[甲]1816 入見道，[三][宮]1562 道由互，[三][宮]2060 率先名。

離：[甲][乙]2263 能緣，[甲][乙]2309 欲者非，[甲]2017 塵勞，[明][宮]1546 於界見，[三][宮]397 習氣摧，[乙]1822 至數准。

理：[甲]2337 狹。

療：[三]1982 飢。

料：[宮]263，[宮]263 功定賞，[宮]2103 可知矣，[甲]1963 理一所，[甲]2218，[甲]2339 簡外種，[三][宮][聖]1421，[三][宮][聖]1421 理，[三][宮][聖]1421 理作竟，[三][宮][聖]1425 理官事，[三][宮]1421 理官事，[三][宮]1425 理僧，[三]26 理財物，[三]26 理臣佐，[三]2154 放生受，[乙]2249 簡此文，[乙]2263 簡非一，[乙]2408 材木，[原]2339 簡結上，[原]1818 簡。

漏：[乙]2249 異生悉。

亂：[甲]1811 正故，[明]1542 非有果。

迷：[三]1257 一切惡。

滅：[宮]425 戒度無，[甲][乙]1822 妙智是，[三][宮][聖]1509 諸煩惱。

難：[甲]2266 義以解。

判：[甲][乙]2263 此同本，[甲][乙]2263 邪正尤，[甲]2339，[甲]2367 爲正義，[乙]2263 邪正餘，[乙]2263 正義圓，[原]1863 後教故。

破：[宮]1559 及非聖，[三][宮]1646 諸煩惱，[三][宮]1646 一切欲，[乙]957 彼罪障，[乙]1816 此疑故。

祈：[宋][宮]585 無。

切：[聖][另]1541 智知。

侵：[甲]1789 習氣菩。

勤：[三][宮]271。

勸：[聖]26 四如意。

清：[甲][乙]897 淨。

窮：[元][明]1582 愛實。

取：[三]311 佛塔中。

却：[乙]1709 故正觀。

熱：[元]、明註曰斷南藏作熱 1509 壽故名。

三：[乙]1723 故。

殺：[三][宮]1458 人。

善：[宮]1548 界云何。

燒：[宮]1552 以正。

攝：[甲]2262 由此見，[明][宮]1546 染污智。

勝：[三][宮]1579 神足根，[原]1756。

時：[三][宮]1435 食故苦。

使：[元][明]1546。

逝：[三][宮]1548 三煩惱，[三]99，[宋]5 求念空。

誓：[三]212。

釋：[甲]1512 此疑以，[甲]2253 蓋五唯。

受：[三]721 妄分別。

斯：[甲][乙]1822 等對治，[三][宮]1591 事物夢，[三][宮]585 滅事便，[三][宮]2104 亦不虛，[三]186 欲恚恨，[聖]223 是名菩，[宋][元]、此[明][乙]1092，[原]1863 佛說前。

所：[宮]732 語，[甲]2339 於智障，[甲]2266 邊際求，[甲]2266 惑之

功，[甲]2266 依有分，[甲]2266 之義
又，[明]1522 煩惱如，[三]1545 離滅
想，[元]1545 以九品。

談：[乙]2263。

脫：[三][宮]1545 解。

聞：[明]99 五受陰。

問：[宮]1646 相則。

顯：[甲]1708 種於極。

齘：[三][宮][聖]1435 齒作聲。

訢：[甲]2183 一卷出。

新：[宮]347 一切智，[甲]2299
惑同謂，[明][宮]694 誓不重，[聖]
1582 內外諸。

行：[甲]1783 德明果，[乙]1822，
[原]2266 相諸忍。

修：[宮]1552 爲修今，[明]1541
答二十。

顗：[甲]1912 師諮疑。

斷：[三][宮]721 虫復食。

永：[甲]1821 二得永，[三][宮]
585 除。

於：[三][宮][聖]397 常見能。

欲：[甲]1828 界死生，[乙]1821
善中。

緣：[甲]2075，[三][宮]1562 緣
牛戒，[三][宮]1542 無漏緣，[聖]1544
緣見苦，[宋][元][宮]1545 善及染。

斬：[宮][甲]1998 師云家，[甲]
2129 也下軒，[明]2076 爲兩，[三]
[宮]2053 首相謝，[三][宮]2121 其手
足，[聖]1435 此分即。

折：[三]、斫[宮]1428 教人斷，
[三][宮]656 心亂想，[三]193 除，[宋]

[宮]1509 煩惱爲，[元]2016 離常性。

證：[三][聖]1579 諸結無。

之：[三][聖]375 鴦掘魔。

止：[聖]200 惡今若。

制：[三]1331 隨行而，[原]2248
結界於。

治：[甲]2263 道意。

諸：[三]410 見。

斫：[甲]2249 有餘師。

纂：[甲]2270 云。

邧

破：[三]329 如跋趄。

垍

埠：[宋][元][宮]1521 阜深坑。

搥：[宮]724。

堆：[三]1336 羅末優。

塠：[宋]、搥[元][明]197 破脚
拇，[宋]堆[元][明]157 阜大小。

堆

埠：[明]、垍[宮]1547 阜如鐵，
[明][宮]2122 皰面平，[三]、垍[聖]
190 糞穢臭，[三][宮]405，[三][宮]
2122 爾時世，[三]1 阜亦無，[宋]190
糞穢瓦，[宋]190 阜悉坦，[元][宮]、
塠[明]374 阜影現。

搥：[宮]721 極高隆。

垍：[聖]190，[宋]190 阜皆坦。

塠：[宮][聖]231 阜荊棘，[和]
293 阜悉皆，[三]190 阜高下，[三]
[宮]、[聖]231 阜荊，[宋]157 阜石沙，

[元]、碓[明]193 我是二，[元][明]193
之。

堆：[三]1534 及君陀，[三]2088
王欲掘。

離：[元][明][宮]2102 材虛。

推：[明][宮]1548 撲口出，[宋]
[明][宮]、椎[元]1425。

塠

埠：[宋]、堆[元][明]1 阜無一。

搥：[宋]、堆[元][明]190 香湯灑。

槌：[三]190 中於其，[宋][明]24
壓舂擣。

堆：[三]220 阜溝坑，[宋]、搥
[宮]374 河毘婆。

憇：[甲]1912 傷時媚。

阜：[三][宮]2060 道俗號，[三]
2060 後又收。

磓

埠：[三][宮]1425 殺摩訶。

槌：[宋][宮]、壓[元][明]754 胸
有如。

鎚：[三][宮]2060 試之宛。

兌

導：[三]2122 法師乃。

免：[甲]2039 赴講涅，[甲]2039
於賊難。

瓮：[甲]1040 即安須。

隊

國：[明]377。

墜：[元]2110 人驚散。

碓

對：[三][宮]571 有家。

碓：[三][宮]2122 擣猛。

雄：[甲]1238 尾下隨，[三][宮]
721 井井如。

對

礙：[三][聖]26 想不念，[聖]26
想不，[聖]26 想不念，[乙]2263 也若
眼。

報：[三][宮][另]1442 曰我。

被：[甲]、被得[甲]2281 心如此。

別：[乙]1736 則一乘。

部：[甲]2266 五根境。

訕：[三][宮]2034 辭藻鋒。

答：[三][宮][聖]1646 曰現見，
[三][宮]392 曰先以，[三][宮]1464 大
王當，[三][宮]2121 言作祠，[宋][元]
[宮]2103 唐高祖。

待：[甲][乙]2263 等假其。

當：[明]1453 具壽受。

到：[宮]1912 若，[甲][乙]2194
之，[甲]1736 不可得，[聖]2157 見，
[原]1308 人本宮。

得：[甲]1735 上文，[甲]1922 此
定已。

等：[甲]2312 小機最。

碓：[宋][元][宮]2122 有家居。

封：[宮]2060，[甲]2219 塞，[甲]
2255 著也而，[甲]2257 異者未，[三]
[宮]2122 迷累劫，[原]、封[甲]、對[甲]

1781 印此經。

付：[甲][乙]2263 現在緣。

垢：[宮]、摩訶薩[聖][石]1509 一相所。

觀：[甲]2261 隣。

計：[甲][乙]1822 反徵，[甲]1816 境，[甲]2195。

見：[三]2060 信於言。

可：[甲]2263 辨云。

離：[甲]2266 法九説。

漏：[明]1542 等者一。

明：[甲]1733 劣縁覺。

難：[甲][乙]1822 也於中，[甲][乙]2288 今三解。

勤：[甲][乙]1822 治道，[甲][乙]2254 修道，[甲]850 諸救世，[甲]1717 上，[甲]2255 利煩，[明]269 跪拜者，[三][宮]2122 至唯一，[三]2102 懼以闕，[聖]1544 正精進。

懃：[宋][元]、懃[明][宮]221 苦生天。

生：[甲]2266 法論説。

時：[甲]2255，[甲]2255 口作不，[甲]2255 屬業若。

殊：[甲]2410。

樹：[原]1744 下不忘。

訴：[三][宮]2060 經。

雖：[宮]1522 治。

體：[甲]2266 下，[原]2248 十色爲。

退：[元][明]658 治諸煩。

爲：[甲]1929 一人一。

細：[甲]1736 爲攝末。

校：[三]2154 勘數亦。

諧：[甲]2881 偶今身。

行：[聖]211 使然累。

尋：[乙]1796 治第五。

業：[三]425。

以：[甲]2339 所知障。

于：[甲]1828 相現故。

於：[乙]1821 行相明。

與：[甲]2266 對法相。

語：[甲]2006。

喩：[聖][甲]1733 可知第。

緣：[甲]2249 彼小分，[乙]、對[乙]1744 三。

約：[原]2306 相似處。

云：[甲]、取[乙]2249 境界時。

治：[乙]1736 八能治。

懟

對：[宋][宮]2029 展轉不，[元]2059 恨高屢。

忿：[三][宮]374。

勤：[三][流]360 苦展轉。

懃：[三][宮]2122 恨高屢。

歎：[三][宮]、勤[聖]1425 恨而言。

敦

故：[明]2063 信布惠。

郭：[宮]2059 之弟也，[甲]2089 寺。

諫：[宋]375 喩令。

教：[甲]1816 肅無倦，[聖]190 厚無諸，[宋]1602 肅者謂，[元][明]

2060 閱大乘。

　敦：[三][宮]2122 敢毀誹。

　熟：[宮]354，[聖]190 是斯，[聖]2157 請弘始。

燉

　燉：[三][宮]2103 煌爲月。

　焞：[宋]2122 煌傅毅。

蹲

　存：[三]190 坐地上，[另]1721 踞也或。

　踊：[甲]901 脚形而。

鐓

　錞：[三][宮]2060 長八九。

伅

　純：[宋]2153 眞陀羅。

　屯：[三][宮]2122 眞陀羅，[三]2149 眞陀羅，[宋][宮][聖]2034 眞陀羅，[宋]2147 眞陀羅。

沌

　純：[三][宮]2103 時無。

　瀚：[三]、污[宮]2102 冥茫豈。

盾

　遁：[宋][元][宮]2104 即。

　楯：[宮]1435 弓箭聚，[甲]2035 十寶尸，[三][宮]、[另]1435 弓箭聚，[三][宮][另]下同 1435 者捉弓，[宋]、戟[宮]2103 去取自。

　省：[宮][甲]1805 不下文。

　相：[宋]2103 之相拒。

遁

　避：[宋][宮]534 藏千變，[乙]2263 枉可會。

　導：[三][宮]2104 西戎行。

　道：[宮]2059 爲，[宮]2060 國地惟，[甲]2184 倫述，[甲]1719 買山，[甲]2184 倫述，[甲]2281 相符返，[甲]2370 倫疏云，[三][宮]2122 國，[三][宮]2122 逸民負，[宋]152 邁國境，[宋]152 邁之其。

　遯：[明]2102 山澤仁。

　看：[甲]2089 或云豁。

　衆：[三]46 義。

鈍

　純：[宮]1912 使如蠱，[甲]2817 隨，[甲]1733 中容，[甲]2339 根經多，[元][明][宮]848 故娑。

　地：[宋][元]1462 識亦解。

　根：[甲]1705 者觀。

　故：[甲]2217 長斷習。

　耗：[元][明]1509 不減譬。

　紀：[甲]1723 無漏修。

　經：[另]1442 善法第。

　鈌：[甲]2128。

　利：[三][宮]1648 智此四，[聖]1546 刀多用。

　毛：[三][宮]523 無。

　能：[甲][乙]1822 心故表，[甲]2266 根者發。

　錢：[三]988 頭鼻羯。

淺：[三]1564 故於空。

軟：[聖]1579 根於所。

銳：[宮]1604 道久久。

鈍：[甲]1731 根者。

脫：[甲]1816 人。

銀：[甲][乙]2328 根者方。

楯

盾：[甲]2250 勘異部，[明]2016 亦如騎，[明]2123 矛戟索，[三][宮]2053，[三][宮]2060 及至，[三][宮]2121 矛戟索，[三][宮]2122，[三]374 若弓若，[三]2087 弓矢，[三]2110 卷，[元][明]26 入在軍，[元][明]212 右手援，[元][明]278 明利智，[元][明]375 若弓若，[元][明]673 并金，[元][明]2087 之具極。

惑：[三][宮]2108。

猾：[三][宮]2121 傷剋物。

修：[甲]1816。

熏：[三][宮]673 龍珠寶。

揗：[甲]2128 下脣準。

循：[三]2110。

頓

次：[三]202 窮無有。

頂：[三][宮]1563 斷治第。

煩：[甲]1816 悟大乘，[三][宮]1562 或數隨。

漸：[甲][乙]2263 悟。

類：[三][宮]2034 又今見，[三][宮]2060 表上既，[三][宮]2122 斷斯，[三]2149 又今見。

陵：[宮]2102 君。

領：[元][明]2059。

頻：[宋][元]2061 邀賞錫。

傾：[宋]212 縮佛地。

頃：[甲]917 開衆生，[三][宮]2041 成佛爲，[宋]1545 漸得捨，[乙]1775 異色須。

順：[甲]1736 作多根，[原]1776 益名之。

損：[甲]1736 斷亦成。

顒：[石]1509 睫親近。

填：[甲]2073 赴充於。

頹：[甲]2087 疆。

頰：[三][宮]2104 儻能壓。

托：[宋][宮]397。

頑：[三]212 嚚。

悟：[原]1833 菩薩三。

顯：[甲][乙]1822 現故名，[甲]2336 成一念。

現：[甲]、須[乙]2393 方各一。

相：[甲]2425 即解心。

項：[原]957 蕩除。

頓：[宋]2122 乏水漿。

須：[明]1450 絕其食，[聖][另]1543 得，[另]1552 極覺故，[宋]2060 忘鄙。

預：[甲]2035 不同三，[三][宮]2122 盡。

圓：[甲]1913 不斷。

終：[原]2339 二教故。

著：[三][宮]495 地唯然。

宗：[甲]2371 實義一，[明]2076

旨沈廢。

遴

遁：[聖]1859 之。

踦

躓：[甲]2035 音至同。

多

半：[聖]190 身復以。

本：[甲]1851 如七淨。

比：[乙]2379 等安波。

別：[宮]2103 定慧之，[甲]2362 修習故。

不：[聖]210 聞安諦，[原]、佛不 [甲]2196 住前四。

步：[乙]954 耶吽吽。

叉：[三]984 國悉太。

常：[聖]278 被誹謗。

初：[明]1007 有障礙。

麁：[甲]2290 義疏鈔，[聖]、麁 [原][甲]1851。

咀：[乙][丁]2244 利或云。

怛：[甲]1120 怛嚩，[明][甲]1175 跢二，[明][聖][甲][乙][丙][丁]1199 佗，[三]985 羅，[乙][丁]2244 娑多 河，[乙]970 他揭多。

答：[甲]1000 鉢囉二，[甲]1120 畝二，[明][甲]1175 麼二合，[原]2205 磨爲。

大：[甲][乙]1866 力其疾，[甲] 1821 第二正，[明]1538 施作，[三][宮] [另]1435 得猪肉，[三][宮]809 久，[三]

[宮]2121 同意向。

單：[三]1044 那若毘。

當：[三][宮]397 有。

道：[甲]1828 理極成。

得：[聖]210 積珍寶。

底：[甲]1120 野二。

帝：[三]1336 九婆羅，[乙]867 多。

第：[甲]2339 三句亦。

都：[明]1096。

多：[三][宮]2042 夫人。

哆：[丙]866，[丙]1199，[丁]2244 喃諸世，[甲]2223 此索多，[甲]2408 吽泮吒，[甲][乙][丙]1098 阿野都，[甲][乙][丙]1184 三，[甲][乙]850 曳三，[甲][乙]913 多，[甲][乙]1250 曳，[甲][乙]1306 那，[甲][乙]1796 賜，[甲]850 引哩他，[甲]930，[甲]1184，[甲]1209，[甲]1315 哩，[甲]2132 上安多，[甲]2135，[明]1000 沒馱，[明][甲]1177 引娑嚩，[明]293，[明]397 哆周多，[明]955 謂以杓，[明]997 寂靜觀，[明]1336 擲哆尼，[明]2059 僧伽羅，[三]1283 曳引娑，[三][宮][丙][丁]848 引五薩，[三][宮][聖]1463 跢，[三][宮]397 經，[三][宮]397 哆多，[三][宮]664，[三][宮]664 姪他茂，[三][宮]1425 槃五，[三][宮]1428 衣白佛，[三][宮]2121 婆哆寺，[三][甲]1313 囉怛曩，[三]191 羅惹伽，[三]397 十六休，[三]865 二，[三]999 十二，[三]1331，[三]1339 經哋，[石]1668 那，[乙][丙]1201，[乙]850 毘庾

二，[乙]914 多去，[元][明]2154 軍茶
利。

　埵：[甲]1333 波耶摩。

　跢：[甲][丁]1141，[甲][乙][丙]
[丁]1141，[甲][乙]1141 馱，[甲]1000，
[甲]1000 引欲枳，[甲]2167 羅經三，
[三]、跢引[甲][乙]982 夜，[三]865 二
合娜，[三]982 引野娑。

　繁：[甲]2087。

　分：[聖][知]1579 品，[宋][元]
[宮]1546 不憶念。

　復：[三][宮]616 增倍於。

　各：[三][宮]1579 修習成，[三]
125 有所知。

　廣：[明]2087 氣序亦。

　幻：[宮]529 賀，[三]51。

　及：[三][宮]2122 供養菩。

　皆：[甲]1735 從義便，[甲]1792
是母故。

　久：[甲]1115 志心誦，[宋][元]
[宮]1451 時有老。

　巨：[三][宮]、臣[聖]1544 欲足
滿。

　俱：[三]945 陷。

　了：[乙]2381 説。

　兩：[甲][乙]1821 種一起，[甲]
[乙]1822 本流行，[甲][乙]1822 境者
此，[甲][乙]1822 釋論，[甲][乙]1822
業感一，[甲][乙]1822 種理故，[甲]
2195 釋以四，[甲]2212 種三昧，[甲]
2274 共，[甲]2371 種謂境，[甲]2414
義云，[甲]2434 經論文，[宋]1604 位
差，[乙]1821，[乙]1822 且依一，[乙]

2263 重若凡，[原]2319 種故亦。

　羅：[甲]1795 方瞋諸，[甲]1512
陀阿伽，[聖]397 伽隸，[原]1723 古
云思。

　囉：[原]864 多他。

　麼：[三][甲][乙]982 囉迦罰。

　民：[宮]2121 不信乞。

　名：[宮]1602 者顯，[宮][聖]1509
聞爲人，[宮]374 諸過患，[甲]1736
異今文，[甲]1830 佷戻者，[甲]1973
集，[甲]2130 那陀者，[甲]2266 多百
門，[甲]2396 成具惑，[明]397 端正
少，[明]1579 聞諸聖，[明]1 聞廣博，
[明]375 因緣之，[明]1599 若廣説，
[三]、臂[宮]425 如來所，[三]159 聞
總持，[三][宮]1506 制欲阿，[三][宮]
1545 名號異，[三][宮][聖]397 聞三
世，[三][宮]425 聞恨善，[三][宮]
1506，[三][宮]1522 爲闇冥，[三][宮]
1562 言識緣，[三][宮]1579，[三][宮]
2059 留難障，[三][宮]2122 鬼，[三]
125 聞四遠，[三]425 開導，[三]425
如來本，[三]439 波於此，[三]2060
歸清衆，[聖]613 者説除，[聖]1462
故名爲，[聖]1563 是故因，[宋][宮]
2122 種至時，[宋][明]721 故彼有，
[宋][元][宮]1432 少時得，[宋][元]
[宮]1544 名號異，[宋][元][宮]1629
如似宗，[宋][元][聖]200 爲兒求，
[宋]152 奵偽齒，[宋]1545，[乙]1833
爲，[元][明]220，[元][明]425 大力
佛，[元][明]440 稱佛南，[元]1435，
[元]1435 得財物，[元]2122 饒財寶。

摩：[甲]2131 此云教。

那：[乙]2173。

曩：[三][甲]989。

年：[宋][元][宮]2104 載始得。

欠：[甲]2036 伸。

人：[三][宮]263 所愍哀。

若：[甲]2255 果如什，[三][宮]650 欲守護，[乙]1723 有人至，[原]1849 爾何故。

三：[三]172 日不得。

色：[甲]1728 是怨猶。

僧：[聖]1435 羅僧。

尚：[宮]657。

燒：[原]1238 剛炭火。

少：[宮]2123 生卑賤，[甲]2255 欲二者，[明]2087 從此東，[三][宮]653 不盜時，[聖]211 得福報，[聖]1435 客比丘，[乙]1822 分是心。

身：[元]1579 怨。

甚：[三]362 多復不。

生：[宮]397 亦然我，[甲]1924 身亦不，[聖]643 名波羅。

時：[明]997 便誦止。

是：[宮]1509 分不合。

受：[甲]1823 逆皆次，[甲]2250 有別異。

私：[甲][乙]1796 釋然大。

所：[三]186 教化，[知]598。

他：[甲]2270 意須方，[甲]2270 是宗法，[三][宮]664 百千眾，[三]1341 數從那，[宋][宮]723 鬼多瞋，[原][甲][乙]1796 是如義。

疊：[明]379 彌子莫。

提：[宮]2042 長者之，[聖]2042 以漸長。

天：[三][宮]310 受諸天。

茶：[乙]1796 勃陀喃。

陀：[甲]1733 羅尼子，[甲]2130 羅譯曰，[明]1424 會五條，[明]1482 會割，[明]1810 會鬱多，[明]2122 會五條，[三][宮]620 會詣清，[三][宮]1435 城起僧，[三]26 天，[三]1341 得五讚，[元][明]657 伽廣經。

馱：[甲]1273 盤多。

嗢：[宮][乙]848 播引。

外：[宮]585 所悅可。

萬：[明]2088 歲時號。

爲：[三]2087 靈瑞。

聞：[甲]2195 緣諦理，[甲]2249 用力，[甲]2300 爲論。

無：[宋][宮]833 礙又復。

夕：[宮]2053，[甲]2837 夢人，[三][宮]2122 來往既，[三][宮]2123 外託祈。

小：[甲][乙]1822 果也。

玄：[宮]425 巍巍而。

也：[甲]1700 故唯識，[三]375 汝於諸。

一：[甲]1733 下諸地，[原][甲]1878 同一之。

移：[三]2154 明禪觀。

亦：[明]354 有姿媚。

異：[乙]2263 義且可。

有：[別]397 覺觀，[三][宮]1562 財釋藏。

幼：[元][明]2103 未受具。

於：[明]312 千種精，[三][宮]2122 此園地。

與：[甲]1816 在第七，[甲]2195 品而竝。

欲：[甲]2217 界化。

孕：[元][明]1336 崩波羅。

吒：[甲][乙]1204。

齋：[甲][乙]1822 時不出。

者：[甲]2130 勝亦云。

之：[甲]2255 本苦樂。

支：[三]1336 尼。

知：[明]2123。

至：[明]1441 十四日。

終：[三][宮]2123 日不語。

重：[三]375 大王如。

衆：[甲]2266 生其福，[三]125 計彼城，[元][明]2110 不可具。

諸：[甲]1736，[明]125 比丘各，[三][宮][聖]639 信樂，[乙]1736 珠方成，[元][明]310 眷屬。

滋：[三][宮]1660 多能令。

自：[三][宮]1451 造論端。

足：[甲]895。

作：[三]1598 雜染種。

咄

出：[宮]2121 人我今，[宋][元]、世[明]201 可惡賤。

吽：[乙]2391。

嗟：[明]212 嗟放逸。

澁：[三][宮]760 皆從身。

土：[甲]2120 蕃表一。

吐：[宮]1546 不訶責，[三][甲]1227 囉子進，[三]193 心可知，[聖]1425 人用惡，[西]665 者香附。

芀

蒭：[元][明]1331 陀。

芰：[元][明]984。

哆

跢：[甲]、跢[乙]1072 囉三十。

怛：[甲]1225 囉二合。

地：[宋][元]、陀[明]26 園彼受，[宋][元]、陀[明]26 園爾時。

多：[高]1668 尼，[甲][乙]1098 藥素摩，[甲][乙]2309 觀是止，[甲]904，[甲]904 莎羅帝，[甲]909 哆而，[甲]1225 引也娑，[甲]1246，[甲]1268 莎訶，[甲]2130 譯曰多，[甲]2135，[甲]2223 於如是，[甲]2400，[明]、哆三十八夾註[燉]262 憍舍略，[明]1025 四紇哩，[明][乙]1225，[明]26 居士往，[明]26 天或生，[明]26 園爾時，[明]261 埵二合，[明]665 設唎囉，[明]974 室者二，[明]1025 引九十，[明]1235，[明]1418 作絜尾，[三]26 居士及，[三]884 羅菩薩，[三][宮][甲][乙][丙][丁]848 囉哆捉，[三][宮]397 地夜，[三][宮]397 蜜低黎，[三][宮]407 呔十二，[三][宮]665 檀泥說，[三][宮]848 曳平，[三][宮]1580 地者翻，[三][甲][丙][丁]866 莫儞突，[三][甲][乙]、多引[丙]930 尾路，[三][甲][乙][丙]930，[三][甲]901，[三]26 鷄舍劍，[三]26 經，[三]26 天

或生，[三]26 子生如，[三]397，[三]402 句致婆，[三]982，[三]1058 囉二合，[三]1058 娑訶薩，[三]1132 二合，[三]1191 嚕，[三]1331 阿婆，[三]1337 曷囉闍，[三]1411 引野曩，[三]1415 薩哩，[宋][元]1057 跋折囉，[宋][元]1057 鉢囉二，[宋]837 六尼，[宋]1057，[乙]852，[乙]867 哆吽，[乙]914 哆末，[乙]2397 婆二若，[元]26 何等比。

跢：[甲][乙]1211 軍拏，[甲]1110 嚩二合，[甲]1122 引布惹，[甲]1249，[明][甲][乙]1110 二合耶，[明][聖][甲][乙][丙][丁]1199 也，[明]1199 二合惡，[三][甲]901 囉二合，[三][甲]1313，[三][乙]1092 囉跢囉，[三][乙]1092 攞杖，[三][乙]1092 拽腎，[三]1058 六十鉢，[三]1058 姪他薩，[三]1096 三，[宋][元][宮]901 智十，[宋][元]1057 姪他薩，[宋]901，[宋]1027 耶三十，[宋]1103 囉僧，[宋]1103 嚩，[元][明][甲]901 姪他三，[元]368 都餓切。

他：[原]1098 誐哆耶。

陀：[明]26 天化樂，[明]26 園爾時，[三]26 天化樂，[三]26 園彼受，[三][宮]402 泥二十，[三]26 天千，[三]26 園爾時，[三]26 園於是，[宋]26 園爾時。

掇

輟：[三][宮]2103 飛輪芳，[三]206。

裰：[甲]2035 坐具。

拾：[三]2060 大。

綴：[宮]2060 其冠冕，[三]2145 附也，[三]2145 潤幷挍，[三]2149 附，[原]2196 已惠人。

裰

掇：[甲]2036 付之曰。

任

佗：[明]397，[明]397 輸盧那，[三][宮]397 國乃至。

奪

盜：[三][宮]536 人財物。

斷：[三][宮]721 不壞若，[聖]1425 人命求。

奮：[甲]1821 意故言，[三][宮]2104，[三][宮]2122 其威怒，[聖]2157 不知神，[元][明]1579 他。

疾：[甲]2254 惡風吹。

集：[宮]397 龍，[甲]2362 佛，[三][宮][聖]310 唯然大，[三][宮]2121 彼國，[聖]1509 智。

舊：[聖]1462 將舉。

舉：[原]1872 事而爲。

其：[宮]263 財寶。

乞：[甲]1804 衣戒直。

奢：[宮]2108，[三][宮]397 意天女。

脫：[三]982，[宋][元]、説[明][宮]2121 我子爲。

奞：[甲]2128 音先佳。

以：[三]1433 三十五。

賊：[三]1 放火焚。

尊：[宮]1425 宜共。

作：[三][宮][聖][另]1442。

鐸

那：[三][乙][丙]1076 訖使二。

釋：[甲]2401 中，[明]1450 迦，
[明]2131 曷攞寄。

馱：[甲][乙]1211。

澤：[宮]455。

朶

埵：[甲]952 印，[宋][聖]、窅[元]
[明]190 耳或復。

橾：[宋][元]890 第十手。

埵

壈：[甲]2193 言淨眼。

垂：[三][宮][乙]2087 有甄精。

捶：[明]1562 將登無。

怛：[甲][乙]1072 嚩二合，[三]
[乙][丙]873 嚩二合。

睹：[三][宮][甲][乙][丙][丁]848
弩蘗帝。

塠：[三]、[宮]1435 佛言少，[三]
[宮]721 受，[三]721 納箭具。

墮：[宮]1428 上舍利，[三]、[宮]
1435 急床榻。

詞：[乙]1092。

堪：[乙]866 所。

睡：[宮]669 成就，[三]2060 成
具見，[元][明]2151 成具。

隨：[另]1428 上草敷。

唾：[明]293 如懸珠，[三][宮]
[聖]1549。

嚲

哆：[聖]190 如牛。

侈：[聖]190，[宋][聖]、哆[元]
[明]190 或復有。

塚

堆：[三][宮]1546 在地是。

揉：[聖]190 智者畏。

埵：[宮]1435 上打。

墮：[三][宮]2121 各。

架：[宮]1451 瓨置於，[宋][宮]
626 其塚。

者：[明]190 作如是。

築：[三][宮]1451 瓨以物。

槑

朶：[明]1170 金剛鉤，[明]1170
長六指。

墮

惰：[明]1636 心故然。

跢：[甲]1918 此。

復：[宋][元]721 是彼地。

情：[甲]1912 等者竄。

嗜：[宋][宮]2059 學之。

隋：[明]722 餓鬼飢。

隨：[三][宮]2045 於五趣。

隨：[宮]721 於惡道，[宮]1596
住中有，[甲]2362 無有是，[明]721，

[明]768 道，[三][宮]736 貪自縛，[三]
[宮]1646 有無明，[三][宮]2060。

　塗：[三]2060 答曰前。

　陷：[三][宮]724 溝坑於。

　墜：[甲]2837 九十五，[三][宮]
2103 忽變爲。

惰

　怖：[三][宮]2122 畏合掌。

　此：[明]379 言多華。

　墮：[宮]225 去便詔，[宮]649 乃
至竟，[甲][乙]2194 懈怠，[甲]950 於
禪定，[甲]997 惰增，[明]1459 無孝
心，[三][宮]1453 如説波，[三][宮]384
於，[三][宮]606 而有睡，[三][宮]606
無信憎，[三][宮]1503 罪若故，[三]
[宮]1548 不信放，[三][宮]1548 若懈
怠，[三][宮]1562 貯賊起，[三][宮]
1563 貯賊起，[三][宮]1602 不自輕，
[三][宮]1647 正法，[三][乙]1092 則
速成，[三]984 呵閣多，[三]1560 貯
賊起，[三]2149 迦經，[聖]210，[聖]
210 不能除，[聖]1421 以失祠，[宋]
[元]、－[宮]1521 不至二，[宋][元]
220 深生憐，[宋][元][宮]1579 起策，
[宋][元][宮]1488 樂於睡，[宋][元]
[宮]1536 身無疲，[宋][元][宮]1579
不成勇，[宋][元][宮]1579 多，[宋]
[元][宮]1579 懈怠而，[宋][元][宮]
1579 諸放逸，[宋][元]190 失於禪，
[宋][元]2154 內外兼，[元][明]1340
憍尸迦。

　憻：[宋][元]1340，[宋][元]1340

摩，[宋][元]1340 遠離勇。

　悍：[甲]1830 自策發。

　嬾：[宋][元][聖]26。

　勤：[三]、修[宮]2123 令心不。

　情：[宮]1536 有一顯，[明][甲]
2131 摩騰復，[宋][宮]、墮[明]2121。

　順：[宋]、墮[元][明][宮]2060 每
多欺。

　隋：[明]2149 學者有，[宋]2060
學愚計。

　隨：[宮]1548 進進力，[三][宮]
2034 學者省，[原]1899。

　鐘：[乙]2194 懶。

跢

　跋：[明][丙]1214 吽欠，[三][乙]
1092 二合。

　眵：[宋]、哆[元][明]1014。

　僤：[三][宮]805 地枝摽。

　多：[甲]1065，[明][丁]1199 嚩，
[明][甲]964 沒馱喃，[明][甲]1175 引
三，[明][乙][丁]、哆[聖][甲][丙]1199
吽，[明]1096 婆上，[明]1199 安空點，
[三][甲][乙]1125 薩，[三][甲]982。

　哆：[丙]1199 引，[宮]901 跋折
囉，[甲][乙][丙]1199 抳怛吒，[甲]
[乙]897，[甲]1007 囉三昧，[明]、－
[甲][乙]1199 吒娜麼，[明][甲]1177
引，[明][乙]1092 野九句，[明][乙]
1260 以灑引，[明]1266 囉薩尼，[三]
[乙]1092 鼻，[三][乙]1092 二避詵，
[三][乙]1092 囉跢囉，[三]1007 三麼
耶，[三]1056 去引，[三]1096，[三]

1140 引野七，[三]1337 囉，[三]1337 婆寫磨，[宋][元][宮]2122 三婆上，[宋][元][乙]、多[明][甲][丙]954 微，[宋][元]1057 六十一，[宋][元]1092，[宋][元]1092 囉跢囉，[宋]1092 野十八，[乙]1199 瞤呬，[元][明][乙]1092 囉覩四。

埵：[明]1110 罇二合。

弜：[三][乙]1092 八十九。

栘：[乙]897 枳。

憜

墮：[和]293 衆生起。

墮

阿：[三]1336 摩摩耆。

除：[元][宮]602 貪貪故。

垂：[三][宮]2121 淚地主。

到：[三][宮]374 者無有。

埵：[明]1435 孔罅補。

垛：[三][宮]480 寮。

惰：[宮]310 故降伏，[宮]1435 作是念，[宮]2030 闍第四，[宮]2122 二身體，[宮]2123 心神所，[宮]下同 1501 懈怠所，[甲]1804 雖復役，[甲]1848 也則善，[甲]1828 藏隱六，[甲]1828 三薩迦，[甲]1828 懈，[甲]1828 懈怠等，[甲]2196 放逸三，[甲]2196 如何定，[明]1584 憙忘攀，[明][宮]374 之心若，[明][甲]1177 多貪多，[明][甲]1177 則得速，[明]1096 貢，[明]1421 不取飲，[明]2131 仍書偈，[三]198 漏行彼，[三]1341，[三]2122 慢徒施，[三][宮]310 無德，[三][宮][聖][另]1548，[三][宮]281，[三][宮]327 身體沈，[三][宮]377 不能悅，[三][宮]382 無怖無，[三][宮]626 弟子無，[三][宮]1442 之人，[三][宮]1459，[三][宮]1503，[三][宮]1545 闍有姓，[三][宮]1562 無策心，[三][宮]1584，[三][宮]1584 者此惡，[三][宮]1595 名拘羅，[三][宮]1648 不禪誦，[三][宮]2034 負論一，[三][宮]2034 藍本經，[三][宮]2111 者，[三][宮]2122，[三][宮]2122 阿，[三][宮]2122 慢沿流，[三][宮]2122 者遁乃，[三][宮]2123 老不止，[三][宮]2123 慢部第，[三][宮]下同 1500 若懈，[三][宮]下同 1501 懈怠而，[三]156 不進凡，[三]1340 貪著利，[三]1341 者我者，[三]1529 故睡眠，[三]1579 起發圓，[三]1579 懈怠四，[三]1579 於諸有，[三]1582 懈怠無，[三]2087 業，[三]2122，[三]2122 爲人欺，[三]2122 矣，[三]2153 迦經一，[三]2153 釋迦牧，[聖]231 佛告治，[宋][宮]、隨[元][明]626 亦不以，[宋][元]、慳[宮]2121 婦恐將，[宋][元][宮]、一[明]2123 慢部第，[宋][元][宮]2123 不讀誦，[乙]2263 不同，[乙]2263 何由所，[原]2266 不自輕。

法：[宋]374 九十一。

恒：[甲]1839 二住三。

惰：[宋][宮]309 損云何。

落：[三][宮]656 未來初，[聖]211 即作沙。

門：[三]2040 拘那含。

陪：[宮]1452 彼。

仆：[三]192 死。

入：[三][宮]743，[三][聖]1564 六趣，[三]125 三惡趣。

若：[聖]227 聲聞地。

施：[甲]1783 汝亦隨。

隋：[宮]222 顛倒亦，[甲]1805 三結指，[三]、隨[宮]1545 欲界謂，[三][宮]309 者興勇，[三][宮]350 非法，[三][宮]1509 不精，[三]135，[三]185 前三鉢，[聖]272 惡道當，[宋][宮]、楯[元][明]2123 慢，[宋][元]2153 羅迦葉，[宋]1341 亦名藥。

隨：[三][宮]461 如是文，[三]722 而不復，[聖]754 惡道。

隨：[丙]2381 畜生身，[敦]262 慳貪此，[宮]449 種種異，[宮][聖][石]1509 著音聲，[宮]310 惡趣口，[宮]310 於高岸，[宮]397 是樹猶，[宮]425 不可法，[宮]443 如來南，[宮]461 於羅網，[宮]549 於惡，[宮]631 弟，[宮]738 魔邦界，[宮]760 富家者，[宮]760 中耳菩，[宮]1425 外道邪，[宮]1458 手內或，[宮]1542 過去分，[宮]1554 過去世，[宮]1604 一向執，[宮]1610 邪無是，[宮]2033 為終四，[宮]2121 水下國，[甲]、應墮[乙]1816 惡道令，[甲]、墮[甲]1789，[甲]2290，[甲][乙]1833 其所應，[甲][乙]2263，[甲]971 七返惡，[甲]1007 者經拗，[甲]1718 落生死，[甲]1719 諸佛之，[甲]1724 在第三，[甲]1724

在諸邊，[甲]1728 鬼國，[甲]1781 二乘復，[甲]1782 破故於，[甲]1789 有無想，[甲]1816 惡見，[甲]1821 邪見故，[甲]1828 於界謂，[甲]1926 阿鼻地，[甲]2068，[甲]2266 惡趣即，[甲]2270 虛偽中，[甲]2281 似比哉，[甲]2290 有所得，[甲]2296 之四謗，[甲]2299 惡見故，[甲]2394 面上應，[甲]2396 一闡，[別]397 煩惱者，[別]397 盛百八，[明]310 逐惡，[明]1545 落生時，[明]1627 於疑惑，[明][宮]1579 於勝，[明][宮]606 緣覺如，[明][聖]223 破戒心，[明]220 惡趣疾，[明]220 諸惡趣，[明]261，[明]293 於惡趣，[明]293 於生死，[明]606 衆邪見，[明]1191 六趣中，[明]1442 罪說悔，[明]1450 傍，[明]1501，[明]1523 身，[明]1546，[明]1602 在世間，[明]2121 地頃如，[三]291 未然不，[三]602，[三]1525 有邊見，[三]2146 釋迦牧，[三][宮]、隋[石]1509 正定若，[三][宮]607 應上天，[三][宮]672 有無，[三][宮]1562 世間名，[三][宮][聖]224 舍利四，[三][宮][聖]376 非道行，[三][宮][聖]761 自在地，[三][宮]278 增上慢，[三][宮]280 色其，[三][宮]285 邪業迴，[三][宮]292 彼路是，[三][宮]330 顛倒，[三][宮]376，[三][宮]461 地流菩，[三][宮]585 邪見行，[三][宮]586 於外道，[三][宮]603 二，[三][宮]603 相牽不，[三][宮]611 貪意在，[三][宮]630 於受身，[三][宮]638 六，[三][宮]653 外

道論，[三][宮]660 於異道，[三][宮]1425 木上然，[三][宮]1442 落打匠，[三][宮]1459 愆異前，[三][宮]1461 犯罪處，[三][宮]1539 諸惡處，[三][宮]1545 三世法，[三][宮]1546 諸有不，[三][宮]1554 彼界，[三][宮]1579 界生，[三][宮]1579 性五盡，[三][宮]1604 愛憎故，[三][宮]1647 界貪故，[三][宮]1674 充食，[三][宮]2121 世惑言，[三][宮]2122 機關孔，[三][宮]2122 一生數，[三][宮]2123 所受身，[三][宮]下同 602 三十七，[三]4 夷陀，[三]26 在，[三]98 行十三，[三]101 羅國河，[三]150，[三]158 三昧彼，[三]186，[三]194 人入惡，[三]203 水，[三]212，[三]212 人在冥，[三]291 雨若干，[三]310 於施設，[三]603 所倒處，[三]642 生死水，[三]738 邪念爲，[三]1440 錢寶易，[三]1579 有情器，[三]1646 業相故，[三]2125 乍可一，[三]2145 迦經一，[聖]、墜[知]1579 受欲樂，[聖]1462 彼家此，[聖][另]342 惡友不，[聖][另]342 于憍慢，[聖][另]1458 物破碎，[聖][石]1509 如，[聖]157 珠四，[聖]211 惡道，[聖]223 聲聞辟，[聖]224 阿羅漢，[聖]285，[聖]285 入在三，[聖]756 在地獄，[聖]953 地瞿摩，[聖]953 惡趣不，[聖]1425 惡道入，[聖]1440 此蛇中，[聖]1440 若一時，[聖]1442 殺云何，[聖]1509，[聖]1509 不如意，[聖]1509 常樂顛，[聖]1509 顛倒一，[聖]1509 斷滅等，[聖]1509 苦是故，[聖]1509 譬如聲，[聖]1509 貧窮家，[聖]1509 聲聞辟，[聖]1509 邪見是，[聖]1509 疑隨，[聖]1509 有邊無，[聖]1552 界故煩，[聖]1579 惡趣然，[聖]1579 極下趣，[聖]1579 淚如是，[聖]1579 如是理，[聖]1579 相續彼，[聖]1788 地獄·，[石]1509，[石]1509 三惡道，[石]1558 惡見趣，[宋][宮][聖]1509 三惡道，[宋][宮]1509 邪見，[宋][元][宮]721 於，[宋][元]220 惡趣業，[宋][元]603 摸貿彼，[宋][元]671 在僧佉，[宋][元]1549，[宋]210 怯，[宋]611 苦往來，[宋]643 法心安，[宋]1694 二爲，[宋]1694 牽連，[乙][丁]2244 處得名，[乙]867 諸天及，[乙]872 菩薩數，[乙]1796 於斷見，[乙]1816 無見過，[乙]1821 三有者，[乙]1821 一世故，[乙]2087 阬也其，[乙]2297 常沒中，[乙]2396，[元]448 落佛南，[元]2016 邊邪迷，[元]2016 滅以此，[元][宮]263 邪者，[元][宮]474 生都已，[元][明]2016 斷常之，[元][明][宮]614 生佛界，[元][明]101 道，[元][明]585 於行亦，[元][明]588 無欲於，[元][明]602 生死內，[元]125 他人著，[元]152 地展轉，[元]901 何坐知，[元]1428 形露佛，[元]2122 於地獄，[原]2248 三十籌，[原]2248 相說斷，[知]418 生死，[知]598 邊際分，[知]598 邪稱正，[知]1579 染污品，[知]1579 於三世，[知]1581 於惡道。

塗：[甲]1828 苦法於。

脫：[三][宮]1521 邪衆行，[三]
[宮]1543 謂生色。

陀：[三]1331。

下：[知]741 爲牛領。

修：[三][宮]、隨[聖]397 校計，
[三][別][宮]、隨[聖]397 校計不。

循：[宮]657 火山。

隱：[元][明]310 處施鹿。

於：[三][宮][聖]1425 惡道長。

在：[甲]2218 無間獄，[甲]2255
三，[明]156 污泥，[明]1421，[三][宮]
483 泥黎中，[聖]1435 竹上若。

值：[聖]2157 迦經一。

終：[三][宮][聖]1509 自。

墜：[宮][聖][知]1579 下分故，
[宮]1604 善，[甲]1736 惡，[甲]1782 惡
道也，[甲]1816 惡趣若，[甲]1821 非
即是，[甲]2012，[明]1602 與勝進，
[三][宮]423 惡道，[三][宮][聖]1579
迷，[三][宮]278 於二乘，[三][宮]286，
[三][宮]394 于地久，[三][宮]657，[三]
[宮]657 惡趣當，[三][宮]1459 於三
惡，[三][宮]1509 憂獄，[三][宮]1563，
[三][宮]2121 地獄中，[三][甲]951 於
阿鼻，[三]159 地獄故，[三]201 惡趣
即，[三]203 而不捉，[三]384 于地，
[三]840 無量，[聖]1421 死佛言，[乙]
1816 入初地。

憧

惰：[明]、[聖]190 恒常見。